KNAUR

*Im Knaur Taschenbuch Verlag sind bereits
folgende Bücher der Autorin erschienen:*
Fremde Schwestern
Ferne Tochter

Renate Ahrens

SEIT JENEM MOMENT

ROMAN

Besuchen Sie uns im Internet:
www.knaur.de

Originalausgabe Oktober 2013
Knaur Taschenbuch
© 2013 Knaur Taschenbuch
Ein Unternehmen der Droemerschen Verlagsanstalt
Th. Knaur Nachf. GmbH & Co. KG, München
Alle Rechte vorbehalten. Das Werk darf – auch teilweise –
nur mit Genehmigung des Verlags wiedergegeben werden.
Umschlaggestaltung: ZERO Werbeagentur, München
Umschlagabbildung: Trevillion Images/© Susan Fox
Satz: Adobe InDesign im Verlag
Druck und Bindung: CPI books GmbH, Leck
ISBN 978-3-426-51380-4

2 4 5 3 1

Für Alan

1.

Ich stehe vor der Leinwand und tupfe ein Goldgelb auf das helle, fast transparente Grün der Wiesen. Hier und da ergänze ich etwas Violett, Zinnoberrot und ein strahlendes Weiß. Auch die Wolken brauchen mehr Weiß, vermischt mit Ocker und Orange. Den Bach rühre ich nicht an; ich habe Tage gebraucht, um das Wasser fließen und glitzern zu lassen. Eine norddeutsche Flusslandschaft im Frühling, getaucht in das milde Licht der Abendsonne. Nichts stört das Auge des Betrachters.

Ich verspüre plötzlich den Drang, mitten ins Bild etwas Fremdes, Sperriges zu setzen, einen Vogelkäfig, eine Gitarre oder ein paar schwarze Balken. Was ist los mit mir? Ich schließe die Augen und hole tief Luft.

Im nächsten Moment habe ich mich wieder unter Kontrolle, reinige meine Pinsel und schreibe eine Einkaufsliste.

Ich greife zum Telefon. Max nimmt sofort ab.

»Paula, ich habe eine Galeristin aus New York in der anderen Leitung. Kann ich dich zurückrufen?«

»Ja ...«

New York. Warum sagt er das? Um mir zu verstehen zu geben, wie bedeutend seine Galerie geworden ist? Dass Landschafts- und Blumenmalerinnen wie ich dankbar sein können, wenn er ihnen ab und zu eine Ausstellung ermöglicht? Unsinn. Ich stehe auf und schließe die Dachfenster. Auf der Wendeltreppe kehre ich noch einmal um, weil ich die Einkaufsliste vergessen habe. Max verdient gut an meinen Bildern. Er lobt sie nie, aber er findet immer neue Abnehmer, die ihre Restaurants, Arztpraxen und Anwaltskanzleien mit Bildern von Paula Brandt ausstatten lassen. Die Galerie Max Fischer ist in Hamburg bekannt für ihre gefällige Kunst.

In der Küche koche ich mir einen Tee und esse ein Stück von Jakobs Schokoladenkuchen. Es macht mir nichts aus, dass er oben etwas angebrannt ist. Jakob ist der erste Mann in meinem Leben, der mir zum Geburtstag einen Kuchen backt.

Du musst Max gegenüber selbstbewusster auftreten, sagt Jakob. Aber wie? Indem ich ihm erkläre, dass ich Zeit brauche, um neue Ideen zu entwickeln? Dass die Gladiolen-Serie, die er im Winter verkauft hat, sich kaum von der unterscheidet, die ich vor sechs Jahren gemalt habe? Dass auch die vier Meeresstudien, die, laut Max, im April weggingen wie warme Semmeln, all meinen anderen Bildern vom Meer ähneln? Manchmal wünschte ich, ich könnte ihm sagen, dass der Geschmack der Käufer nicht das entscheidende Kriterium für einen Künstler sein darf.

Mein Blick fällt auf Lilis Foto. Grüne Hügel mit einer Schafherde, darüber ein weiter, wolkiger Himmel. Ich falte ihren Geburtstagsbrief auseinander.

Meine kleine Nichte wird schon 32! Ich kann es kaum glauben. Happy Birthday, liebe Paula! Lass Dich in die Arme nehmen und Dir viel Glück, Erfolg und Zuversicht für Dein neues Lebensjahr wünschen. Ich würde mich so freuen, wenn Du mich mal in Du-

blin besuchen kämst. Dann könnten wir am Strand spazieren gehen, uns etwas Leckeres kochen, ein Torffeuer anzünden und stundenlang reden.
Du bist die Einzige in der Familie, bei der ich die Hoffnung noch nicht aufgegeben habe, dass Du Dir meine Wahlheimat irgendwann einmal anschauen wirst. Dein Vater reist ja leider nicht und Dein Großvater ... Tja, Deine Großmutter hat nie gewollt, dass er nach Irland fährt, und jetzt schafft er es nicht mehr.
Der Wind, die Seeluft, das Licht würden Dir guttun. Du könntest Deinen Skizzenblock mitbringen oder auch eine kleine Staffelei ...
Sei ganz lieb gegrüßt
von Deiner Lili
PS Wenn Dir das Kleid nicht gefällt, kann ich es umtauschen. Ich fand, Türkis passt zu Deinen dunklen Haaren und Deinen braunen Augen. Der Schnitt ist etwas gewagt, aber Du bist ja schlank.

Ich käme selbst nie auf die Idee, mir so ein Sommerkleid zu kaufen. Es gefällt mir, ein weich fallender Stoff, Seide mit Viskose. Lili hat mir noch nie etwas geschenkt, was mir nicht gefällt. Warum wohnt sie so weit weg?
Vater hat, wie immer, meinen Geburtstag vergessen. Dass Großvater mir nicht gratuliert hat, ist neu. Vielleicht war es früher Großmutters Aufgabe, ihn daran zu erinnern. Oder interessiert er sich seit ihrem Tod nicht mehr für Geburtstage? Sie waren ihm sonst so wichtig, vor allem sein eigener. Als er fünfundachtzig wurde, bestand er darauf, fast hundert Personen zu einem üppigen Menü ins Hotel *Vier Jahreszeiten* einzuladen. Was für ein steifer Abend inmitten all der Geschäftsleute und Honoratioren. Ohne Jakobs Humor hätte ich es

nicht ertragen, dort zu sitzen und mir eine Rede nach der anderen über den erfolgreichen Bauunternehmer Alfred Brandt anzuhören, dem die Stadt so viel zu verdanken habe. Vater war natürlich nicht dabei.

Ich trinke meinen Tee aus. Zwanzig vor sieben. Das Käsegeschäft macht gleich zu und der Bioladen auch. Wann habe ich Max angerufen? Vor einer Dreiviertelstunde? Telefoniert er so lange mit einer Galeristin in New York? Oder spricht er längst mit jemand anderem? Wie oft habe ich schon auf Max' Rückruf gewartet. Vielleicht ist es Teil seiner Taktik. Warten erzeugt Abhängigkeit. Heute warte ich nicht länger. Und mein Handy lasse ich zu Hause. Ich will nicht auf offener Straße über meine Arbeit sprechen. Auch wenn Max das nie begreifen wird.

Jakob schickt mir eine SMS. *Ich steige jetzt in die Maschine. Bin hoffentlich gegen neun zu Hause. Kuss, Dein J.*

Guten Flug. Ich koch uns was. Bis nachher, Deine P., antworte ich.

Ich nehme den Einkaufskorb und öffne die Wohnungstür. Unten im Hausflur hustet jemand. Ich schließe ab und gehe die Treppe hinunter.

Im zweiten Stock steht ein hagerer Mann in einer fleckigen Windjacke und studiert die Klingelschilder. Er hat graues, schütteres Haar und trägt eine Nickelbrille.

»Guten Abend. Kann ich Ihnen helfen?«

»Ich …« Er starrt mich an und fährt sich mit der Hand über den Mund.

»Wen suchen Sie?«

»… Paula Brandt.«

»Das bin ich. Haben Sie bei mir geklingelt? Ich habe nichts gehört.«

»… Die Haustür stand offen.«
»Was kann ich für Sie tun?«
»… Ich heiße Werner Schumann …«
»Tut mir leid, der Name sagt mir nichts.«
»Ich spiele jeden Montagabend Schach mit Ihrem Vater …«
»Ah ja?«
»Schon seit vielen Jahren.« Werner Schumann fährt sich wieder über den Mund. »Hat er Ihnen nie davon erzählt?«
»Entschuldigen Sie, ich muss noch einkaufen. Worum geht es?«
Er schluckt und betrachtet seine Hände. Lange, schmale Finger mit gepflegten Nägeln. »Ich weiß nicht, wie … ich es Ihnen sagen soll …«
»Kommen Sie im Auftrag meines Vaters?«
Er nickt. »Können wir vielleicht in Ihre Wohnung gehen? Hier im Treppenhaus fällt es mir schwer, darüber zu sprechen.«
»Herr Schumann, ich kenne Sie nicht. Sie müssen Verständnis dafür haben, wenn ich …«
»Ihr Vater hat versucht, sich das Leben zu nehmen.«
»Wie bitte?« Mein Mund ist plötzlich trocken.
»Mit Schlaftabletten …«
»Wann?«
»Gestern … Ich habe ihn um Viertel nach sechs gefunden … Wahrscheinlich wollte er, dass ich ihn finde … Wir waren ja verabredet … und die Terrassentür stand offen …« Werner Schumann beginnt zu weinen.
»Kommen Sie.«
Er folgt mir wortlos nach oben, ab und zu schnieft er, dann putzt er sich die Nase.
In der Küche bitte ich ihn, Platz zu nehmen. Zögernd setzt er sich an den Tisch.

»Möchten Sie einen Tee oder Kaffee oder ein Glas Wasser?«
»Nichts ... danke.«
»Wo ist mein Vater jetzt?«
»In der Psychiatrie der Uni-Klinik.«
»Kann ich ihn besuchen?«
»Er will niemanden sehen, ich soll auch nicht mehr kommen. Aber es war ihm wichtig, dass ich Ihnen Bescheid sage.«
»Wann haben Sie zuletzt mit ihm Schach gespielt?«
»Gestern vor einer Woche.«
»Wie ging es ihm da?«
Werner Schumann zuckt mit den Achseln. »Mir ist nichts Besonderes aufgefallen ... Georg und ich, wir ... haben nie viel geredet.«
Er sieht sich verstohlen um. Vergleicht er die helle Einbauküche mit Vaters zusammengestückelten Möbeln? Dem alten Kühlschrank, der wackeligen Spüle und dem Hängeschrank vom Sperrmüll?
»Ich wusste bis heute gar nicht, dass er eine Tochter hat.«
»Das wundert mich nicht. Meine Eltern haben sich scheiden lassen, als ich ein Jahr alt war. Ich bin bei meiner Mutter aufgewachsen. Mein Vater hat sich nur selten blicken lassen.«
Wir schweigen.
»Ich habe ihm heute ein paar Sachen gebracht«, sagt Werner Schumann nach einer Weile. »Und bei seiner Arbeitsstelle habe ich auch angerufen ...«
»... Wo arbeitet er?«
»In der Holzabteilung von BAUHAUS in Lokstedt ... seit zwanzig Jahren schon.«
Jetzt verstehe ich, warum Vater mir nie sagen wollte, wo er sein Geld verdient. Er schämte sich, als Sohn von Alfred Brandt in einem Baumarkt Holzplatten zurechtzusägen.

»Georg ist mein bester Freund«, murmelt Werner Schumann. »Warum habe ich nicht gemerkt, dass er … solche Probleme hat?«

»Machen Sie sich keine Vorwürfe …« Mir schießen Tränen in die Augen. Wir, seine Familie, hätten merken müssen, wie es um ihn steht. Stattdessen haben wir uns damit abgefunden, dass er sich immer mehr von uns zurückgezogen hat, sogar von Lili.

Werner Schumann steht auf. »Ich geh dann mal …«

»Danke, dass Sie gekommen sind.«

Er zieht einen Zettel aus seiner Windjacke. »Hier sind meine Adresse und meine Telefonnummer. Vielleicht werden Sie Ihren Vater ja doch irgendwann besuchen … Ich würde gern hören, wie es ihm geht.«

»Ja, natürlich.«

Ich begleite Werner Schumann zur Tür. Er gibt mir zum Abschied die Hand, sein Händedruck ist erstaunlich fest.

Jakobs Flug aus München landet in einer Dreiviertelstunde. Ich schicke ihm eine SMS, damit er vorbereitet ist. *Mein Vater liegt nach einem Suizidversuch im UKE.*

Hoffentlich ist Lili zu Hause. Nein, es läuft nur ihr AB. Ich lege auf, kann ihr diese Nachricht nicht aufs Band sprechen. Versuche, sie auf ihrem Handy zu erreichen. *The customer is currently unavailable.* Ich wähle wieder ihre Festnetznummer. »Hier ist Paula. Ruf mich bitte sobald wie möglich zurück.«

Und Großvater? Ich sehe den hochgewachsenen, auch im Alter kaum gebeugten Mann mit seinen schneeweißen Haaren und den leuchtend blauen Augen vor mir. Nein, ich werde ihm nicht mitteilen, dass sein Sohn versucht hat, sich umzubringen. Nicht heute Abend.

Eine seltsame Leere breitet sich in mir aus. Ich muss mit

jemandem reden. Eine enge Freundin habe ich nie gehabt. Und meine Kolleginnen? Am ehesten Franziska. Aber auch ihr bin ich nicht so vertraut, dass ich mich an sie wenden könnte. Und Mutter ist tot. Erwarte nichts von deinem Vater, sagte sie in der Woche, bevor sie starb. Du wirst nur enttäuscht sein. Ob sie sich jemals vorgestellt hat, er könnte sich etwas antun?

Ich greife nach Papas Hand. Sie ist warm und feucht. Ich bin fünf. Wir gehen durch den Park zum Spielplatz. Überall liegen bunte Blätter. Im Kindergarten trocknen wir die Blätter und kleben sie in ein Heft, sage ich. Hm, murmelt Papa. Darf ich schaukeln? Wieder ein Hm. Du musst mich anschubsen. Er schubst mich ein bisschen an. Doller, rufe ich. Er schubst nicht doller. Das macht keinen Spaß. Ich springe von der Schaukel und laufe zum Kletterturm. Papa soll sehen, wie hoch ich schon klettern kann. Ruck, zuck klettere ich bis nach oben. So schnell habe ich es noch nie geschafft. Papa, guck mal! Er sitzt auf der Bank und guckt nicht. Schläft er? Plötzlich rutsche ich ab und falle in den Sand. Aua!, schreie ich. Kind, hast du dir weh getan?, ruft eine Frau und beugt sich über mich. Wo ist denn deine Mama? Jetzt kommt Papa auf mich zugelaufen. Er ist bleich. Ich weine. Er nimmt mich in die Arme. Alles in Ordnung? Ich schüttele den Kopf. Mit Papa geht immer alles schief.

Das Telefon klingelt. Lili, denke ich, und nehme ab, ohne auf das Display zu blicken.
»Hier ist Max.«
»Ach …«
»Tut mir leid, Paula, dass es etwas länger gedauert hat.«

Mein Blick fällt auf den Korb. Ich habe nicht eingekauft.
»Ich stecke in wichtigen Verhandlungen mit dieser New Yorker Galerie … Bist du noch dran?«
»Ja …«
»Wir denken über eine breit angelegte Kooperation nach. Da bahnen sich ungeheure Möglichkeiten an. Vielleicht interessieren sich die Amerikaner eines Tages auch für norddeutsche Flusslandschaften. You never know.«
Ich höre den Spott in seiner Stimme und denke mir sein Grinsen dazu.
»Ist mit der Leitung irgendwas nicht in Ordnung?«
»Wieso?«
»Du verschwindest immer wieder.«
»Nein.«
»Und warum sagst du nichts?«
»Ich … kenne mich mit den Vorlieben amerikanischer Galeristen nicht aus.«
Max schnalzt mit der Zunge. »Also, was ist? Wann kann ich mit der Serie rechnen?«
»Ich … weiß es nicht …«
»Du weißt es nicht? Warum hast du mich denn vorhin angerufen?«
Vorhin. Da wollte ich ihm sagen, dass ich vier Variationen der Flusslandschaft fertighätte. *Später Vormittag, Mittag, Nachmittag* und *Früher Abend*. Dass die Arbeit an *Mondnacht* und *Morgennebel* hoffentlich auch nicht zu lange dauern werde und ich ihm mit etwas Glück in einer Woche sechs Bilder liefern könne.
»Ich habe einem Augenarzt von deinem Projekt erzählt, ein und denselben Blickwinkel in unterschiedlichem Licht festzuhalten. Er meinte, das sei was für seine Praxis. Es erinnert

ihn an Claude Monet. Der hat irgendeine französische Kathedrale in derselben Weise immer wieder gemalt. Und da der Arzt die Impressionisten liebt ...«
»Vier Bilder kannst du morgen abholen«, unterbreche ich Max.
»Aber es sollten sechs werden. Welche fehlen denn noch?«
»... *Mondnacht* und *Morgennebel* ...«
»Das müsste bis Ende der Woche zu schaffen sein, oder?«
Der Gedanke, weitere Flusslandschaften zu malen, hat plötzlich etwas Beklemmendes.
»Was ist los mit dir? Ich habe schon die ganze Zeit das Gefühl, dass irgendwas nicht stimmt.«
»Nein ... alles okay ...«
»Gut. Dann komme ich vorbei, wenn die Serie fertig ist. Frohes Schaffen.«
Langsam lege ich den Hörer auf. Meine Hand zittert.

2.

Jakob ruft mich aus dem Taxi an. Ich höre das Entsetzen in seiner Stimme.
»Wie geht es deinem Vater?«
»Keine Ahnung ... Er will niemanden sehen.«
Ich erzähle ihm, was ich von Werner Schumann erfahren habe.
»Als Tochter hast du das Recht, mit den Ärzten zu sprechen.«
»Ja ...«
»Wenn du willst, können wir gleich zur Klinik fahren.«
»Nein, nicht heute Abend ... morgen vielleicht.«
»Wann hast du deinen Vater zuletzt getroffen? Bei der Beerdigung deiner Großmutter?«
»Ja.«
Das war Ende April. Seitdem sind acht Wochen vergangen. Es hat schon Zeiten gegeben, in denen ich Vater anderthalb Jahre lang nicht gesehen habe. Dabei wohnt er mit dem Auto höchstens zwanzig Minuten von uns entfernt.

Kurz darauf steht Jakob vor mir und nimmt mich in die Arme.
»Es tut mir so leid.«
Meine Kehle schnürt sich zu.

»Hat dein Vater so was schon mal versucht?«
»Nicht dass ich wüsste … Aber ich weiß so wenig über ihn …«
»Bist du dir wirklich sicher, dass du nicht hinfahren willst?«
»Ja … ich muss erst mit Lili sprechen. Sie ist leider nicht zu Hause, und ihr Handy ist nicht eingeschaltet.«
Jakob geht ins Badezimmer und wäscht sich die Hände. Ich folge ihm. Im Spiegel betrachte ich seine kurzen blonden Haare, die hohe Stirn, seine braunen Augen. Er ist heute Morgen um halb fünf aufgestanden und sieht trotzdem nicht müde aus. Jakobs Energie möchte ich haben.
Er dreht sich um und streicht über die schmale Goldkette mit dem Saphiranhänger, die ich von ihm zum Geburtstag bekommen habe. »Steht dir gut.«
Ich gebe ihm einen Kuss. »So ein schönes Geschenk.«
Wir beschließen, essen zu gehen. Nach dem Regen der letzten Wochen ist dies der erste trockene, laue Abend. Die Tische vor den Kneipen und Restaurants sind alle besetzt. Beim Italiener an der Ecke finden wir schließlich zwei freie Plätze. Wir bestellen Risotto mit Salat und einen halben Liter Rotwein.
»Vielleicht kann dein Vater den Tod seiner Mutter nicht verwinden«, meint Jakob und schenkt uns ein.
»Das glaube ich nicht … Die Beziehung zwischen den beiden war äußerst schlecht. Meine Großmutter hat ihn immer als Versager beschimpft.«
»Weil er die Firma nicht übernommen hat?«
»Mein Vater ist schon in der Schule gescheitert. Und als er auch noch seine Tischlerlehre abgebrochen hat, haben seine Eltern ihn fallenlassen.«
»Dann hätte der Tod deiner Großmutter ihn ja eher erleichtern müssen.«

Ich nicke.

»In den drei Jahren, seitdem wir uns kennen, habe ich ihn nur einmal gesehen … auf der Beerdigung. Und da haben wir kaum miteinander geredet.«

»An dir liegt es nicht.«

»Ich hätte mich vielleicht mehr bemühen müssen.«

»Das nützt alles nichts. Er ist so verschlossen, keiner kommt an ihn heran. Dieser Werner Schumann hat auch nicht geahnt, was mit ihm los ist. Und er sagte, mein Vater sei sein bester Freund.«

»Ist er im selben Alter?«

»Ja.«

Schweigend beginnen wir zu essen. Ich denke an Vaters sechzigsten Geburtstag, ein Montag, Ende Januar. Jakob und ich hatten ihm eine CD mit den *Goldberg-Variationen* geschickt, gespielt von Glenn Gould. Vor Jahren hatte er einmal erwähnt, wie sehr er diesen Pianisten bewundere. Auch so ein Einsiedler. Zu der CD hat er sich nie geäußert. Dreimal habe ich an jenem Tag versucht, ihn anzurufen, um ihm zu gratulieren. Er hat nicht abgenommen. Einen Anrufbeantworter besitzt er nicht. Vermutlich hat er mit Werner Schumann Schach gespielt.

Jakob runzelt die Stirn. Meine Familie ist ihm ein Rätsel. Seine Geschwister, Eltern, Großeltern, Cousins, Cousinen, Tanten, Onkel, Nichten und Neffen haben ständig Kontakt, sie telefonieren, treffen sich zum Essen, feiern große Feste und verbringen sogar einen Teil ihrer Ferien zusammen. Sie streiten und vertragen sich und können sich immer aufeinander verlassen. Bis ich Jakob kennenlernte, dachte ich, solche Familien existieren nur in Büchern.

»Wie war dein Tag?«, frage ich.

»Super.« Jakob strahlt. »Die Tagung hat richtig was gebracht. Mit drei Allergologen konnte ich längere Interviews führen, außerdem habe ich viele Tipps und weitere Infos bekommen.«
»Das klingt gut.«
»Ich bin froh, dass ich vorher so gründlich recherchiert hatte. Morgen früh fange ich mit meinem Artikel an. Die Redaktion will ihn spätestens am Donnerstag haben.«
»Schaffst du das bis dahin?«, frage ich erschrocken.
»Na klar.«
»Das soll doch eine längere Reportage werden.«
»Ich habe die Gliederung schon im Kopf.« Jakob schenkt uns nach. »Und wie war's bei dir, bevor du erfahren hast, was mit deinem Vater passiert ist?«
»Ich habe mich mal wieder über Max geärgert. Er lässt keine Gelegenheit aus, mir zu zeigen, wie klein ich in seinen Augen bin.«
»Du bist nicht klein! Max ist einer der wichtigsten Galeristen in Hamburg. Meinst du, er würde dich vertreten, wenn er von deinen Bildern nicht überzeugt wäre?«
»Für ihn zählt nur das Geld.«
»Das kann ich mir nicht vorstellen.«
»Seine neueste Masche ist ein möglicher Deal mit einer Galerie in New York.«
»Das ist doch toll. Vielleicht hast du demnächst eine Ausstellung in New York.«
»Nein, bei diesen Verhandlungen geht es nicht um meine Bilder. Max hat wieder mit seinem typisch ironischen Unterton über meine norddeutschen Flusslandschaften gesprochen …«
»An deiner Stelle wäre ich mir da nicht so sicher … Warum sollten Amerikaner sich nicht für Landschaftsbilder aus Deutschland interessieren?«

Ich zucke mit den Achseln und esse mein Risotto auf.
»Bist du heute mit der Arbeit an der Abendstudie fertig geworden?«, fragt Jakob nach einer Weile.
»Ja.«
»Und? Zufrieden?«
»Hm ...«
»Sei doch nicht immer so streng mit dir. Glaub mal an das, was du tust.«
Ich spüre eine leichte Ungeduld in seiner Stimme. Für ihn ist es selbstverständlich, dass ich die Bildbestellungen, die Max bei mir in Auftrag gibt, eine nach der anderen abarbeite, so wie er seine Artikel abliefert.
Soll ich ihm erzählen, dass ich vorhin am liebsten etwas Fremdes mitten ins Bild gesetzt hätte? Nein, das würde er nicht verstehen. Ich verstehe es selbst kaum. Ich weiß nur, dass ich einen wachsenden Widerwillen gegen diese Fließbandproduktion verspüre.

Ich kann nicht einschlafen. Um kurz nach zwölf klingelt das Telefon. Jakob murmelt etwas und dreht sich auf die andere Seite.
»Hallo«, sage ich leise und stehe auf.
»Hier ist Lili. Ich war heute Abend im Theater und bin eben erst nach Hause gekommen.«
Ich gehe in die Küche und schließe die Tür hinter mir.
»Habe ich dich geweckt?«
»Nein, ich war noch wach.«
»Ist etwas mit meinem Vater?«
»Nein ... Es geht um Georg ... Er hat Schlaftabletten genommen ...«
»*Was?*«

Ich fasse für Lili zusammen, was ich weiß.

»Oh, Paula …« Sie fängt an zu weinen. »Am Freitag haben wir noch telefoniert … Er war wortkarg wie immer … wollte nur wissen, was Flynn macht. Verrückt, er interessiert sich eher für meinen Kater als für mich … Jahrelang habe ich damit gerechnet … dass er sich etwas antut … Aber in letzter Zeit nicht mehr … Ich dachte, der Tod unserer Mutter hätte ihn befreit …«

»Jakob wollte ihn heute Abend sofort besuchen, doch er will niemanden sehen …«

»Dann hat es keinen Zweck.«

»Das denke ich auch.«

»Es wäre gut, mit den Ärzten zu sprechen.« Lili putzt sich die Nase. »Ich komme morgen.«

»Wirklich?« Erleichterung breitet sich in mir aus. Mit Lili zusammen wird alles leichter sein.

»Natürlich komme ich. Entweder mit dem Aer-Lingus-Direktflug gleich morgen früh, oder ich fliege über London.«

»Du kannst bei uns wohnen. In meinem Atelier steht ein Schlafsofa.«

»Danke, das Angebot nehme ich gern an. Bei meinem letzten Besuch, als Mutter beerdigt wurde, habe ich ja noch mal in unserem alten Haus übernachtet. Das hat mir nicht gutgetan.«

»Wenn ich das gewusst hätte …«

»Das konntest du nicht ahnen. Außerdem hättest du mich nicht davon abhalten können. Es war eine Art Test, den ich mir abverlangt habe.«

»Wie machst du es mit deiner Arbeit? Hast du dringende Abgabetermine?«

»Die habe ich eigentlich immer. Ich bringe meine aktuelle Übersetzung mit.«
»Und Flynn?«
»Den wird meine Nachbarin versorgen. Das hat sie schon oft gemacht.«
»Schick mir eine SMS, wann du ankommst. Ich hole dich vom Flughafen ab.«
»Ist gut. Bis morgen.«
Ich schenke mir ein Glas Wasser ein und setze mich auf den Balkon. Es ist noch warm und fast windstill. *Das hat mir nicht gutgetan.* Lilis Satz geht mir nicht aus dem Kopf. Ich weiß so wenig von ihr, und trotzdem ist sie mir nah.
In der Ferne ertönt ein Martinshorn. Ich schließe die Augen. Wie konnte Vater so etwas tun?

3.

Die Treppe im Turm wird immer schmaler. Es ist dunkel. Vater ächzt und stöhnt. Wann sind wir endlich oben?, rufe ich. Er antwortet nicht. Lehm klebt unter seinen Stiefeln. Meine Schultern berühren die rauhen Wände. Gleich bleiben wir stecken. Da höre ich das Pfeifen des Windes. Es wird heller. Eine Stufe noch. Wir haben es geschafft. Die Sonne blendet mich. Guck dir das an!, sagt Vater und zeigt auf die hügelige Landschaft. Siehst du den See? Ich nicke. Mussten wir uns deshalb hier raufquälen?, frage ich. Du hast immer an allem etwas auszusetzen, genau wie deine Mutter, antwortet Vater und zieht eine kleine Holzkassette aus seiner Jacke. Er klappt sie auf und stellt sie auf die Brüstung. Ein Schachspiel. Magnetfiguren, sagt er und hält mir einen Turm unter die Nase. Aber ich kann kein Schach, protestiere ich. Ich bringe es dir bei, sagt er und stellt die Figuren auf. Er erklärt mir die Regeln, ich begreife sie nicht. Er erklärt sie mir noch einmal, meine Gedanken schweifen ab. Was ist mit dir los?, fragt Vater und schüttelt den Kopf. Wut steigt in mir hoch. Warum soll ich lernen, Schach zu spielen? Ich male lieber. Vater starrt mich an. Spiel doch mit deinem Freund!, rufe ich. Wie kannst du mich so enttäuschen, sagt Vater und schwingt sich auf die

Brüstung. Nein!, schreie ich und will ihn festhalten. Im nächsten Moment stürze ich in einen schwarzen Abgrund.
Ich schrecke hoch, spüre eine Hand auf meinem Arm. Jakob. Er knipst das Licht an, streicht mir über die nasse Stirn.
»Du hast geschrien.«
»Ich hatte einen Alptraum.«
»Kein Wunder, nach dem Tag gestern. Schlaf schnell wieder ein.«
Nach ein paar Sekunden höre ich seine gleichmäßigen Atemzüge.
Wie oft habe ich diese Fallträume schon gehabt. Aber zum ersten Mal kam Vater darin vor.
Ich liege wach, bis es hell wird.

Mein Wecker klingelt um sieben. Einen Moment lang weiß ich nicht, wo ich bin.
Jakobs Bettseite ist leer. Er joggt, wie jeden Morgen. Hätte er nicht heute einmal darauf verzichten können, um in Ruhe mit mir zu frühstücken?
Ich höre, wie er zurückkommt, die Kaffeemaschine startet und unter die Dusche steigt. Er pfeift eine Melodie, die ich nicht kenne. Wie kann er so gut gelaunt sein?
Ich stehe auf und schaue nach, ob Lili mir geschrieben hat. Ja, da ist ihre SMS.
Liebe Paula, ich habe noch ein Ticket für den Aer-Lingus-Flug bekommen. Ankunft heute um 9.50 Uhr.
Bis dahin liebe Grüße, Deine Lili
Jakob stürmt ins Zimmer und gibt mir einen Kuss. »Morgen. Ich bin eine neue Bestzeit gelaufen.« Plötzlich hält er inne. »Tut mir leid, ich habe eben nicht daran gedacht, dass …«
»Ist schon gut.«

»Leider muss ich mich wahnsinnig beeilen.« Er reißt den Schrank auf. In seiner Hälfte herrscht das übliche Chaos.
Ich sehe ihm zu, wie er nach frischen Anziehsachen sucht.
»Lili kommt nachher.«
»Aus Dublin? Oder ist sie sowieso gerade in Deutschland?«
»Nein. Wir haben heute Nacht telefoniert. Und dann hat sie sofort einen Flug nach Hamburg gebucht.«
»Das nenne ich Einsatz.«
»Ich habe ihr angeboten, dass sie bei uns wohnen kann.«
»Ja, klar.«
Ich folge Jakob in die Küche. Er isst sein Müsli im Stehen, trinkt seinen Milchkaffee aus und greift nach seinem Rucksack.
»Bis heute Abend.«
Ich höre, wie er die Treppen hinunterrennt. Gleich wird er sich auf sein Mountainbike schwingen und vielleicht auch in einer neuen Bestzeit zur Redaktion radeln.
Unter der Dusche denke ich über den Traum nach. Ich wollte Vater retten und komme selbst dabei um. Sind meine Schuldgefühle ihm gegenüber so groß, dass ich mein Leben für ihn opfern muss? Eine Auseinandersetzung wie im Traum hat es zwischen uns nie gegeben. Vor vielen Jahren, ich war nicht älter als zwölf, wollte er mir beibringen, Schach zu spielen. Er war enttäuscht, dass ich kein Interesse daran hatte. Danach hat er das Thema nie wieder angesprochen. Und auch nie versucht, mir etwas anderes beizubringen.
Die Sonne ist herausgekommen. Ich ziehe meinen kurzen Jeansrock an und ein schwarzes T-Shirt. Dazu flache Sandalen. Meine Haare binde ich zu einem Zopf zusammen. Du könntest mehr aus dir machen, wird Lili sagen. Oder denken.
Ich frühstücke, beziehe ihr Bett und räume mein Atelier auf.

Die vier Flusslandschaften verschwinden in der Ecke, wo verschiedene angefangene oder aussortierte Bilder stehen. Ich würde gern ein neues, ganz anderes Bild auf die Staffelei stellen. Doch so etwas habe ich nicht, habe zuletzt während meines Studiums abstrakte Themen und ungewöhnliche Techniken ausprobiert. Meine Versuche haben mich nie überzeugt. Bleibe bei dem, was du kannst, war in den letzten acht Jahren meine Devise. Jetzt bin ich im Bekannten steckengeblieben.
Ich kaufe ein, besorge Blumen, auch für den Balkon. Lobelien, Margeriten und dunkelrote Bartnelken. Seit Wochen habe ich die Kästen bepflanzen wollen.
Zwanzig nach neun. Ich schaffe es gerade noch, im Internet nachzusehen, in welchem Gebäude der Uni-Klinik sich die Psychiatrie befindet. *Haus W 37, Martinistraße 52.* Bis dorthin sind es zu Fuß nicht mehr als zehn Minuten. Es ist eine seltsame Vorstellung, dass Vater sich ganz in meiner Nähe befindet. Werden suizidgefährdete Patienten in geschlossenen Abteilungen untergebracht? Ich sehe ihn an einem vergitterten Fenster stehen. Nein, die Psychiatrie ist kein Gefängnis.

Der Flug aus Dublin hat eine halbe Stunde Verspätung. Ich kaufe mir eine *Süddeutsche* und setze mich so, dass ich die ankommenden Passagiere im Blick habe. Zwei kleine Kinder halten ein Plakat in den Händen: *Willkommen, liebe Omi!* Niemals hätte ich Großmutter so empfangen.
Es ist kühl hier. Die Klimaanlage läuft. Ich ziehe meine Strickjacke an und wickele mir ein Baumwolltuch um den Hals. Es fehlt noch, dass ich mich erkälte. Du bist viel zu ängstlich, würde Jakob jetzt sagen. Jakob hat gut reden, er ist nie krank. Bei mir dagegen wird aus einem Schnupfen sofort eine Bronchitis.

Ein englisch sprechendes Paar geht an mir vorbei. Und gleich darauf noch eins. Es folgt eine deutsche Schulklasse mit lauter kichernden Mädchen und prahlenden Jungen. An ihren Kofferanhängern erkenne ich, dass sie in Dublin waren.

Wo bleibt Lili? Hat sie die Maschine verpasst? Sie neigt dazu, zu spät zu kommen.

Wieder öffnet sich die Schiebetür. Da ist sie. Mit ihren einsfünfundachtzig überragt sie alle anderen. Ihre langen, rotbraunen Locken glänzen. Sie trägt eine schwarze Lederjacke, enge Jeans und silberne Ballerinas. Jetzt hat sie mich entdeckt.

»Paula!«

Wir nehmen uns in die Arme.

»Ich bin so froh, dass du da bist«, murmele ich.

Lili legt ihre Hände auf meine Schultern. Ihre grünen Augen schauen mich prüfend an.

»Du bist blass.«

»Ich habe wenig geschlafen und schlecht geträumt.«

»Fahren wir sofort zur Klinik?«

Ich nicke.

Auf dem Weg zum Parkplatz drehen sich mehrere Leute nach Lili um. Ich kenne niemanden, der so auffällt wie sie.

4.

Es gibt viel Verkehr. Ich kann mich nur schlecht konzentrieren. Beinahe hätte ich die Abzweigung zur Klinik verpasst.
»Hat Georg in letzter Zeit einen veränderten Eindruck auf dich gemacht?«, fragt Lili.
»Ich habe ihn seit Omas Beerdigung nicht gesehen.«
»Ah …«
»Manchmal sind die Abstände zwischen unseren Treffen noch viel größer«, sage ich eine Spur zu heftig. »Wir sehen uns am ehesten, wenn du kommst.«
»Ich weiß … ich hatte gehofft, dass sich nach Mutters Tod daran vielleicht etwas geändert hätte.«
»An mir hat es nicht gelegen, glaub mir. Ich habe ihn alle ein bis zwei Wochen angerufen und ihm irgendetwas vorgeschlagen: ein Bier zu trinken, ins Kino zu gehen, einen Spaziergang an der Elbe zu machen. Vater interessiert sich nur für sich. Oder zumindest interessiert er sich nicht für seine Tochter.«
»Paula …« Lili legt mir eine Hand auf den Arm. »Es war keine Kritik an dir.«
Zwischen den Klinikgebäuden finde ich keinen Parkplatz.

Ich fahre in die Tiefgarage, dort entdecke ich endlich eine Lücke. Ich stelle den Motor ab und lehne mich zurück.
»Du bist wütend, stimmt's?«
»Ja ... aber auch traurig und hilflos ... Und natürlich habe ich Schuldgefühle ...«
»Du bist nicht verantwortlich für das, was er getan hat.«
»Das sagst du so leicht. Es ist schlimm, wenn sich der eigene Vater aus dem Leben davonmachen will, ohne sich darum zu scheren, dass er ein Kind hat.«
Tränen laufen mir über die Wangen. Ich wische sie weg, will jetzt nicht weinen, will das alles hier schnell hinter mich bringen.
»Für mich ist es auch schlimm«, murmelt Lili. »Mein großer Bruder ... Ich habe bereits als Kind gemerkt, dass er anders war als die großen Brüder meiner Freundinnen ... Er konnte mich nicht beschützen, obwohl er sechs Jahre älter ist ... eher habe ich ihn beschützt ...«
»Ich habe immer gedacht, er sei mindestens zehn oder zwölf Jahre älter als du.«
»Danke ...«
»Vater sah schon mit vierzig aus, als sei er Ende fünfzig.«
»Ja«, seufzt Lili. »Georg war nie jung.«
Wir steigen aus und verlassen schweigend die Tiefgarage. Anhand eines Plans aus dem Internet versuche ich, mich zu orientieren. Es ist nicht weit bis zum Haus W 37. *Klinik und Poliklinik für Psychiatrie und Psychotherapie.*
Am Empfang ist es Lili, die sagt, wer wir sind und wohin wir wollen. Ich bin erleichtert, dass ich ihr das Reden überlassen kann. Man schickt uns in den dritten Stock des Neubaus. *Depression. Station und Tagesklinik.*
Eine ältere Frau geht an uns vorbei, ihre Miene ist starr. Ein

junger Mann sitzt unruhig auf einem Stuhl und schaut auf seine Hände. Vater kann ich nirgendwo entdecken.
Lili hat inzwischen mit einer Schwester gesprochen, sie wird dem Stationsarzt Bescheid sagen.
»Hoffentlich können wir Georg sehen.«
Ich bin nicht sehr optimistisch. Warum sollte Vater uns heute sehen wollen, wenn er es gestern nicht wollte?
Wir warten. Ab und zu drückt Lili meine Hand.
Nach einer halben Stunde tritt ein freundlich aussehender Arzt auf uns zu.
»Guten Tag. Ich bin Dr. Eggers.«
Wir folgen ihm in sein Sprechzimmer, einem hellen Raum mit Bildern von Miró und Kandinsky. Vielleicht wirkt sich abstrakte Kunst beruhigend auf die Patienten aus. Setzt der Arzt sie zu therapeutischen Zwecken ein? Lässt sich von einer Bildinterpretation auf eine psychische Verfassung schließen?
Lili hat begonnen, uns vorzustellen. Dr. Eggers hört ihr zu, nickt ein paarmal, sieht mich, dann wieder Lili an. Er ist kaum älter als ich, schießt es mir durch den Kopf.
»Nachdem die Stationsschwester mir Bescheid gesagt hat, dass Sie hier sind, habe ich noch einmal mit Georg Brandt gesprochen. Es ist leider nach wie vor so, dass er niemanden sehen möchte.«
Ich spüre einen Stich, dabei war ich doch darauf vorbereitet.
»Wie geht es ihm denn?«, fragt Lili.
»Physisch ist er relativ stabil«, antwortet Dr. Eggers. »Nach der Einlieferung am Montagabend wurde ihm der Magen ausgepumpt. Seit der Einnahme der Schlaftabletten war zum Glück noch nicht viel Zeit vergangen.«
»Er wollte also lebend gefunden werden.«

»Ja. Was aber nicht bedeutet, dass er nicht mehr suizidgefährdet ist. Im Gegenteil …«

»Und was passiert jetzt mit ihm?«, frage ich leise.

»Wir werden ihn vorerst weiter stationär behandeln. Er hat ausdrücklich den Wunsch geäußert, hierbleiben zu wollen.«

»Wie … erklären Sie sich das?«

»Er fühlt sich auf diese Weise geschützt, vor sich selbst.«

Wir schweigen. Mein Blick fällt auf das Miró-Bild. Unterschiedlich große, schwarze Punkte auf blauem Grund. Links ein leuchtend roter Stab. Ich denke an Kiesel, die auf eine Wand zurollen. Bis hierhin und nicht weiter. Oder sind sie von der Wand abgeprallt? Auf einmal sehe ich in dem Stab ein glühendes Stück Eisen und in den Punkten kleine Tiere, Mäuse oder Igel. Haben sie sich an dem Eisen verbrannt? Was würde Vater zu diesem Bild sagen?

Lili räuspert sich. »Vielleicht sollte ich noch erwähnen, dass unsere Mutter vor zwei Monaten ganz plötzlich gestorben ist. Hat mein Bruder mit Ihnen darüber gesprochen?«

»Nein.«

»Die Beziehung zwischen den beiden war zerrüttet. Ich weiß nicht, ob es da einen Zusammenhang gibt.«

Dr. Eggers macht sich eine Notiz und bittet darum, dass wir unsere Kontaktdaten bei der Stationsschwester hinterlassen.

»Grüßen Sie ihn von uns«, sagt Lili.

Er lächelt. »Gern. Es kann sein, dass er in ein paar Tagen damit einverstanden ist, Besuch zu bekommen.«

Wir bedanken uns. Fünf Minuten später stehen wir im Fahrstuhl. Ich habe Kopfschmerzen.

Auf der Fahrt nach Hause sprechen wir über Dr. Eggers. Lili hat, wie ich, das Gefühl, dass Vater bei ihm in guten Händen ist.

»Wir haben vergessen, ihn zu fragen, ob wir mit Georg telefonieren oder ihm wenigstens eine SMS schicken dürfen.«
»Besser nicht«, antworte ich. »Wenn er uns nicht sehen will, will er auch sonst keinen Kontakt.«
»Da bin ich mir nicht so sicher. Ich würde mich an seiner Stelle freuen, von meiner Familie zu hören.«
»Lili, du bist ganz anders als er.«
»Ich weiß …«

Ich habe Glück und finde einen Parkplatz fast direkt vor unserem Haus. Wir holen Lilis Koffer aus dem Auto. Erst jetzt nehme ich wahr, wie groß er ist.
»Keine Angst, ich werde nicht wochenlang bleiben«, sagt Lili und legt mir den Arm um die Schultern. »Aber ich reise nun mal gern mit viel Gepäck.«
»Du bist herzlich eingeladen, so lange zu bleiben, wie du willst.«
»Danke.«
Sie schaut sich neugierig um. »Es ist wirklich ein Zufall, dass ihr in die Geschwister-Scholl-Straße gezogen seid. Eine Schulfreundin von mir wohnte ein paar Häuser weiter.«
»Ach …«
»Manchmal habe ich bei ihr übernachtet. Dann sind wir abends durch die Kneipen gezogen …«
»Ich mag die Gegend sehr gern. Das Ausgehen ist für mich nicht so wichtig, für Jakob aber schon. Für mich hat das ausgebaute Dachgeschoss den Ausschlag gegeben. Von so einem hellen Atelier habe ich immer geträumt.«
»Ich bin sehr gespannt auf deine neuesten Werke.«
Sie wird enttäuscht sein, dass ich nach all den Jahren immer

noch die gleichen Bilder male, denke ich und schließe die Haustür auf.

Gemeinsam tragen wir ihren Koffer in den fünften Stock. Lili läuft begeistert durch die Wohnung, bewundert die Holzdielen, die alten Türen, den Stuck an der Decke.

Auf der Wendeltreppe haben wir etwas Mühe mit dem Koffer. Lili rutscht beinahe aus.

Durch die Dachfenster scheint die Sonne ins Atelier.

»Oh, ist das schön! Und hier schlafe ich?«

»Ja.«

»Habt ihr selbst renoviert?«

Ich nicke. »Jakob hat die Fußböden abgeschliffen und die Türen abgebeizt. Und dann haben wir alles gestrichen.«

»Seit wann seid ihr genau in dieser Wohnung?«

»Seit Januar.«

»Und? Wie ist es, nicht mehr alleine zu leben?«

»… Okay …«

»Nur ›okay‹?«

»Wir sind dabei, uns aneinander zu gewöhnen. Jakob ist am liebsten immerzu unterwegs. Er genießt es, nach einem langen Arbeitstag Freunde zu treffen und bis tief in die Nacht auf Achse zu sein.«

Lili schmunzelt. »Und da kannst du nicht mithalten.«

»Nein, ich brauche viel Ruhe. Das war mir natürlich vorher schon bewusst, aber alles ist noch mal ganz anders, wenn man zusammenwohnt.«

»Interessiert er sich für deine Arbeit?«

»… Ja.«

»Du zögerst.«

»Bevor wir uns kennengelernt haben, ist Jakob nie in irgendeine Ausstellung gegangen … Was meine Bilder angeht, inter-

essieren ihn vor allem die fertigen Produkte und die Tatsache, dass mein Galerist sie verkauft. Die Entstehungsprozesse langweilen ihn eher.«
»Kränkt dich das?«
»Nein, nicht wirklich. Man kann nicht alles haben. Jakob ist der erste Mann, mit dem ich mir überhaupt ein Zusammenleben vorstellen konnte. Keine Beziehung ist perfekt.«
»Ich habe jahrelang geglaubt, dass es die perfekte Beziehung geben müsste, und bin nie mit jemandem zusammengezogen.«
»Wirklich? Das wusste ich gar nicht. Bedauerst du es manchmal?«
»Ja … aber immer seltener.«
»Und was ist mit …«
»Meinst du Andrew?«
»Ja. Seid ihr noch zusammen?«
»Hm.«
»Lebt er in Dublin?«
»Nein, in London.«
»Und was macht er?«
»Er ist Anglist. Wir sehen uns alle paar Wochen und reisen viel. Das reicht. Nicht dass du denkst, es sei eine feste Bindung … zu so etwas war ich nie in der Lage.«
Lilis Gesicht ist plötzlich ernst. Sie wendet sich ab und öffnet ihren Koffer.
»Hast du Hunger?«
»Ja.«
»Es gibt einen griechischen Salat. Und zum Nachtisch Erdbeeren mit Quark.«
»Wunderbar.« Lili lächelt wieder.
»Handtücher findest du unten im Badezimmer.«

»Danke.« Sie zeigt auf das aufgeräumte Atelier. »Bist du gerade mit einem Projekt fertig geworden?«
»… Ja … so gut wie.«
Ich gehe schnell nach unten, diesmal rutsche ich beinahe aus.

5.

Lili sitzt in der Küche und telefoniert. Ihre Stimme klingt ärgerlich.
»Aber es ist erst Viertel vor eins. Mein Vater beginnt seinen Mittagsschlaf nie vor halb zwei … Ich weiß, wie alt er ist. Auch mit fünfundachtzig schläft man nicht den ganzen Tag … Bitte richten Sie ihm aus, dass seine Tochter in Hamburg ist und ihn heute Nachmittag besuchen möchte … Nein, zusammen mit seiner Enkelin … Ja, ich habe Sie verstanden: nicht vor sechzehn Uhr … Auf Wiederhören.«
»Hat Großvater nicht mehr die nette Pflegerin?«
»Frau Hoffmann ist seit zwei Wochen im Urlaub. Dies ist ihre Vertretung, Frau Bergstedt. Die Agentur hatte mir fest versprochen, dass sie eine freundliche, kompetente Person auswählen. Aber diese Frau Bergstedt hat Haare auf den Zähnen.«
»Dein Vater weiß sich zu wehren.«
»Nicht unbedingt. Er hat jetzt vermutlich gar nicht mitbekommen, dass ich angerufen habe.«
»Gut, dass wir nachher hinfahren.«
»Ja … eventuell muss ich mich um eine andere Vertretung kümmern.«
»Hat Georg sich je für diese Dinge interessiert?«

Lili schüttelt den Kopf. »Damit wäre er völlig überfordert ... Komm, lass uns essen. Du hast so schön gedeckt.«
Wir gehen auf den Balkon und setzen uns unter den Sonnenschirm.
Lili füllt sich Salat auf. Ich schenke uns Wasser ein und reiche ihr den Brotkorb.
»Danke. Guten Appetit.«
Ich habe bisher noch nie allein mit Lili gegessen. Sonst haben wir uns entweder bei den Großeltern getroffen oder sind mit Vater in ein Restaurant gegangen. Lilis Besuche waren immer zu kurz für eine Unternehmung zu zweit.
»Als ich mit sechzehn nach England in ein Internat wollte, hätte ich mir niemals vorstellen können, dass ich mir mal Gedanken darüber machen würde, wer meinen alten Vater pflegt«, sagt Lili. »Ich wollte nur weg von hier.«
»Wie haben deine Eltern reagiert?«
»Mutter war strikt dagegen. Und normalerweise konnte sie sich Vater gegenüber immer durchsetzen. Aber in diesem Fall verkündete er: Wenn Lili gehen will, soll sie gehen. Es gab einen Riesenkrach zwischen den beiden. Doch das war mir egal. Ich wusste, ich hatte gewonnen.«
Lilis Augen leuchten. Ich wünschte, ich hätte etwas von ihrer Kraft, ihrer Stärke.
»Mir war klar, dass ich nicht nach einem Jahr zurückkommen würde. Ich wollte die Schule in England beenden.«
»Großvater ist sonst nie tolerant. Wieso war er in diesem Fall auf deiner Seite?«
»Das habe ich mich auch oft gefragt. Ich weiß es bis heute nicht.«
Seltsam. Wollte er Lili loswerden?
»Es kam für mich nie mehr in Frage, nach Deutschland zu-

rückzukehren«, fährt sie fort. »Nach der Schule habe ich mich an verschiedenen Unis in England, Schottland und Irland beworben und war sehr glücklich, als sie mich in Dublin angenommen haben.«
»Und Großvater hat für alles bezahlt?«
»Ja.«
Unten auf der Straße fährt ein Junge auf einem Skateboard, zwei alte Frauen unterhalten sich, irgendwo weint ein Baby.
»Warum wolltest du mit sechzehn unbedingt weg aus Hamburg?«
»Ich hatte schon als Kind das Gefühl, in dieser Familie zu ersticken, und habe versucht, mich so oft wie möglich abzusetzen. Als Zehnjährige war ich drei Wochen mit meiner besten Freundin und ihren Eltern in den Ferien in Dänemark. Danach wusste ich, dass bei uns etwas nicht in Ordnung ist.«
»Und was war das genau?«
»Es herrschte immer eine gedrückte Stimmung. Keine Ahnung, warum.«
Ich nicke. Bei dem Gedanken an meine Besuche bei den Großeltern spüre ich sofort wieder die bekannte Beklemmung. Schon der Anblick ihrer Villa in der Heilwigstraße sorgte bei mir als Kind dafür, dass ich nach Hause wollte.
»Georg hätte auch weggehen sollen.«
»Ja ...«
»Ich habe es ihm oft genug vorgeschlagen, aber er meinte, dass er das nicht schaffen würde.«
»Hat er dir je gesagt, wie er sein Geld verdient?«
»Nein, da verweigert er seit Jahrzehnten eine genaue Antwort. Meistens murmelt er etwas von wechselnden Jobs.«
»Das stimmt nicht. Sein Schachfreund hat mir erzählt, dass er

seit zwanzig Jahren in der Holzabteilung von BAUHAUS in Lokstedt arbeitet.«
Lili schlägt die Hand vor den Mund. »Wirklich?«
»Jakob und ich haben da alles gekauft, was wir für unsere Renovierung brauchten. Wir hätten Vater zufällig begegnen können.«
»Er muss doch damit gerechnet haben, dass so was eines Tages passiert.«
»Vielleicht war es ihm irgendwann egal.«
»Georg konnte schon als Kind gut mit Holz umgehen. Er hat mir einen Bollerwagen gebaut und verschiedene Tiere geschnitzt: eine Giraffe, ein Nashorn und ein Krokodil … Ich habe nie verstanden, warum er seine Tischlerlehre abgebrochen hat.«
Schweigend essen wir unseren Nachtisch. Ob Vater mit Dr. Eggers über seine Familie spricht? Er kennt sicher den Namen Alfred Brandt. Den kennt in Hamburg fast jeder.

Lili arbeitet oben an ihrer Übersetzung. Sie hat mir angeboten, sich ins Wohnzimmer oder in die Küche zu setzen. Ich habe ihr geantwortet, dass ich viel Korrespondenz zu erledigen hätte und heute sowieso nicht im Atelier arbeiten würde. Hat es sie überrascht? Vielleicht. In ihrem Blick lag etwas Fragendes. Aber was hätte ich ihr sagen sollen? Ich kann nicht weitermalen wie bisher?
Ich schicke eine SMS an Jakob. *Lili und ich waren in der Klinik. Mein Vater will nach wie vor niemanden sehen. Gruß, P.* Zwei Minuten später simst er zurück. *Oh, das tut mir leid. Kuss, Dein J.*
Es fällt mir schwer, eine Mail an Max zu schreiben. Auch den dritten Versuch verwerfe ich. Jakob würde es mühelos gelin-

gen, einen selbstbewussten Text aufzusetzen. Aber ich will Jakob nicht um Hilfe bitten. Es würde ihm nicht gefallen, was ich Max mitzuteilen habe.

Lieber Max,
leider kann ich im Moment aus familiären Gründen nicht weiterarbeiten. Du wirst also auf die letzten beiden Flusslandschaften noch etwas warten müssen. Bisher habe ich Dich nie um Aufschub bitten müssen; ich hoffe sehr auf Dein Verständnis.
Herzliche Grüße
Paula

Seine Antwort kommt umgehend. *Schade. M.*
Er will nicht einmal wissen, was passiert ist. Ich hätte es ihm sowieso nicht sagen wollen.

Lili und ich gehen zu Fuß zur Heilwigstraße. Sie zeigt mir den Park, wo sie mit ihren Freundinnen gespielt hat, und die Stelle an der Alster, wo sie im Alter von sechs Jahren beinahe auf dem Eis eingebrochen wäre.
»Ich war mit meiner Mutter oft hier …« In meiner Kehle wird es eng. »Zuletzt habe ich sie im Rollstuhl geschoben … bis zwei Wochen vor ihrem Tod …«
»Wie lange ist das jetzt her? Fünf Jahre?«
»Sieben … Dieser verfluchte Krebs … Gut, dass Oma und Opa das nicht mehr erlebt haben.«
»Deine Mutter hatte keine Geschwister, oder?«
»Nein. Sie hätte gern welche gehabt, genau wie ich … Jakob dagegen kommt aus einer großen Familie.«
»Versteht er sich mit Georg?«
»Die beiden sind sich bisher nur auf Großmutters Beerdigung

begegnet. Vater sagt unsere Verabredungen immer im letzten Moment unter irgendeinem Vorwand ab.«
»Meine Güte!«, schimpft Lili. »Wie kann er so desinteressiert sein.«
»Ich denke, dass es eher Unsicherheit ist … oder Angst.«
»Ja, du hast natürlich recht. Trotzdem ist es mir unbegreiflich.«
Gleich sind wir da. Mir bricht der Schweiß aus, sobald ich die weiße Villa mit der hohen Eingangstür und den geschwungenen Giebeln sehe.
Lili schaut auf die Uhr. »Kurz nach vier. Jetzt wird Frau Bergstedt uns hoffentlich reinlassen.«
»Hast du keinen Schlüssel?«
»Nein. Mein Vater hält es nicht für nötig, mir einen zu geben. Oder er misstraut seiner abtrünnigen Tochter. Vielleicht befürchtet er, ich könnte mich mit seinem Silberbesteck auf und davon machen.«
Wir klingeln und warten.
Ich höre Schritte, die Tür wird geöffnet. Eine stämmige Frau im grauen Twinset mit kurzen schwarzen Haaren nickt uns zu, ohne ein Wort zu sagen.
Lili nennt unsere Namen und streckt ihr die Hand entgegen. Frau Bergstedt ergreift sie flüchtig und lässt uns eintreten.
»Sitzt mein Vater im Wohnzimmer?«
»Ja. Der Tee ist fertig.«
»Danke.«
Im dunklen, holzgetäfelten Flur schlägt mir der bekannte Geruch entgegen. Eine Mischung aus Mottenkugeln und grüner Seife. An den Wänden hängen Geweihe von Hirschen und Rehböcken, dazwischen prangt ein ausgestopfter Wildschweinkopf.

»Schrecklich!«, flüstert Lili. »Vor dem habe ich mich als Kind so gefürchtet.«
Ich mich auch. Einmal wurde im Traum aus dem Wildschweinkopf der Kopf meines Vaters.
»Lili?«
Großvaters tiefe Stimme.
»Komm«, sagt sie. »Gehen wir in die Höhle des Löwen.«
Sie schiebt die Tür zum Wohnzimmer auf. Alte englische Möbel, Perserteppiche, wertvolle Kunst an den Wänden. Und überall frische Blumensträuße. Großvater sitzt in seinem Sessel am Fenster. Er trägt wie immer eine Krawatte, heute ist es eine blau-rot gestreifte mit kleinen Wappen. Dazu eine dunkelblaue Strickjacke und graue Flanellhosen. Nur die braunen Hausschuhe fallen aus dem Rahmen. Er betrachtet uns über den Rand seiner Brille hinweg. Seine blauen Augen sind kalt.
»Was für eine Überraschung.«
»Tag, Vater.«
»Und Paula hast du auch mitgebracht.«
Lili umarmt ihn und küsst ihn auf die Wange. Ich gebe ihm die Hand, habe ihn noch nie umarmt.
»Setzt euch«, sagt er und zeigt auf die silberne Teekanne. »Die nette Frau Bergstedt hat alles vorbereitet. Nur das Einschenken müsst ihr übernehmen.«
»Findest du sie wirklich nett?«, fragt Lili und schenkt ihm zuerst ein. »Auf mich wirkt sie unfreundlich.«
»Das muss mit dir zu tun haben«, sagt Großvater streng. »Ich würde es begrüßen, wenn sie ständig bleiben könnte.«
»Oh, nein!«, seufzt Lili.
»Nehmt euch Gebäck.«
Die üblichen Heidesandplätzchen vom teuersten Konditor. Wie früher habe ich Angst zu krümeln.

Lili hat uns allen eingeschenkt und stellt die Kanne zurück auf das Stövchen. Das Teelicht flackert.

»Vater, ich … der Anlass meines Besuchs in Hamburg ist sehr traurig …«

Großvater zieht die Augenbrauen hoch und schlürft seinen Tee. »Bist du krank?«

»Nein … Georg hat am Montag versucht, sich das Leben zu nehmen.«

Er stellt die Tasse ab. Seine Hand zittert nicht. »Dein Bruder ist ein Verlorener.«

»Wie bitte?«

»Muss ich mich wiederholen? Du hast doch ein gutes Gehör.«

»Mehr hast du nicht dazu zu sagen, dass dein einziger Sohn sich umbringen wollte?«

Er schüttelt den Kopf.

»Dann können wir gleich wieder gehen«, sagt Lili und steht auf.

Was? Will sie nicht versuchen, weiter mit Großvater zu reden?

»Lili, vielleicht sollten wir …«

»Komm!«, unterbricht sie mich.

Ich folge ihr.

Frau Bergstedt öffnet uns die Haustür. Ihre Mundwinkel verziehen sich zu einem Lächeln.

6.

Das Gartentor fällt hinter uns ins Schloss. Lili schlägt wortlos den Weg in Richtung Außenalster ein.

Ich drehe mich um und werfe einen letzten Blick auf die weiße Villa. Nein, ich habe die Szene im Wohnzimmer nicht geträumt. Dort sitzt Großvater zwischen all seinen Reichtümern und will von seinem Sohn nichts wissen.

Schweigend laufen wir nebeneinander her, über die Brücke, den Leinpfad entlang, vorbei an lauter Häusern, die ein Vermögen wert sind. Hier ist Vater aufgewachsen, dies war seine Welt, bis die Großeltern ihn hinauswarfen.

Heute wohnt er in einer winzigen Zweizimmerwohnung in Steilshoop.

»Dieser Mann hat keine Gefühle«, sagt Lili mit gepresster Stimme, »er hat nie welche gehabt.«

»Wie kommt das?«

»Ich weiß es nicht.«

Wir erreichen den Alsterpark und setzen uns auf eine Bank. Wolken sind aufgezogen, und es wird windiger. Ich hätte eine wärmere Jacke anziehen sollen.

Zwei Seglern macht der aufkommende Wind zu schaffen. Ihr Boot gerät in Schieflage, beinahe kentern sie. Großvater war

ein begeisterter Segler. Noch mit siebzig segelte er in der Ägäis.
»Ich erinnere mich an ein Mittagessen ...« Lili räuspert sich. »Es gab Fisch mit vielen Gräten. Ich war höchstens sechs. Georg kam zu spät. Wo kommst du her?, fragte Vater. Aus der Schule, murmelte Georg. Vater zog die Augenbrauen hoch. Du hättest schon vor einer halben Stunde hier sein müssen. Georg schoss das Blut in den Kopf. Meinst du, ich merke nicht, wenn du mich anlügst? Georg versuchte, an ihm vorbei zu seinem Platz zu gehen, doch Vater packte ihn am Arm. Bleib gefälligst stehen! Ich habe mit dir zu reden. Mutter schwieg und aß weiter ihren Fisch, während Vater Georg eine Standpauke hielt. Mein großer Bruder stand da, mit gesenkten Augen und ließ alles über sich ergehen.«
In meinem Innern zieht sich etwas zusammen. Warum hat er sich nie gewehrt?
»Später habe ich erfahren, dass unsere Eltern an dem Tag einen blauen Brief von Georgs Klassenlehrer bekommen hatten«, fuhr Lili fort. »Darin hieß es, dass die Leistungen ihres Sohnes zu wünschen übrig ließen und seine Versetzung in die Quarta gefährdet sei. Du bist ein Versager!, sagte Mutter und stand auf. Georg rührte sich nicht. Sie verließ das Esszimmer, als ginge dieser Sohn sie nichts an.«
Ich denke an Großmutter in ihren feinen Kostümen und Seidenkleidern. Sie sah immer aus, als käme sie gerade vom Friseur.
»Vater legte ein Stück kalten Fisch auf Georgs Teller und befahl ihm zu essen. Beim ersten Bissen verschluckte Georg sich an einer Gräte. Er würgte und hustete und lief rot an im Gesicht. Vater rührte das alles nicht.«
Ich blicke aufs Wasser. Das Segelboot ist verschwunden. Wie konnte Großvater so grausam sein?

»Georg musste am Tisch sitzen bleiben, bis er seinen Fisch aufgegessen hatte.«
»Hat er mit dir über die Eltern gesprochen?«
»Nein. Ich war viel zu klein.«
»Ich meine später, als du zwölf oder dreizehn warst?«
»Auch nicht. Wenn ich zu ihm sagte, das war aber ungerecht von Vater, zuckte er nur mit den Achseln. Es machte mich schon damals wütend, zu sehen, wie hilflos er war.«
Ich bin nie wütend auf ihn gewesen, dafür ist mir seine Hilflosigkeit zu vertraut.

Gleich kommt dein Vater, sagt Mama. Mein Herz macht einen kleinen Sprung. Ich bin sieben. Wie lange habe ich Papa nicht gesehen? Ich weiß es nicht. Lange. Heute musst du nicht nach unten gehen, wenn er klingelt, erklärt Mama. Warum nicht? Weil wir zusammen mit ihm Mittag essen. Hat Mama deshalb Rouladen mit Erbsen gekocht? Mein Lieblingsessen. Habt ihr euch wieder vertragen?, frage ich. Mama seufzt. Wir haben beschlossen, dass wir wenigstens wieder miteinander reden wollen. Ich habe plötzlich ein mulmiges Gefühl. Papa redet doch so wenig. Mama rührt in der Soße und schaut auf die Küchenuhr. Wo bleibt er denn? Das Essen verkocht. Ich laufe zum Fenster, unten hält der Bus. Eins, zwei, drei, vier Leute steigen aus, Papa ist nicht dabei. Hoffentlich hat er nicht vergessen, dass er mit uns essen soll. Ein Mann schließt sein Rad am Fahrradständer an. Er trägt einen braunen Anorak und hat die Kapuze auf. Ist das Papa? Ich sehe ihn nicht mehr. Da klingelt es. Das ist er!, rufe ich und drücke auf den Summer. Ich reiße die Tür auf und höre Papas schwere Schritte im Treppenhaus. Ist er jetzt im ersten Stock? Er braucht länger für die Treppen als Mama und viel länger als ich. Papa?, rufe ich. Ja, antwortet er. Ich blicke nach unten und sehe seine Hand auf dem Geländer hochwandern. Endlich ist er im zweiten Stock. Schneller, rufe ich und laufe ihm entgegen, nehme immer zwei Stufen auf einmal. Vorsicht, sagt Papa. Aber ich falle nicht. Er nimmt mich in die Arme und murmelt: Hallo, meine kleine Paula. Komm, rufe ich, das Essen ist fertig. Ich ziehe ihn hinter mir her. Mama steht in der offenen Tür. Sie hat die Schürze noch um. Guten Tag, Georg, sagt sie und streckt ihm die Hand entgegen. Tag, Carola, antwortet er und greift nach ihrer Hand. Danke für die Einladung. Komisch, wenn sich die Eltern die Hand geben. Aber besser, als wenn sie es nicht tun. Papa zieht seinen Anorak aus und hängt ihn an die Garderobe. Er sieht sich um und presst die Lippen zusammen. Vielleicht ist er nicht gern in seiner alten Wohnung. Mama hat mir erzählt, dass Papa hier früher auch gewohnt hat. Da war ich noch ganz klein. Es duftet gut, sagt Papa. Mama lächelt. Sie hat ein weißes Tischtuch gedeckt und weiße Stoffservietten und eine rote Kerze angezündet. Links sitzt Papa, rechts sitzt Mama, ich sitze in der Mitte. Beim Essen sagt Papa kaum ein Wort, Mama auch nicht. Dafür rede ich. Über die Schule, meine Freundinnen, meine bunten Bilder. Noch nie habe ich so viel geredet. Später spielen wir *Mensch ärgere Dich nicht.* Ich gewinne dreimal hintereinander. Dann muss Papa nach Hause. Ich bin traurig und froh. Sie haben sich nicht gestritten. Mama macht den Abwasch, ich trockne ab. Wir hören Musik. Jetzt ist wieder alles wie immer.

Lili und ich sitzen bei einem Glas Rotwein im Wohnzimmer. Es ist kurz nach zehn. Ich höre, wie die Tür aufgeschlossen wird.
»Kommt Jakob immer so spät?«, fragt Lili.

»Nein, aber oft ...«

Sie begrüßen sich, Jakob setzt sich zu uns, erkundigt sich nach Lilis Reise. Sie sind sich erst einmal begegnet, bei Großmutters Beerdigung, aber schon da hatten sie direkt einen Draht zueinander.

Lili übernimmt es, ihm zu erzählen, wie kühl Großvater auf die Nachricht von Georgs Selbstmordversuch reagiert hat.

»Das ist mir unbegreiflich«, sagt Jakob. »Ist sein Sohn ihm so gleichgültig?«

»Ich weiß nicht, was in ihm vorgeht«, antwortet Lili. »Er ist völlig verhärtet.«

Jakob sieht mich an, als würde ihm erst jetzt richtig klar, aus was für einer Familie ich stamme. »Dein Vater tut mir wirklich leid. Ich wünschte, wir könnten irgendwas für ihn tun.«

Ich schlucke.

»Schade, dass er keinen Besuch haben will.«

Wir sprechen über den nächsten Tag. Lili möchte noch einmal in die Klinik. Wenn Georg dabei bleibt, dass er niemanden sehen will, wird sie übermorgen nach Dublin zurückfliegen.

»Ich werde auch meinen Vater anrufen«, sagt Lili und seufzt. »Es wäre nicht gut, ohne ein versöhnliches Wort aus Hamburg abzureisen. Wenn jemand so alt ist wie er, weiß man nie ...« Sie hält inne. »Paula, ich hatte gerade eine Idee ...«

»Aha ...«

»Willst du für ein paar Tage mit nach Dublin kommen?«

»*Was?*«

»Es wird dir bestimmt gefallen.«

»... Hm, aber vielleicht nicht gerade jetzt. Wer weiß, wie es mit Vater weitergeht, und ich muss hier sein, wenn er mich plötzlich doch sehen will.«

»Wir fragen morgen Dr. Eggers, wie er die Situation einschätzt. Georg ist ein störrischer Mensch, er ändert seine Haltung nicht so leicht. Und er schämt sich vor uns. Ich bin überzeugt, er wird weiterhin jeden Besuch ablehnen.«
»Lilis Vorschlag ist gut«, sagt Jakob. »Dann kommst du mal raus aus der Bude, siehst was anderes. Mir ist es sowieso schleierhaft, wie du es aushältst, immer zu Hause zu sein.«
»Ich arbeite gern hier ...«
»Ja, trotzdem ... Es muss doch auch Pausen geben. Wenn ich dich im April nicht überredet hätte, mit mir nach Portugal zu fahren, hättest du gar keinen Urlaub gemacht.«
Ich trinke einen Schluck Wein. Wieso sagt er so etwas? Er weiß, dass ich nicht gern reise, schon gar nicht allein. Und auf dem Rückflug von Dublin nach Hamburg wäre ich allein.
»Ein andermal, ja?«, murmele ich und will aufstehen.
Lili beugt sich vor und greift nach meiner Hand. »Was deine Arbeit betrifft, ist es vielleicht sogar ein günstiger Zeitpunkt. Hast du nicht gesagt, dass du gerade mit einem Projekt fertig geworden bist?«
Ich zögere. »Mein Galerist hat einen Interessenten für eine Reihe von Flusslandschaften in unterschiedlichem Tageslicht. Aber zwei fehlen noch ... und jetzt macht er Druck ... Ich soll bis zum Wochenende damit fertig sein ... was eh nicht zu schaffen ist ...«
»Gönn dir eine kurze Auszeit«, sagt Jakob. »Dann läuft's anschließend wieder besser.«
»Das glaube ich nicht«, antworte ich und gehe ins Badezimmer.
Ich schaue in den Spiegel, kann meinem eigenen Blick kaum standhalten. Es kommt mir so vor, als hätten Lili und Jakob sich verabredet, mich aus meiner Routine herauszuholen.

Aber es ist mehr als Routine. Die Arbeit im Atelier strukturiert meinen Tag, mein Leben. Ich brauche diese feste Struktur. Was soll ich in Irland?

Um Viertel vor eins liegen Jakob und ich im Bett. Lili hat dasselbe Durchhaltevermögen wie er. Wenn es nach den beiden gegangen wäre, hätten sie noch eine Flasche Rotwein geöffnet.
»Deine Tante ist wirklich eine beeindruckende Frau. Toll, wie sie sich aus den Fängen ihrer Familie befreit hat.«
»Ja ...«
»Seltsam, dass dein Vater und sie Geschwister sind. Lili hat so viel Energie und ist so herzlich.«
»Du glaubst gar nicht, wie oft ich das schon gedacht habe, sogar als Kind.«
»Fahr mit ihr nach Dublin. Sie hat dich gern, ihr versteht euch gut, und ich kann mir vorstellen ...«
»Hast du vergessen, wie schwierig es für mich ist, wenn ich allein unterwegs bin?«, unterbreche ich ihn. »Ich gerate so leicht in Panik ...«
»Aber du fliegst doch mit Lili.«
»Nur hin, nicht zurück.«
»Ach, das schaffst du schon«, sagt Jakob und nimmt mich in den Arm.
Er versteht es nicht, wird es nie verstehen. Für ihn gehört es zum Selbstverständlichsten auf der Welt, sich von einem Ort zum anderen zu bewegen. Er hat keine Angst, sich zu verlieren oder verloren zu gehen.

Mama bringt mich zum Bahnhof. Menschen strömen an uns vorbei. Ich möchte wieder umkehren. Heute scheint halb

Hamburg zu verreisen, sagt Mama und steuert auf den Plan mit den Abfahrtzeiten zu. Gleis 14. Wir gehen die Treppe hinunter. Kannst du nicht mitkommen?, frage ich. Kind, ich muss arbeiten. Außerdem freuen sich Oma und Opa darauf, dass du sie endlich mal allein besuchst. Ja, es ist nur … Freust du dich nicht? Doch. Was hast du denn? Nichts. Wo sitzt du? Ich hole die Fahrkarte aus meinem Rucksack. Wagen 9, Platz 56. Mama schaut auf eine Tafel. Abschnitt D. Aus dem Lautsprecher ertönt eine Ansage. Der Zug fährt ein. Mama, ich … Paula, du bist immerhin schon sechzehn. Andere Jugendliche verreisen viel früher allein. Ich balle meine Hände zu Fäusten. Die Fahrt bis Hannover dauert nur anderthalb Stunden. Ruck, zuck bist du da. Ich hole tief Luft. Opa holt dich ab, er wartet auf dem Bahnsteig. Ich weiß. Hilf Oma in der Küche. Ja. Und grüß die beiden von mir. Mama umarmt mich. Der Zug hält. Ich greife nach meiner Reisetasche. Tschüs, mein Kind, viel Spaß. In einer Woche sehen wir uns wieder. Ich steige ein, finde meinen Platz, verstaue meine Jacke und die Reisetasche. Ich setze mich hin, lege den Rucksack auf den freien Platz neben mir. Soll ich mein Buch herausholen? Oder das Wasser? Den Apfel? Mama winkt zum Abschied, ich winke nicht. Der Zug fährt los. Ich sehe die Kräne im Hafen, die Container, die Schiffe. Wir fahren über die Elbbrücken. Mein Herz klopft, mir bricht der Schweiß aus, vor meinen Augen verschwimmt alles. Neunzig Minuten. Wie soll ich das schaffen? Ich kralle mich mit den Händen an den Armlehnen fest. In meiner Brust wird es eng. Und wenn ich ohnmächtig werde? Auf der anderen Seite des Gangs sitzt ein Mann und liest. Soll ich ihn fragen, ob er mir helfen kann? Was würde mir helfen? Reiß dich zusammen und denk an etwas anderes. Aber an was soll ich denken? Unser nächster Halt ist Harburg.

Der Zug fährt langsamer. Ich springe auf, schnappe mir meinen Rucksack, meine Reisetasche und laufe auf die Tür zu. Der Zug hält. Ich bekomme die Tür nicht auf. Der Druck auf der Brust wird schlimmer. Bitte helfen Sie mir!, schreie ich. Ist hier kein Schaffner? Plötzlich wird die Tür von außen geöffnet. Eine alte Dame starrt mich erschrocken an. Sie tritt beiseite, ich stürze an ihr vorbei. Atme auf. Der Zug fährt los. Ich habe meine Jacke vergessen.

Jakob ist eingeschlafen. Ich rolle mich auf die andere Seite. *Dein Vater reist ja leider nicht,* stand in Lilis Geburtstagsbrief. Ob er ähnliche Ängste hat wie ich? Ich habe nie mit ihm darüber gesprochen.

7.

Halb neun. Erschrocken starre ich auf den Wecker. Habe ich ihn überhört? Nein, er war nicht gestellt. Das ist mir noch nie passiert.
Eine SMS von Jakob. *Guten Morgen. Hoffentlich geht's Dir heute besser. Mach Dir mit Lili einen schönen Tag. Kuss, Dein J.*
Aus der Küche dringen klappernde Geräusche. Ich schließe die Augen wieder. Lili kommt allein zurecht. Und arbeiten werde ich auch heute nicht.
Ich denke an Lilis Vorschlag. Sie wird nicht so schnell aufgeben. Hauptsache, ich trete entschieden genug auf. Hab vielen Dank für deine Einladung. Ich habe noch einmal gründlich über die Reise nachgedacht, aber es passt im Moment wirklich nicht. Ich bin dem Galeristen gegenüber verpflichtet, die Vereinbarung einzuhalten. Immerhin ist er so etwas wie mein Arbeitgeber, der einzige, den ich habe, und da kann ich es mir nicht leisten …
»Morgen, Paula. Möchtest du einen Kaffee?«
Vor mir steht Lili in einem orangefarbenen Sommerkleid und hält mir einen Becher hin.
»Danke.« Ich richte mich auf. Kaffee mit viel Milch. Genau richtig.

»Jakob und ich haben schon gefrühstückt. Wir dachten, wir lassen dich noch schlafen. Du warst gestern Abend völlig erledigt.«
»Ja ... es war alles zu viel.«
»Natürlich. Vaters Reaktion hat dir den Rest gegeben.«
»Dir nicht?«
»Doch, aber ich kenne ihn. Ich war auf so etwas vorbereitet.«
Ich trinke meinen Kaffee, sehe, wie Lili sich umschaut, meine Bilder betrachtet. Heckenrosen in vier verschiedenen Stadien: Knospe, aufgehende Blüte, verwelkte Blüte, Frucht. Die Hagebutten sind nicht schlecht. Die Rosen dagegen wirken bemüht, wie abgemalt. Warum habe ich das früher nie bemerkt?
»Schön«, sagt Lili.
»Ich weiß nicht ...«
»Ich mag diese präzisen Darstellungen. Die drei Seestudien im Wohnzimmer gefallen mir übrigens auch sehr gut. Das schimmernde Wasser und die unterschiedlichen Grüntöne sind dir gut gelungen.«
»Danke ...«
»Ich hätte wetten können, dass die Bilder draußen entstanden sind, aber Jakob hat mir erzählt, dass du nie in der freien Natur malst.«
»Es würde mich zu sehr ablenken. Außerdem ändert sich das Licht ständig.«
»Fotografierst du viel, bevor du anfängst?«
»Ja ...« Oft sind die Fotos besser als die Bilder.
»Es muss sehr erfüllend sein, den ganzen Tag zu malen«, sagt Lili.
Wenn du wüsstest. Ich stelle den Becher ab und stehe auf.
»Ich beeile mich. In einer halben Stunde können wir los.«
»Immer mit der Ruhe. So früh brauchen wir in der Klinik

nicht aufzutauchen. Dr. Eggers ist sicherlich noch mit der Visite beschäftigt.«

Ich öffne den Schrank. Soll ich das Kleid anziehen, das Lili mir geschenkt hat? Nein, für die Psychiatrie brauche ich etwas Unauffälliges. Eine schwarze Hose, eine weiße Bluse und meine Jeansjacke.

»Zeigst du mir nachher deine Flusslandschaften?«

Ich drehe mich um. Lili sieht mich erwartungsvoll an.

»Wenn du unbedingt willst ... Ich bin nicht sehr zufrieden mit der Reihe.«

»Wieso nicht?«

»Das ist schwer zu beschreiben ... Jetzt dusche ich erst mal.«

Lili lässt nicht locker. Nach dem Frühstück gehe ich mit ihr nach oben ins Atelier. Ich hole die vier Flusslandschaften aus der Ecke und reihe sie nebeneinander auf.

»Ich weiß nicht, was du hast«, sagt Lili und geht an den Bildern entlang. »Die sind doch sehr stimmungsvoll. Sie haben etwas Impressionistisches.«

Ja, und nichts Eigenes, Unverwechselbares.

»Das Motiv ist gut gewählt, die Perspektive stimmt, und der Lichteinfall lässt sofort an die unterschiedlichen Tageszeiten denken.«

Handwerk, nichts als Handwerk.

»Es wundert mich nicht, dass sich so etwas gut verkauft.«

Ich zwinge mich, die Bilder nicht gleich wieder wegzuräumen. Hoffentlich will Lili nicht wissen, welche Tageszeiten noch fehlen. Die Wörter *Mondnacht* und *Morgennebel* würde ich nicht über die Lippen bekommen.

»Wenn der Galerist dich so unter Druck setzt, wäre es vielleicht nicht schlecht, wenn du dich etwas unabhängiger machen würdest.«

»Wie meinst du das?«
»Du könntest versuchen, auch für eine andere Galerie zu arbeiten. Dann hättest du zwei Standbeine.«
»Das darf ich nicht. Max Fischer hat mich exklusiv unter Vertrag.«
»Ach ...« Lili runzelt die Stirn. »Ich wusste nicht, dass es bei euch Malern nach diesem Alles-oder-nichts-Prinzip läuft.«
»Ja, und ich sollte froh sein, dass Max mich vertritt.«
»Mir ist übrigens was aufgefallen ...«
»Ja?«
»Deine Bilder haben alle ein kleines Format. Könntest du dir vorstellen, auch mal etwas großflächiger zu malen?«
»Nein.«
»Warum nicht?«
»Das liegt mir nicht.«
»Deine schönen Farben kämen noch mehr zur Geltung.«
Was soll ich Lili antworten? Dass ich schon immer Angst vor großen Leinwänden hatte, weil ich befürchte, dass meine Schwächen dort noch sichtbarer werden?
Das Telefon klingelt. Franziska.
»Eine Kollegin von mir«, erkläre ich Lili und nehme ab.
Franziska möchte wissen, wann ich Zeit habe, ihre neuen Arbeiten anzusehen. Ich zögere.
»Störe ich?«
»Nein ...«
Lili betrachtet wieder die Flusslandschaften. Stimmungsvoll. Meinte sie das ehrlich? Oder wagt sie es nur nicht, Kritik zu üben?
»Paula?«
»Ja ... Tut mir leid, es passt tatsächlich im Moment nicht so gut.«

»Soll ich später wieder anrufen?«
»… Ich melde mich.«
»Es geht darum, mit welchem Bild ich mich für eine Gruppenausstellung in einem kleinen süddeutschen Kunstverein bewerben soll«, sagt Franziska mit Nachdruck. »Bis übermorgen muss ich mich entscheiden.«
»Das schaffe ich nicht … Ich habe Besuch.«
»Schade.« Sie klingt enttäuscht. »Dein Rat wäre mir wichtig gewesen.«
»Vertrau deiner Intuition. Bis bald.«
Lili blickt mich erstaunt an. »Du musst meinetwegen nicht auf ein Treffen mit deiner Kollegin verzichten.«
»Wir wollen doch in die Klinik. Außerdem liegt mir nicht so viel an diesem Kontakt …«
Lili zieht die Augenbrauen hoch. Wie Großvater.
»Franziska und ich haben zusammen studiert. Sie malt ganz anders als ich, völlig abstrakt. Trotzdem fragt sie mich regelmäßig, welche Bilder sie für irgendwelche Wettbewerbe oder Ausstellungen einreichen soll.«
»Ist sie erfolgreich?«
»Finanziell nicht, aber … sie ist sehr anerkannt und hat schon mehrere Preise bekommen.«
»Gefallen dir ihre Arbeiten?«
»Ja …«
»Dein Urteil bedeutet ihr offenbar viel.«
»Keine Ahnung, warum.«
Lili seufzt. »Paula, dir fehlt es an Selbstbewusstsein.«
Ich schlucke. Bitte keine Grundsatzdiskussion. Dafür habe ich heute nicht die Kraft.
»Versteh mich nicht falsch. Ich meine nur, dass …«
»Ich will noch kurz nach meinen Mails sehen«, unterbreche

ich Lili. »Ist es dir recht, wenn wir in einer Viertelstunde aufbrechen?«

Sie sieht mich erstaunt an. »… Ja, natürlich.«

Ich laufe nach unten ins Schlafzimmer und atme ein paarmal tief durch. Lili meint es gut mit mir. Ich muss ihr nichts vormachen. Warum kann ich ihr nicht sagen, dass ich Franziska mag, aber der Umgang mit ihr schwierig für mich ist, weil ich sie beneide? Sie hat viel Mut und probiert ständig etwas Neues aus, Experimente, die ich niemals wagen würde. Finanzielle Sicherheit ist ihr nicht wichtig. Sie bekommt Stipendien, gibt Malkurse an der Volkshochschule und verkauft ab und zu ein Bild. Franziska ist zufrieden mit dem, was sie hat. Sie käme nicht auf die Idee, sich von einem Galeristen wie Max Fischer vertreten zu lassen.

Vom Flur her höre ich Lilis Stimme. Sie spricht Englisch, vielleicht telefoniert sie mit Andrew. Ich denke an ihr ernstes Gesicht gestern Mittag. Seltsam, dass Lili nie eine feste Bindung hatte.

Ich rufe meine Mails ab. Keine weitere Nachricht von Max.

8.

Wir gehen zu Fuß zur Klinik. Lili bewundert die renovierten Häuser in der Geschwister-Scholl-Straße, die kleinen Läden, die schönen Bäume.
Von meinem fehlenden Selbstbewusstsein ist nicht mehr die Rede.
Diesmal warten wir fast eine Stunde auf Dr. Eggers.
»Der Zustand Ihres Vaters beziehungsweise Bruders ist leider unverändert«, sagt er und bittet uns, Platz zu nehmen.
»Können wir ihn heute sehen?«, fragt Lili. »Ich lebe im Ausland und bin extra nach Hamburg gekommen, weil ich mir große Sorgen um ihn mache.«
»Das kann ich gut verstehen, aber Ihr Bruder lehnt im Moment jeden Besuch ab.«
Der Miró hat etwas Bedrohliches. Ich ertrage den Anblick nicht. Wieso hängt ein Psychiater sich ein solches Bild in sein Sprechzimmer?
»Gestern meinten Sie, dass es in ein paar Tagen anders aussehen könne«, sagt Lili.
»Heute bin ich nicht mehr so optimistisch. Er hat eben sehr heftig reagiert …«
»Was hat er gesagt?«

»Dass er es satthabe, ständig danach gefragt zu werden. Er wolle seine Ruhe haben.«
»Das ist deutlich genug«, murmele ich und überlege, ob ich aufstehen soll.
»Wie hat er auf unsere Grüße reagiert?«, fragt Lili.
»Er hat sie zur Kenntnis genommen.«
»Dürfen wir mit ihm telefonieren oder ihm eine SMS schicken?«
»Er hat sich ausdrücklich jeden Kontakt verbeten.«
»Meine Güte!«, stöhnt Lili. »Warum muss er bloß immer so dickköpfig sein!«
»Ihr Bruder ist krank«, sagt Dr. Eggers ruhig.
Wir verabschieden uns.
Auf dem Nachhauseweg schweigt Lili. Sie läuft so schnell, dass ich kaum hinterherkomme. Eine gut trainierte Joggerin, die vermutlich schon gejoggt ist, als es das Wort noch gar nicht gab. Nimm dir ein Beispiel an ihr, würde Jakob sagen. Sie ist zweiundzwanzig Jahre älter als du und wesentlich fitter. Ich mag keinen Sport. Darin sind Vater und ich uns einig.

»Wie geht es dir heute?« Lilis Stimme bebt.
An ihrer Stelle hätte ich Großvater jetzt nicht angerufen.
»Es tut mir leid, dass deine Arthrose dir zu schaffen macht … Ungehöriges Verhalten? Unser Abgang war noch harmlos. Weißt du eigentlich, wie ungeheuerlich deine Reaktion war? Am liebsten hätte ich dein Porzellan zerschlagen … Ja, ich bin zum Glück impulsiv. Mir habt ihr nicht das Rückgrat gebrochen … Warum bekennst du dich nicht zu deiner Verantwortung? … Nein, es sind nicht Georgs Gene. Mit dieser Theorie bist du auf dem Holzweg. Wie oft habe ich dir das schon … Ja, ich rege mich auf, weil ich Gefühle in mir habe,

im Gegensatz zu dir! ... Frau Bergstedt ist ganz deiner Meinung? Das wird ja immer verrückter. Was Frau Bergstedt zu meinem Bruder zu sagen hat, interessiert mich nicht die Bohne! ... Du hast recht, wir sollten das Gespräch beenden. Ich kann dir nur empfehlen, mal gründlich über dein Leben nachzudenken. Vielleicht können wir dann wieder ...« Lili schlägt mit der Faust auf den Tisch. »Aufgelegt!«
»Du kennst ihn doch.«
»Ja, natürlich. Ich kann mir auch nicht erklären, warum ich immer wieder von neuem hoffe, er würde sich ändern.«
»Was willst du jetzt machen? Zu ihm fahren?«
»So weit kommt es noch! Nein, ich werde meinen Rückflug buchen.« Lili greift nach ihrer Handtasche und läuft die Treppe hinauf.
»Wollen wir gleich um die Ecke was essen gehen?«, rufe ich ihr nach.
»Ich habe keinen Hunger«, ertönt es von oben. »Außerdem muss ich arbeiten.«
Ihre Stimme klingt hart. Wieso erschrecke ich über Lilis schlechte Laune? Der Bruder will sie nicht sehen, die alten Konflikte mit dem Vater sind wieder aufgeflammt, die Nichte ist in ihrer eigenen kleinen Welt gefangen.

Ich gehe unruhig durch die Wohnung. Von oben höre ich Lili auf ihrem Laptop tippen. Es klingt wie ein leichtes Gezwitscher. Sie arbeitet ununterbrochen, seit Stunden. Wie kommt es, dass sie sich nach all der Aufregung und dem Ärger so gut konzentrieren kann?
Ich bleibe an der Balkontür stehen. Die Blumen in den Kästen müssten gegossen werden. Heute ist Sommeranfang, der längste Tag des Jahres. Sonst mag ich diese Jahreszeit, in der

alles blüht und das Licht am hellsten ist. Ich mag sie mehr als jede andere. Warum hat sie auf einmal etwas Bedrückendes?
Ich koche mir einen Tee und setze mich an den Tisch. Morgen früh, nach Lilis Abreise, werde ich ins Atelier gehen, die Bettwäsche abziehen, das Schlafsofa einklappen und eine frische Leinwand für die fünfte Flusslandschaft auf die Staffelei stellen. Diszipliniert, wie ich bin, werde ich spätestens in einer Woche alle sechs Bilder fertighaben, und Max wird versöhnt mit mir sein, wenn der Augenarzt sie ihm abkauft. Es wird neue Aufträge geben. Dünen. Lupinen. Teiche mit Seerosen in flirrendem Sonnenlicht. Irgendwann wird Vater aus der Psychiatrie entlassen werden. Vielleicht treffen wir uns auf einen Kaffee, ohne viel zu reden. Großvater wird auch zu seinem sechsundachtzigsten Geburtstag ein großes Essen veranstalten, und Jakob und ich werden dabei sein und zusehen, wie er sich feiern lässt. Alles wird weitergehen wie bisher.
Ich schlage die Hände vors Gesicht. Nein, der Gedanke ist unerträglich.
Und wenn ich mich weigere? Mich auf und davonmache und nach Dublin fliege?
Meine Hände werden feucht vor Aufregung.
Aber warum eigentlich nicht? Mit Lili zusammen könnte ich es wagen. Sie ist stark. Bei ihr fühle ich mich sicher.
Sie hat ihre Einladung nicht wiederholt, vielleicht hat sie es sich anders überlegt.
Ich zögere, gebe mir einen Ruck, laufe die Treppe zum Atelier hinauf.
»Darf ich dich kurz stören?«
Lili blickt hoch.
»Gilt dein Angebot noch?«
»Hm? Was meinst du?«

»Dass ich mit dir nach Dublin kommen kann ...«
»Ja, natürlich.« Sie lächelt. »Ich hatte gestern Abend den Eindruck, dass die Reise für dich im Augenblick nicht in Frage kommt. Deshalb habe ich das Thema heute nicht mehr erwähnt.«
»Es war auch so, aber ich habe noch mal darüber nachgedacht ...«
»Wunderbar.« Lilis schlechte Laune ist verflogen. »Lass uns schnell nachsehen, ob es noch Flüge gibt. Leider sind die Preise recht hoch, wenn man so kurzfristig bucht. Ich habe vorhin für meinen Rückflug über zweihundert Euro bezahlt.«
»Das macht nichts. Ich verreise so selten ...«
»Wie lange willst du bleiben?«
»... Bis Montag?«
»Das wären ja nur drei Nächte.«
»Dann bis Dienstag.«
»Da fliegt Aer Lingus nicht nach Hamburg. Warum nicht bis Mittwoch?«
Sie ruft die Website auf. Ich schaue ihr über die Schulter. Mir fällt ein, dass heute in Hamburg die Schulferien beginnen. Vielleicht sind längst alle Flüge ausgebucht.
Nein, ich habe Glück.
»Vierhundertzwanzig Euro hin und zurück«, sagt Lili und dreht sich zu mir um.
Eine halbe Flusslandschaft, denke ich und nicke.

Kurz vor Mitternacht kommt Jakob nach Hause. Lili ist schon ins Bett gegangen.
»Ich habe die Reportage fertig. Zum Schluss war es doch ein ziemlicher Kraftakt.«

»Bist zu zufrieden?«
»Ja.« Er holt sich ein Bier aus dem Kühlschrank. »Wie war dein Tag?«
»Ich fliege morgen nach Dublin.«
»Super.« Jakob gibt mir einen Kuss. »Wie gut, dass Lili und ich nicht lockergelassen haben.«
Einen Moment lang überlege ich, ob ich ihm den wahren Grund nennen soll. Dass die Angst vor dem Immergleichen größer ist als die Angst vorm Alleinreisen. Nein.
Ich stutze innerlich. Was habe ich gerade gedacht? Bisher war das Immergleiche mein Fundament, das, was mich beruhigt hat, mir Sicherheit gegeben hat. Wieso macht es mir auf einmal Angst?

Später schlafen wir miteinander. Meine Gedanken schweifen ab. Jakob sieht mich an und streicht mir über die Stirn. Er sagt nichts. Vielleicht unterschätze ich ihn.

9.

In der Nacht werde ich wach, höre die widerstreitenden Stimmen in mir. Ich kann nicht reisen. Versuch es wenigstens. Das überfordert mich. So ein Unsinn. Ausgerechnet jetzt. Wann, wenn nicht jetzt? Vater ist krank. Er will dich nicht sehen. Und was ist mit meiner Arbeit und mit Max? Fang nicht damit wieder an. Wie soll ich die Rückreise schaffen? Daran denkst du, wenn es so weit ist.
Jakob schläft.

Am nächsten Morgen ist keine Zeit für Zweifel. Lilis Koffer steht im Flur. Sie hat das Frühstück vorbereitet und für neun Uhr ein Taxi bestellt.
Noch eine Stunde.
»Ich beeile mich.«
»Deine Sommergarderobe kannst du zu Hause lassen«, sagt Lili und hilft mir, meine Reisetasche vom Schrank zu holen. »In Dublin wird es in den nächsten Tagen kühl und nass sein.«
Ich packe meine Jeans und einen kurzen, schwarzen Rock ein, den grasgrünen Seidenblazer, den Lili mir im letzten Jahr geschenkt hat, ein paar T-Shirts, eine Strickjacke, schwarze Slipper, Turnschuhe, meinen Anorak.

»Wanderst du gern?«, fragt Lili.
»Ja ...«
»Dann nimm Stiefel mit.«
»Habe ich leider nicht.«
»Turnschuhe tun es auch, wenn es nicht gerade gießt.«
»Ich wusste nicht, dass man bei dir in der Nähe wandern kann.«
»Sehr gut sogar. Hast du einen Skizzenblock?«
Ich zögere.
»Der wiegt nicht viel. Und vergiss deinen Pass nicht.«
Ich laufe nach oben ins Atelier, gehe an meinen Regalen entlang, suche zwischen Büchern und Kästen mit Fotos nach dem Block. Seit Jahren habe ich ihn nicht mehr benutzt. Für meine Auftragsarbeiten entwickele ich keine Skizzen, ich male direkt auf die Leinwand, Skizzen würden mich nur aufhalten.
In den Schreibtischschubladen herrscht das übliche Durcheinander. Stifte, Briefe, Postkarten, Umschläge, Kalender, Gebrauchsanweisungen. Hier ist er nicht.
Ich knie mich hin und ziehe die Ordner mit den Steuer- und Versicherungsunterlagen aus dem Regal. Dahinter liegt der Block. Ich schlage das Deckblatt auf, entdecke die Bleistiftzeichnung von einem Ohr. Ein Versuch aus meinem ersten Semester.
Lili frühstückt mit großem Appetit. Ich bekomme kaum einen Bissen hinunter.
»Reisefieber?«, fragt sie und lächelt.
Ich nicke.
Jakob schickt mir eine SMS. *Alles Gute. Ich liebe Dich. J.*

Der Flug nach Dublin wird aufgerufen. Lili zwinkert mir zu. Mit ihr könnte ich überallhin reisen.
In der Schlange geht es nur langsam voran. Vor uns steht ein Mann in Lilis Alter. Er dreht sich um, schaut von Lili zu mir und wieder zu Lili. Vielleicht denkt er, Lili sei meine Mutter. Eine elegante Frau mit einer unscheinbaren Tochter.
Wir schieben uns durch den schlauchförmigen Gang. Zwei kleine Mädchen streiten sich um eine Süßigkeit, ein Baby beginnt zu schreien. Ob Lili sich jemals ein Kind gewünscht hat? Sie überlässt mir den Platz am Fenster. Wir starten, Lili öffnet ihren Laptop, ich schaue aus dem Fenster. Unter mir verschwindet die Stadt.
Wie oft habe ich Lili in meinem Leben gesehen? Zehn-, elfmal? Es war immer etwas Besonderes, wenn sie kam.

Ich liege auf dem Bauch und male. Es ist Sonntag. Mama kommt herein. Sie hat ihren feinen Rock an. Wir gehen heute Mittag mit Tante Lili in ein Restaurant, sagt Mama und holt mein Kleid aus dem Schrank. Juchhu! Ich springe auf, ziehe meine alten Sachen aus, streife das Kleid über den Kopf. Tante Lili hat es mir zum Geburtstag geschenkt, es ist das schönste Kleid, das es gibt, rot mit weißen Punkten. Mama macht mir einen Zopf mit einer roten Samtschleife. Bring Tante Lili ein Bild mit. Welches? Die Sonnenblumen, antwortet Mama. Sie leuchten so hell. Ich rolle das Bild auf, und Mama wickelt ein gelbes Band drumherum. Wir fahren mit dem Bus, und dann müssen wir laufen. Meine Lackschuhe kneifen an den Zehen. Da ist es, sagt Mama und zeigt auf ein Haus mit einem bunten Schild. Ich war noch nie in einem Restaurant. Wir gehen durch einen Raum mit vielen Tischen und weiter in einen Garten. Hier stehen auch Tische, und überall sitzen Leute und essen. Es gibt sogar eine Schaukel. Tante Lili ist schon da. Sie hat ein blaues, raschelndes Kleid an. Hallo, ihr zwei, ruft sie und nimmt uns in die Arme. Das Bild gefällt ihr. Sie lehnt es an die Vase. Ich bekomme Spaghetti mit Tomatensoße und zum Nachtisch Schokoladeneis. Tante Lili lacht nicht so viel wie sonst. Ich habe Georg gestern gesehen, sagt sie leise. Mama legt mir den Arm um die Schultern. Paula, geh etwas schaukeln. Wieso? Du schaukelst doch so gern. Warum darf ich nicht zuhören, wenn ihr über Papa redet? Bitte. Widerwillig stehe ich auf. Ich laufe zur Schaukel und setze mich so, dass ich Mama und Tante Lili sehen kann. Tante Lili redet, Mama schlägt die Hand vor den Mund. Tante Lili redet weiter, Mama starrt sie mit großen Augen an. Tante Lili fragt etwas, Mama presst die Lippen zusammen. Ich schaukele hin und her und hin und her. Mama seufzt. Tante Lili drückt Mamas Hand. Seid ihr fertig?, rufe ich. Mama nickt. Tante Lili bezahlt die Rechnung. Fast hätte sie das Bild vergessen. Kommst du bald wieder?, frage ich. Mal sehen, sagt sie und streicht mir über die Haare. Mal sehen heißt, es dauert wieder lange. Tante Lili wohnt so weit weg. Warum hast du dich erschrocken?, frage ich Mama im Bus. Mach dir keine Gedanken. Was ist mit Papa? Mama seufzt wieder. Lili meint, dass dein Vater uns mal besuchen soll. Mein Herz klopft. Wann? Ich weiß es nicht. Mama schaut aus dem Fenster. Irgendwann. Ich habe es Lili versprochen. Vielleicht vertragen Mama und Papa sich wieder, denke ich. Dann wird alles gut.

Wir fliegen über einer dichten Wolkenschicht.
»Noch fünfzehn Minuten bis zur Landung«, verkündet der Pilot.

Lili klappt ihren Laptop zu. »Wieder mit einem Kapitel fertig.«
»Ich könnte mich hier nicht so gut konzentrieren wie du.«
»Alles Übungssache.«
Plötzlich sehe ich zwischen einzelnen Wolkenfetzen eine felsige Halbinsel mit einem weißen Leuchtturm. Zwei hohe, rot-weiß gestreifte Schornsteine tauchen auf, eine Flussmündung und eine graue, in die Breite gebaute Stadt.
»Das ist Howth«, sagt Lili und zeigt auf die Halbinsel. »Sie begrenzt die Dubliner Bucht im Norden. Und die Kette spitzer Berge im Süden, das sind die Wicklow Mountains.«
»Wanderst du dort?«
»Ja, ich ziehe manchmal am Wochenende mit einer Gruppe von Leuten los. Und wenn Andrew kommt, fahren wir oft in die Wicklow Mountains.«
»Ich würde ihn gern kennenlernen.«
»Er ist sehr unterhaltsam, aber etwas zu anhänglich.«
»Wieso?«
Lili blickt nach vorn. »Meine Unabhängigkeit geht mir über alles.«
Im nächsten Moment setzt die Maschine auf.
»Welcome to Ireland«, sagt Lili und lächelt.

Auf der vierspurigen Straße herrscht viel Verkehr. Es regnet in Strömen. Die Scheibenwischer von Lilis altem Golf kommen kaum gegen die Wassermassen an. Es scheint ihr nichts auszumachen.
»Wie lange brauchen wir bis zu dir?«
»An einem Tag wie heute mindestens eine Dreiviertelstunde. Ich wohne in Sandycove; das ist fast am Südrand der Dubliner Bucht.«

Ich schicke Jakob eine SMS, dass wir gut gelandet sind. Ein paar Minuten später antwortet er mir. *Vermisse Dich. Kuss, J.*
»Schade, dass du nichts sehen kannst«, sagt Lili und schiebt eine CD ein.
Bob Marley, *Sun Is Shining*. Sie klopft den Rhythmus mit.
»Jedes Mal, wenn ich in Dublin lande, fällt eine Last von mir ab.«
»Weil du hier zu Hause bist?«
»Ja, und weil ich den Abstand zwischen mir und der Welt meines Vaters wiederhergestellt habe.«
»Er kann dich jederzeit anrufen.«
»Natürlich, aber wenn ich in meinem Haus sitze, machen mir seine Launen nicht so viel aus.«
Wir fahren durch einen Tunnel, über eine Brücke, am aufgewühlten Meer entlang. An einer Stelle spritzen die Wellen bis auf die Straße.
Es hört auf zu regnen, und die Sonne kommt heraus. Das Meer schimmert grün, weiße Schaumkämme leuchten auf den Wellen. Ein Kormoran sitzt mit ausgebreiteten Flügeln auf einem Felsen. In der Ferne fährt ein Schiff.
»Das ist die Fähre nach Wales«, sagt Lili. »Die habe ich früher immer genommen, als das Fliegen noch so teuer war. Die ersten Male bin ich bis Hamburg durchgefahren, zweiundzwanzig Stunden lang. Später habe ich bei einer Freundin in London übernachtet.«
»Wollten deine Eltern dich wirklich nie besuchen?«
»Nein.«
Lili biegt in eine Seitenstraße ab und hält vor einem kleinen weißen Haus mit einer dunkelroten Tür und Sprossenfenstern.
»Da sind wir.«

Ich steige aus. Es weht ein kühler Wind. Das Meer ist höchstens hundert Meter entfernt.

»Es ist so schön, dass du mitgekommen bist«, sagt Lili und schließt auf.

Ich trete ein und bleibe überrascht stehen. Lilis Haus besteht aus einem einzigen großen, hellen Raum mit honigfarbenen Dielen.

»Ich habe nach dem Kauf alle Wände herausreißen lassen, nur ein paar tragende Balken mussten stehenbleiben«, erklärt Lili. »Das einzige abgetrennte Zimmer ist hinten das Bad.«

Eine orangefarbene Küche, ein alter Esstisch aus hellem Holz und passende Stühle, jeder mit einer etwas anderen Lehne, ein gläserner Schreibtisch, ein Bett mit einem bunten Überwurf aus Seide, Gardinen aus dem gleichen Stoff, ein grünes Ledersofa, zwei Ledersessel, Kissen und Kelims in warmen Farben, Bücherregale bis unter die Decke. In einer Ecke steht ein Cello. Ich kann mir keinen größeren Kontrast zu Großvaters Villa vorstellen.

»Du wohnst in meinem Gartenhäuschen. Dort hast du auch eine eigene Dusche.«

Lilis schwarzer Kater läuft auf sie zu und reibt sich an ihren Beinen.

»Hallo, Flynn.« Ich hocke mich hin, versuche ihn zu streicheln, aber er will nichts von mir wissen.

»Es dauert eine Weile, bis er zutraulich wird«, sagt Lili. »Möchtest du einen Tee?«

»Gern.«

Ich setze mich aufs Sofa. Über dem Kamin hängt ein Bild von mir. *Sonnenaufgang im Moor.* Ich habe es Lili zu ihrem fünfzigsten Geburtstag geschenkt. Damals hielt ich es für mein bestes Bild. Jetzt würde ich es am liebsten abhängen.

Lili stellt einen Glasteller mit Shortbread und zwei rot-grün-gelb gemusterte Becher auf den Tisch.
»Schön sind die. Gibt's so was in Irland?«
»Nein, die habe ich vor Jahren mal aus Südafrika mitgebracht.«
Ich streiche mit dem Finger über den Becherrand. »Erinnerst du dich an den Tag, als du meine Mutter und mich in ein Gartenrestaurant eingeladen hast? Ich glaube, es war in dem Sommer, als ich in die Schule kam.«
»Ja … Da musste ich mit deiner Mutter über Georg reden.«
»Und ich sollte nichts davon mitkriegen und wurde zum Schaukeln geschickt.«
Lili schenkt uns Tee ein und setzt sich zu mir.
»Es war eine sehr schwierige Zeit. Georg hatte sich von uns allen immer mehr zurückgezogen. Wenn ich ihn anrief, legte er sofort auf. Ich habe mir große Sorgen um ihn gemacht. Eines Tages habe ich kurz entschlossen einen Flug nach Hamburg gebucht und bin ohne Vorankündigung bei ihm aufgetaucht.«
»Und?«
»Ich war entsetzt. Kippen in halbleeren Weingläsern, verschimmelte Käsebrote, schmutzige Unterwäsche. Es roch widerlich. Und überall saßen Fliegen. Ich habe ihn angeschrien: Diese blauschwarzen Brummer schlüpfen aus Maden, und die leben in Kadavern. Wer weiß, was hier alles in deiner Wohnung vergammelt.«
Übelkeit steigt in mir auf.
»Georg stand am Fenster und rauchte«, fährt Lili fort. »Ich habe dich nicht gebeten zu kommen, lautete sein Kommentar. Bitte geh wieder. Ich war kurz davor, ihn in seinem Dreck sitzen zu lassen, aber dann habe ich mich überwunden und

stundenlang seine Wohnung geputzt. Unter einer Kommode lag eine halb verweste Ratte. Ich habe ihm gesagt, dass er Hilfe brauche. Dass es Therapien gäbe, ambulant und im Krankenhaus. Dass er sein Leben nicht wegwerfen dürfe. Immerhin hätte er eine Tochter.«
»Hat er zu der Zeit gearbeitet?«
»Dazu wollte er sich nicht äußern. Vermutlich war er oft krankgeschrieben.«
»Hatte meine Mutter eine Vorstellung davon, wie verwahrlost er lebte?«
»Nein, das habe ich ihr an dem Tag erzählt. Bei dem Gedanken, dass Georg dich mit in seine Wohnung nehmen könnte, wurde ihr fast schlecht.«
»Ich war als Kind nie bei ihm zu Hause. Wir sind immer auf den Spielplatz gegangen. Und später Eis essen oder ins Kino.«
»Ich habe sie an dem Tag überredet, Georg zu euch einzuladen.«
»Hast du geglaubt, ein Besuch bei uns würde irgendetwas an seiner Situation verändern?«
»Nein, aber es erschien mir wichtig für dich, dass deine Eltern mehr Kontakt miteinander hatten.«
»Ich habe damals gehofft, sie würden sich wieder vertragen.«
»Georg wahrscheinlich auch. Er war gegen die Scheidung.«
»Wirklich?«
»Ja. Deine Mutter fand das Leben mit ihm unerträglich. Ich kann es ihr nicht verdenken.«
»Nein …«
Keine von uns hat das Shortbread angerührt.

10.

Ich habe mich im Gartenhaus eingerichtet. Die Sonne scheint auf den kleinen Schreibtisch mit der antiken Messinglampe und der Vase mit Wicken. Ich streiche über die Gardinen aus sandfarbenem Leinen, ein schmaler seegrüner Streifen zieht sich durch den Stoff. Die Kissen auf meinem Bett haben dieselbe Farbe. Im Regal stehen englischsprachige Romane und Lilis Übersetzungen. An der Wand daneben hängt eine abstrakte Kohlezeichnung. Ein Stein, ein Igel oder ein Kopf. Ich gehe ein paar Schritte zurück. Ja, der Kopf einer alten Frau.
Lili tritt auf die Terrasse und winkt, dass ich zum Essen kommen soll. Flynn liegt zusammengerollt vor der Fuchsienhecke. Ich wünschte, Vater könnte sehen, wie Lili lebt.

Es ist Flut. Die Wellen schlagen donnernd auf den Kieselstrand. Beim Zurückfließen des Wassers werden unzählige Kiesel mit ins Meer gespült. Das rollende, saugende Geräusch hat etwas Beunruhigendes. Wer nicht aufpasst, wird mitgezogen.
»Bei Ebbe kann man hier auf festem Sand laufen und kommt besser voran«, ruft Lili mir zu. »Aber ich mag die Flut.«
In der Ferne erheben sich die spitzen Berge der Wicklow

Mountains. Dort regnet es. Auch über uns ballen sich dunkle Wolken zusammen. Der Wind wird stärker. Meine Lippen schmecken nach Salz.

»Howth ist kaum noch zu erkennen«, sagt Lili und deutet aufs Meer hinaus.

Ich sehe nichts als ein paar graue Umrisse, die in den grauen Himmel übergehen.

Eine Frau ruft nach ihrem Hund, ein Mann packt seine Angelrute ein, ein Vater setzt seinen kleinen Sohn auf die Schultern und läuft mit ihm in Richtung Parkplatz. Das Juchzen des Kindes vermischt sich mit dem Kreischen der Möwen.

»Willst du zurück?«, fragt Lili.

»Nein.«

Ich gewöhne mich an das schwerfällige Gehen auf den grauen Kieseln. Viele sind von einer weißen Linie durchzogen. Wie eine Ader. Ich bücke mich nach einem, der die Form eines Würfels hat. Ein anderer sieht aus wie ein Vogelei.

»Georg hat damals zum Glück auf meinen Rat gehört und ist zum Arzt gegangen«, sagt Lili. »Er wurde zu einem Psychiater geschickt, und der hat ihn in eine spezielle Klinik überwiesen, irgendwo außerhalb von Hamburg.«

»Das wusste ich nicht.«

»Wir haben in der Zeit häufiger telefoniert. Ich hatte den Eindruck, dass der Aufenthalt gut für ihn war. Er klang entspannter und ganz zuversichtlich.«

»Wie lange war er dort?«

»Zweieinhalb Monate. Danach hat er zumindest das Problem mit dem Müll allmählich in den Griff bekommen.«

Wie geht es Vater jetzt? Bereut er es, dass er uns nicht sehen wollte? Jakob hat mir versprochen, mich sofort anzurufen, wenn er sich melden sollte.

»Wann warst du das erste Mal bei ihm zu Hause?«, fragt Lili.
»Mit zwölf. Es war kurz vor Weihnachten. Er hatte wieder ein Treffen mit mir abgesagt. Da habe ich den Stollen, den ich ihm gebacken hatte, eingepackt und bin zu ihm gefahren.«
»Wie hat er reagiert?«
»Es war ihm unangenehm. Wahrscheinlich hat er sich geschämt.«
»Durftest du reinkommen?«
»Ja. Ich habe mich erschrocken, wie armselig es in seiner Wohnung aussah. Es war sehr sauber, aber so trostlos.«
»Ich weiß«, seufzt Lili. »All die Dinge, die er in den letzten dreißig Jahren von mir bekommen hat, sind vermutlich direkt in seinen Keller oder auf den Boden gewandert: Bilder, Decken, Kissen, Läufer, Lampen, Geschirr, Besteck, Gläser, Vasen, Kerzen … ein ganzer Hausstand.«
»Und trotzdem hast du nicht aufgehört, ihm etwas zu schenken?«
»Nein.«
Sie ist genauso störrisch wie Vater.
Ich bücke mich nach einem weiteren Kiesel. Er sieht aus wie ein Pfeil.
»Hat Georg dir damals wenigstens etwas angeboten, einen Tee oder einen Kaffee?«
»Ja. Und dann hat er mich gefragt, ob ich lernen wolle, Schach zu spielen.«
»Ach, dieses ewige Schach. Das ist das Einzige, was Georg interessiert.«
»Ich hatte keine Lust dazu, also haben wir uns eine halbe Stunde lang schweigend gegenübergesessen und den Stollen probiert. Dann bin ich gegangen.«
»Hast du ihm jemals eines deiner Bilder geschenkt?«

»Ja, als Kind natürlich ... und später einen Weißdornstrauß ... Den hat er auch nie aufgehängt.«

Lilis Handy klingelt. Sie schaut aufs Display. »Das ist Andrew. Entschuldige bitte.«

Ich gehe weiter, will Lili in Ruhe telefonieren lassen. Doch ihr Protest ist nicht zu überhören. Mein Name fällt. Plant Andrew einen Besuch in Dublin?

Warum habe ich Vater das Weißdornbild geschenkt? Es gab einen Grund dafür. Er hat früher einmal etwas zu mir gesagt, was mit Weißdorn zu tun hatte.

Lili holt mich ein. »Andrew wollte morgen kommen, aber das habe ich ihm zum Glück ausreden können. An seine spontanen Ideen werde ich mich nie gewöhnen.«

»Er hat offenbar Sehnsucht nach dir.«

Lili runzelt die Stirn. »Nun kommt er am Dienstag. Dann lernst du ihn noch kennen, bevor du wieder abreist. Wollen wir umkehren?«

Ich nicke. Es ist niemand mehr am Strand unterwegs.

»Was für ein Sommer!«, stöhnt Lili. »Fünfzehn Grad haben wir heute, und es soll noch kälter werden.«

Kurz bevor wir das Auto erreichen, beginnt es zu regnen, so plötzlich und so stark, dass wir bis auf die Haut nass werden.

Zu Hause ziehen wir uns um und fahren zum Einkaufen in den Supermarkt. Lili überlegt nicht lange, sie hat eine Liste. Mit schnellen Schritten schiebt sie den Wagen an den Regalen entlang. In null Komma nichts haben wir, was wir brauchen. Wir grillen uns zwei Lachssteaks, dazu gibt es Rosmarinkartoffeln, Spinat und einen Weißwein aus Südafrika. Ich weiß nicht, wann ich zuletzt so gut gegessen habe.

Im Kamin prasselt ein Torffeuer. Wir sitzen auf dem Sofa, hören ein Streichquartett von Beethoven und blicken in die Flammen.
»Wer hat dir beigebracht, so perfekt organisiert zu sein?«, frage ich. »Deine Mutter bestimmt nicht, oder?«
»Nein. Sie hatte immer eine Haushälterin und eine Putzfrau. All diese praktischen Dinge habe ich im Internat gelernt.«
Ich lasse meinen Blick schweifen, entdecke Fotoalben in einem der Regale. »Gibt es eigentlich alte Fotos von den Großeltern?«
»Ja. Hast du noch nie welche gesehen?«
»Ich glaube nicht.«
Lili steht auf. »Deine Großmutter war eine schöne junge Frau. Dein Großvater hat lange um sie geworben.« Sie zieht verschiedene Alben aus dem Regal und schiebt sie wieder zurück. »Wo habe ich das Album bloß gelassen?« Als Nächstes durchsucht sie die Schubladenkommode neben ihrem Schreibtisch.
»So dringend ist es nicht.«
»Doch, jetzt will ich es finden.«
Lili öffnet ihren Kleiderschrank und steigt auf einen Stuhl. Sie räumt eine Reihe von Hüten aus dem obersten Regal und wirft sie auf ihr Bett.
»Ich hab's«, ruft sie und zieht ein graues Album hervor.
Was für ein seltsamer Ort, um Fotos aufzubewahren.
»Als ich ins Internat ging, drückte Vater mir das Album in die Hand und meinte, das kannst du mitnehmen. Wir gucken da sowieso nicht mehr rein.«
Sie steigt vom Stuhl. »Ich habe es mir auch ewig nicht angesehen. Mit Sicherheit noch nie in diesem Haus. Und ich wohne hier immerhin seit fünfundzwanzig Jahren.«

Sie schenkt uns Wein nach und setzt sich wieder zu mir.
Ich schlage das Album auf. Großvater als Tennisspieler, als Segler auf der Außenalster, in einem offenen Sportwagen. Auf der nächsten Seite tanzt er mit Großmutter. Sie hat ein helles Sommerkleid an, ihre dunklen Haare sind hochgesteckt.
»Da ist sie höchstens siebzehn«, sagt Lili und blättert weiter.
Ein Porträtfoto von Großmutter, vielleicht ein oder zwei Jahre später. Kinnlange, gewellte Haare umrahmen ihr ebenmäßiges Gesicht. Sie lächelt kaum. Ihre dunklen Augen haben etwas Südländisches. Genau wie meine. *Rosemarie Grünhagen,* lautet die Unterschrift.
Ihr Mädchenname. Nie gehört.
Die Großeltern schauen lachend in die Kamera. Sie hat ihn untergehakt. In ihrem Kostüm mit der kurzen Jacke sieht sie sehr schlank aus. Ihre Lippen sind dunkel geschminkt, die Perlen in ihren Ohrläppchen leuchten. Er trägt einen Anzug mit Weste und eine gestreifte Krawatte. *Wir haben uns verlobt.*
Es folgen die Hochzeitsfotos. *Am 28. April 1951 haben wir geheiratet. Was für ein Glückstag!* Großmutter mit einer langen Schleppe und einem Blumenkranz im Haar. Gefeiert wurde im Hotel *Vier Jahreszeiten*. Ich habe eine vage Erinnerung, eines dieser Fotos schon einmal gesehen zu haben, vielleicht in Großvaters Arbeitszimmer.
Lili zeigt auf einen eingeklebten Umschlag. »Darin ist die Gästeliste. Es muss ein großes gesellschaftliches Ereignis gewesen sein, mit über zweihundert Personen. Sogar Hamburgs Erster Bürgermeister, Max Brauer, war eingeladen.«
Die Großeltern auf ihrer Hochzeitsreise an der Côte d'Azur: am Strand, auf einer Segelyacht, in einem Café unter Palmen.
»Sie wirken, als hätten sie sich extra für die Fotos umgezogen«, sage ich. »Ihre Kleidung sitzt so perfekt.«

»Sie sahen immer wie aus dem Ei gepellt aus. Das äußere Erscheinungsbild war auch ständig Thema bei uns zu Hause. Wenn ich mal einen Fleck auf meiner Spielhose hatte, wurde ich sofort dafür getadelt.«

Das nächste Foto zeigt Großmutter mit dem winzigen Georg auf dem Arm. Ihr zärtliches Lächeln überrascht mich. *Georg, unser Stammhalter. Geboren am 30. Januar 1952.*

»Es hat gleich auf der Hochzeitsreise geklappt«, kommentiert Lili.

Ich blättere noch einmal zurück. Fotos von der schwangeren Großmutter gibt es nicht.

Neugierig betrachte ich die Bilder vom sitzenden, krabbelnden, stehenden Georg. Georg mit einem Teddybären, einem Spielauto, einer kleinen, umgehängten Trommel. Auf fast jedem Foto lacht er.

»Vater war zumindest ein fröhliches Kleinkind.«

»Ja, du hast recht«, sagt Lili verblüfft. »Das ist mir nie aufgefallen.«

»Der Garten sieht ganz anders aus als der in der Heilwigstraße.«

»Meine Eltern haben nach der Hochzeit zuerst in Othmarschen gewohnt.«

»Aha.«

Auf den nächsten Seiten gibt es einige Lücken. Dann geht es weiter mit *Sommerferien auf Wangerooge, August 1956.*

Mein Blick gleitet über Großmutter im Strandkorb, Großvater beim Aufschaufeln einer Burg, Georg beim Buddeln im Sand.

Ein Foto zeigt alle drei auf einer Bank unter einem Baum. *Vor unserem Hotel.*

Irgendetwas stimmt mit diesem Bild nicht. Der Baumstamm

ist zu dünn, die Krone zu flach, von der Bank fehlt die Mitte.

»Das sieht ja seltsam aus.« Ich streiche mit dem Zeigefinger über das Bild, fühle den Riss. »Das Foto ist neu zusammengeklebt worden.«

Lili nickt. »Ursprünglich haben vier Menschen auf der Bank gesessen ...«

»Und was ist ... mit der vierten Person passiert?«

»Dahinter verbirgt sich eine traurige Geschichte ...« Lili bricht ab.

Ich schaue auf den Riss.

»... Hast du jemals von ... Luise gehört?«, fragt sie leise.

»Nein ...«

»Sie war ... unsere Schwester.«

»*Was?*«

»Ich habe meinen Vater irgendwann gefragt, wieso in dem Album ein paar Fotos fehlen. Da nahm er mich an die Hand, ging mit mir in sein Arbeitszimmer und schloss die Tür. Luise war deine ältere Schwester, sagte er mit versteinerter Miene. Sie starb 1957, im Alter von drei Jahren, an einer Lungenentzündung.«

Mir schießen Tränen in die Augen. Ein totes Kind. Ich hätte eine zweite Tante gehabt.

»Du darfst niemals über sie sprechen, sagte er, weder zu Hause noch in der Schule, noch mit deinen Freundinnen. Sonst wird Mutter krank, sehr krank. Seine Lippen zitterten. Das war Drohung genug. Daran habe ich mich gehalten.«

»Glaubst du, dass Großmutter nach ... dem Tod ihrer Tochter einen Zusammenbruch hatte?«

»Vielleicht. Ich weiß es bis heute nicht.«

»Hast du auch mit Georg nie über Luise gesprochen?«

»Nein.«

Mir läuft ein Schauer über den Rücken.

»Meine Eltern haben die Geschichte in sich vergraben, sind umgezogen und haben ein neues Kind in die Welt gesetzt. Als ich elf Monate später geboren wurde, wohnten sie schon in der Heilwigstraße.«

Ich schaue mir Lilis Babybilder an. Familienfotos gibt es kaum noch. Auf der letzten Seite sehe ich Georg an Lilis Wiege stehen. Er lacht nicht, er weint.

11.

In den Sälen hängen große Gemälde in üppigen Goldrahmen. Niemand ist hier außer mir. *Die Katastrophe* lautet der Titel eines der Bilder. Unter einem schwefelgelben Himmel türmen sich grün-blau-graue Wellen und schlagen über einem Segelschiff zusammen. Drei schreiende Männer stürzen ins Meer. Ich trete näher an das Bild heran, betrachte die dick aufgetragene Ölfarbe. Wie viel mag so ein Bild wiegen? Plötzlich fängt der Boden unter meinen Füßen an zu schwanken, Wasser dringt durchs Parkett, ich höre ein saugendes Geräusch, es wird lauter und lauter. Ich schreie.
Es ist dunkel. Mir ist heiß. Ich taste nach dem Schalter meiner Nachttischlampe, finde ihn nicht.
»Jakob?«
Keine Antwort.
Natürlich nicht. Ich bin in Dublin, in Lilis Gartenhaus.
Langsam gewöhnen sich meine Augen an die Dunkelheit. Ich entdecke die Stehlampe neben meinem Bett, knipse sie an, Lilis Radiowecker zeigt zwanzig nach zwei.
Ich stehe auf und gehe ins Badezimmer. Es war nur ein Traum, sage ich und starre in mein bleiches Gesicht.
Auf dem Weg zurück ins Bett sehe ich Licht in Lilis Haus. Ich

öffne die Gardine einen Spalt breit. Lili sitzt am Schreibtisch und arbeitet. Ist ihr Termindruck so groß, dass sie nachts übersetzen muss? Oder lässt das Gespräch über ihre tote Schwester sie nicht schlafen?

Was ist damals geschehen? Warum hatte Großvater Angst, dass seine Frau krank werden würde, wenn jemand über Luise sprach? Machte sie sich Vorwürfe, dass sie nicht schnell genug erkannt hatte, wie krank Luise war? Hatte sie es versäumt, einen Arzt zu rufen? Fühlte sie sich verantwortlich für Luises Tod?

Ich lege mich hin und versuche, nicht an den schwankenden Boden zu denken.

Es ist fast hell, als ich einschlafe.

Morgens um neun ruft Jakob an. Er ist um die Alster gejoggt, jetzt sitzt er auf dem Balkon und frühstückt. Die Sonne scheint, nachher wird er seine Eltern besuchen, und später fährt er zu seinem Patenkind, Emil. Er wird heute fünf.

»Seine gesamte Kindergruppe ist eingeladen. Meine Schwester hat eine Schnitzeljagd organisiert. Und später wollen wir grillen.«

»Das wird bestimmt schön ... Was schenkst du ihm?«

»Ein Feuerwehrauto. Wie geht's dir?«

»... Okay.«

Warum sage ich nicht, wie es ist? Dass in meiner Familie ein totes Kind verschwiegen wird.

»Genießt du die Zeit mit Lili?«

»Ja ...«

»Richtig begeistert bist du aber nicht.«

»Ich habe nicht gut geschlafen.«

»Ah ja.«

Ich könnte mir auf die Zunge beißen. Schlafstörungen sind ein Thema, das Jakob langweilt, weil er so etwas nicht kennt. Er legt sich hin und schläft, egal, wo er ist.

»Was habt ihr heute vor?«

»Weiß ich noch nicht. Es sieht trüb aus … Gestern sind wir am Strand klitschnass geworden.«

»Wohnt Lili direkt am Meer?«

»Fast. Aber die Küste hier ist sehr felsig. Zum Strand sind wir zehn Minuten mit dem Auto gefahren.«

»Und wie lebt sie?«

Ich beschreibe ihm Lilis großen hellen Raum und mein Gartenhaus.

»Das würde mir auch gefallen.«

»Vielleicht besuchen wir sie irgendwann mal gemeinsam.«

»Allmählich klingt deine Stimme wieder normal. Ich dachte schon, es war ein Fehler, dich zu überreden, mit Lili nach Dublin zu fahren.«

»Nein, das war es nicht«, sage ich und erzähle ihm doch noch von den Fotos.

»*Was?* Wieso durfte über diese Schwester nicht gesprochen werden?«

»Ich habe in der Nacht lange darüber nachgedacht.«

Jakob hört mir zu, ohne mich zu unterbrechen.

»Selbst wenn deine Großmutter sich schuldig fühlte …« Er räuspert sich. »Mir kommt es merkwürdig vor, wenn Eltern über den Verlust ihres Kindes gar nicht trauern können.«

»Ja, mir auch …«

»Und dein Vater?«

»Wenn ich mir die Bilder angucke, ist für mich ganz klar, dass er danach völlig verändert war. Er hat nie mehr gelacht.«

»Du musst mit ihm darüber reden.«

»Das wird nicht so leicht sein. Wer weiß, wann ich ihn überhaupt sehen werde.«
»Du kannst ihm schreiben.«
»Der Arzt sagte, dass Vater sich jegliche Kontaktaufnahme verbeten habe.«
»Meine Güte, deine Großmutter ist tot, und dein Großvater ist alt. Es kann doch nicht wahr sein, dass so ein Tabu immer noch gilt.«
»Hm … Ich frage Lili mal, was sie dazu meint.«
»Lass uns heute Abend wieder telefonieren.«
»Viel Spaß beim Kindergeburtstag.«
»Danke. Schade, dass du nicht dabei sein kannst.«
Ja, denke ich und lege auf. Inmitten von Jakobs Familie lässt sich alles vergessen. Aber nur für ein paar Stunden.
Draußen ist es kühl. Ich höre Musik. Lili spielt Cello. Eine düstere, in sich gekehrte Melodie. Dann erklingt eine Gegenstimme, stark und voller Zuversicht. Woher kenne ich das Stück? Ich schließe die Augen, sehe einen großen Tannenbaum mit silbernen Kugeln und Lametta vor mir. Großvater hat es damals aufgelegt. Eine der Cellosuiten von Bach.

Papa und ich fahren mit dem Bus. Es liegt Schnee. Wir wollen die Großeltern besuchen. Weihnachten war ich da noch nie. Im Rucksack habe ich die Blockflöte und meine Päckchen. Papa bekommt ein Bild vom Meer. Ich habe es in eine Papprolle gesteckt, damit es nicht knickt. Für Großmutter habe ich zwei Topflappen gehäkelt, einen roten mit grünem Rand und einen grünen mit rotem Rand. Großvater kriegt eine blaue Holzkiste mit gelben Punkten für seine Zigarren. Das Hausmädchen öffnet uns die Tür. Wir geben ihr unsere Mäntel. Die Herrschaften sind im Wohnzimmer, sagt sie leise. Geh du vor, murmelt Papa. Die Großeltern sitzen in ihren Sesseln. Am Tannenbaum brennen weiße Kerzen. Da seid ihr ja endlich, sagt Großvater. Wieso?, fragt Papa. Wir haben euch um vier Uhr erwartet, und jetzt ist es fünf. Tut mir leid, das muss ein Missverständnis sein. Es ist doch immer dasselbe mit dir, seufzt Großmutter. Ich gebe ihnen meine Päckchen. Sie wickeln sie aus. Topflappen habe ich wirklich genug, sagt Großmutter. Großvater legt die Holzkiste kopfschüttelnd beiseite. Was für ein schönes Bild, sagt Papa traurig. Wir haben auch etwas für dich, sagt Großmutter und gibt mir ein längliches Paket. Ich bin aufgeregt. Vielleicht ist da ein Malkasten drin. Nein, eine weiße Schachtel von einem Juwelier. Bekomme ich eine Kette? Ich öffne den Deckel, schiebe die hellblaue Watte beiseite und starre auf ein Messer, eine Gabel und einen Löffel. Das ist der Grundstock für deine Aussteuer, sagt Großvater. Was ist das?, frage ich. Eine Aussteuer bringst du mit in die Ehe, wenn du heiratest. Aber ich heirate noch lange nicht, ich bin doch erst acht. Man kann nie früh genug damit anfangen, sagt Großmutter. Und jetzt darfst du uns ein Gedicht aufsagen. Mir schießt das Blut in den Kopf. Ich habe keins auswendig gelernt, aber ich kann euch etwas auf meiner Blockflöte vorspielen, *O du fröhliche* oder *Stille Nacht, heilige Nacht* oder *Ihr Kinderlein, kommet*. Na gut, sagt Großmutter. Ich packe meine Flöte aus und fange an zu spielen. Ich habe so viel geübt, und zu Hause konnte ich alle Lieder. Aber jetzt mache ich lauter Fehler. Ich bin noch nicht fertig mit *Ihr Kinderlein, kommet,* da steht Großvater auf und geht zum Plattenspieler. Jetzt hören wir die Cellosuiten von Johann Sebastian Bach. Das ist richtige Musik.

Lili hat aufgehört zu spielen. Ich gehe durch den Garten und betrete ihr Haus.

»Guten Morgen«, ruft sie mir entgegen und zieht ein Blech mit aufgebackenen Bagels aus dem Ofen.

»Das war sehr schön. Ich wusste nicht, dass du so gut Cello spielst.«

»Leider übe ich nicht genug. Die anderen in meinem Quartett sind viel besser.«

»Dein Vater hatte die Cellosuiten auf Schallplatte.«

Lili nickt. »Eine Aufnahme mit Pablo Casals. Der wurde mir immer als Maßstab vorgehalten. Ich habe erst im Internat richtig angefangen zu spielen.«

Der Kaffee ist gekocht, der Tisch gedeckt. Das Album liegt auf dem Sofa.

»Ich habe gesehen, dass bei dir heute Nacht Licht brannte. Konntest du auch nicht schlafen?«, fragt Lili und schenkt mir frisch gepressten Orangensaft ein.

»Nein …«

»Ich habe mir immer wieder die Fotos von Georg angesehen. Früher habe ich mich nie für die Zeit vor meiner Geburt interessiert, sondern nur für meine Babybilder.«

»Vor Luises Tod scheint alles anders gewesen zu sein.«

»Ja, ich bin wirklich überrascht, wie normal Georg und meine Eltern auf diesen Fotos aussehen.«

»Du hast sie so nicht gekannt.«

»Nein … Ich wurde in diese bedrückte Familie hineingeboren …«

»Kannst du dir vorstellen, mit Georg über Luise zu sprechen?«

»Er würde sofort den Raum verlassen.«

»Vielleicht sollten wir Dr. Eggers von Luise erzählen.«

Lili schaut mich entsetzt an. »Nein. Dazu haben wir kein Recht.«
»Wieso nicht?«
»Georg käme sich völlig ausgeliefert vor.«
»Du hast Dr. Eggers auch gesagt, dass eure Mutter vor kurzem gestorben ist.«
»Das ist etwas völlig anderes.«
»Wieso?«
»Alle wissen von Mutters Tod. Es gab Anzeigen, eine Trauerfeier, eine Beerdigung …« Lilis Stimme wird immer lauter.
Ich schlucke. »Reg dich nicht so auf.«
»Ich finde es ungeheuerlich, wie du so etwas vorschlagen kannst.«
»Aber Lili … Warum soll die Welt nicht erfahren, dass ihr eine Schwester hattet?«
»Willst du eine Annonce in die Zeitung setzen, oder was?«
Ich zucke zusammen und denke an Jakobs Worte. Es kann doch nicht wahr sein, dass so ein Tabu immer noch gilt. »Wäre es nicht gut, wenn diese Geheimniskrämerei ein Ende hätte?«
»Indem ich hinter Georgs Rücken mit seinem Psychiater darüber rede?«
»Wovor willst du Georg beschützen?«
»Das hat mit Beschützenwollen nichts zu tun.« Jetzt schreit sie fast. »Ich kann Dr. Eggers nicht etwas anvertrauen, was unser Leben lang tabu war. Das würde Georg mir nie verzeihen.«
»Bist du dir da so sicher? Vielleicht wäre er erleichtert.«
»Du hast keine Ahnung.« Lili stößt ihren Stuhl zurück und läuft hinaus in den Garten.
Ich zittere. Wieso kann Lili nicht in Ruhe über diese Dinge sprechen? Was hat sie vorgestern am Telefon zu Großvater

gesagt? *Ich bin zum Glück impulsiv.* Sie ist cholerisch. Kein Wunder, dass sie allein lebt.
Ich schaue durch die Terrassentür. Lili steht reglos an der Fuchsienhecke.
Nach ein paar Minuten kommt sie wieder herein, setzt sich hin und trinkt schweigend ihren Kaffee.

Ich gehe allein ans Meer. Lili hat es wortlos zur Kenntnis genommen, als ich ihr sagte, dass ich mich heute Vormittag selbständig machen wolle.
In der kleinen Bucht schwimmen ein paar ältere Frauen, andere sitzen in Badematnteln auf der Steinmauer und trinken Kaffee aus Thermoskannen.
»Do you want to have a swim, too?«, ruft mir eine von ihnen zu.
»No ... thanks.«
»It's not cold.«
Ich schüttele mich. Sie lacht.
Ich laufe ein Stück weiter und setze mich auf einen Felsen. Was ist in Lili gefahren? Es war nur eine Idee, mit Dr. Eggers zu reden. Warum stellt sie es so dar, als wolle ich Vater verraten?

12.

»Vergiss die Sache von vorhin«, sagt Lili, als ich um eins zurückkomme. »Meine Nerven sind manchmal nicht die besten.«
»Tut mir leid … ich wollte dich nicht kränken.«
»Alles wieder in Ordnung.« Sie lächelt. »Wollen wir einen Ausflug in die Wicklow Mountains machen?«
»Gern.«
Lili hat aufgeräumt. Das Album ist verschwunden.
Während der Fahrt redet sie ununterbrochen. Über die kriselnde irische Wirtschaft, korrupte Politiker und den schwindenden Einfluss der katholischen Kirche. In den Wicklow Mountains geht es um Hochmoore, Schafzucht und unterschiedliche Arten von Ginster. Wir besichtigen eine alte Klosteranlage, ich lerne Rundtürme und irische Hochkreuze kennen. Später wandern wir an einem See entlang.
»Was haben wir für ein Glück mit dem Wetter«, sagt Lili.
Ich nicke und denke an die tote Luise.
Wir kehren in einem alten Gasthof ein, Lili wird von den Wirtsleuten freundlich begrüßt. Sie bestellt Lammkoteletts für uns beide.
»Nirgendwo schmecken sie so gut wie hier.«

Auf der Rückfahrt redet Lili über die irische Landwirtschaft, den Fischfang und die pharmazeutische Industrie.
»Ein wichtiger Exportzweig«, sagt sie und biegt in ihre Straße ein.
Wir steigen aus, sie schließt die Tür auf, Flynn läuft uns entgegen. Er schmiegt sich an Lilis Beine, dann kommt er zu mir, lässt sich hinter den Ohren kraulen und schnurrt.
»Siehst du, jetzt hat er sich an dich gewöhnt. Wie wär's mit einem Glas Wein?«
Ich nehme all meinen Mut zusammen. »Lili?«
»Ja?«
»Ich weiß, du willst nicht mehr darüber reden, aber ich kann nicht so tun, als hätte es unsere Auseinandersetzung nicht gegeben.«
»Nein, du hast ja recht ...«
Sie lässt sich aufs Sofa fallen und fährt mit beiden Händen durch ihre Haare. »Ich habe die Kontrolle über mich verloren ... So etwas passiert mir leider öfter ... bitte entschuldige.«
»Es ist ein schwieriges Thema.«
»... Ich habe immer versucht, es aus meinem Leben auszusparen ... habe mir gesagt, dass ich mit dieser toten Schwester nichts zu tun habe ... Aber heute Morgen habe ich gemerkt, dass das nicht stimmt ... Das Tabu sitzt tief in mir drin ... und das erschüttert mich.«
»Glaubst du, dass Georgs Selbstmordversuch etwas mit Luises Tod zu tun hat?«
»Ich weiß es nicht ...« Plötzlich bricht Lili in Tränen aus. »Ich habe solche Angst um ihn ...«
Ich nehme sie in die Arme.
»Was sind wir für eine armselige Familie ... Wir müssen ihm doch irgendwie helfen können ...«

»Ich glaube nicht.«
»Vielleicht sollte Dr. Eggers wirklich von unserer toten Schwester erfahren ...«
»Mir wäre es lieber, ich könnte erst mal mit Vater über Luise sprechen. Aber wenn er weiterhin jeden Besuch ablehnt, sehe ich keinen anderen Weg.«
»Georg hat seine kleine Schwester bestimmt sehr geliebt ...«
Er war fünf, als sie starb. Genauso alt wie Emil.

Ich stehe im Gartenhaus am Fenster. Es ist kurz nach zehn. Allmählich wird es dämmerig. Flynn streicht durchs Gebüsch.
Lili ist vor einer halben Stunde ins Bett gegangen. Sie sagte, sie sei so erschöpft, dass sie nicht mehr reden könne.
Ich bin froh, dass ich mich überwunden und sie auf unseren Streit angesprochen habe. Sie hätte von sich aus vermutlich nichts gesagt, wäre dem Thema weiter ausgewichen – mit ihren reiseführerähnlichen Vorträgen über Irland.
Jakob schickt mir eine SMS. *Wir sitzen am Feuer. Lass uns morgen telefonieren. Kuss, Dein J.*
Was soll ich ihm antworten? Wir waren heute in den Wicklow Mountains? Nein. Lili und ich sind zum ersten Mal aneinandergeraten? Auch nicht. Lili ist komplizierter, als ich dachte? Da müsste ich zu viel erklären. *Es war ein guter Tag,* schreibe ich. *Bis morgen, Deine P.*
Ich setze mich an den Schreibtisch und schlage meinen Skizzenblock auf. Das Ohr ist aus seitlicher Perspektive gezeichnet, mit kleinen, feinen Strichen. Ich erinnere mich, dass es in der Aufgabenstellung um Licht und Schatten ging. Der äußere Ohrmuschelrand und das Ohrläppchen sind hell, die innere Ohrmuschel mit ihren Knorpeln und Mulden haben

unterschiedliche Grautöne, und der Beginn des Gehörgangs erscheint als dunkler Punkt, weil hier am wenigsten Licht hinfällt.
Ich verenge die Augen, die einzelnen Bestandteile der Zeichnung verschwimmen. Es ist fast eine abstrakte Form.

13.

Am nächsten Morgen rufe ich Jakob an, erzähle ihm von Lilis heftiger Reaktion.
»Gut, dass du darauf zurückgekommen bist.«
»Ja … Ich habe immer gedacht, dass Lili über den Dingen steht und ihr niemand etwas anhaben kann. Aber ich kannte sie einfach zu wenig. Sie hat mehr unter ihren seltsamen Eltern gelitten, als ich es bisher wahrhaben wollte.«
»Einen Partner hat sie nicht, oder?«
»Doch. Er heißt Andrew und lebt in London. Es scheint aber keine große Liebe zu sein. Lilis Beziehungen halten nie lange.«
Wie bei mir, bis ich Jakob kennengelernt habe.
»Wir haben dich gestern vermisst«, sagt er. »Meine Schwester war überrascht, dass du so spontan nach Dublin gefahren bist, und wollte wissen, ob irgendwas Besonderes vorgefallen sei.«
»Und? Was hast du ihr geantwortet?«, frage ich. Mein Herz klopft.
»Ich habe ihr kurz beschrieben, was passiert ist.«
»Musste das sein?«
»Warum denn nicht? Birte und du, ihr versteht euch doch.«
»Trotzdem …«

»Paula, du brauchst kein Geheimnis aus der Sache zu machen.«

»Ich will nicht, dass alle Welt vom Suizidversuch meines Vaters erfährt.«

»Birte ist nicht alle Welt«, protestiert Jakob.

»Nein ... natürlich nicht ...«

Es hat angefangen zu regnen. Ich sehe, wie Lili die Terrassentür öffnet und Flynn eine Schale mit Futter hinstellt. Sie ist blass, bewegt sich langsamer als sonst.

»Was ... hast du heute vor?«, frage ich.

»Ich will mit ein paar Kollegen eine Radtour an der Elbe machen, und abends habe ich mich mit Tim und Moritz in einer Kneipe in Altona verabredet.«

»Ah ja.«

»Keine Sorge, ich werde mit meinen Brüdern nicht über deinen Vater sprechen.«

»Danke.«

»Macht euch einen schönen Tag.«

»Bis bald.«

Wir legen auf. Hätte Jakob nicht selbst auf den Gedanken kommen können, dass er über Vater nicht reden soll?

Ich gehe hinüber zu Lili. Sie sitzt im Sessel, ihr Gesicht ist schmerzverzerrt.

Erschrocken hocke ich mich neben sie. »Was hast du?«

»Einen Migräneanfall ... So was kriege ich ab und zu ... schon seit meiner Jugend ...«

»Meinst du, es hat etwas mit unserem Gespräch gestern Abend zu tun?«

»Nein.« Sie versucht zu lächeln. »Mach dir keine Vorwürfe.«

»Soll ich dir einen Tee kochen?«

»Ich kann im Moment weder etwas essen noch was trinken.

Aber nimm du dir, was du brauchst.« Sie streicht mir über die Haare. »Es tut mir so leid, dass ich heute ausfalle. Ich hätte dir gern die National Gallery gezeigt.«
»Kann ich irgendetwas für dich tun?«
»Ja ... die Gardinen zuziehen. Ich bin so lichtempfindlich, wenn ich Migräne habe.«
Ich wundere mich, wie sehr die gefütterten Seidengardinen den Raum verdunkeln. Lili muss es beim Kauf so geplant haben. Im Küchenbereich lasse ich die Rollos herunter.
Ich helfe ihr beim Aufstehen und begleite sie zu ihrem Bett.
»Hast du ein Medikament eingenommen?«
Sie nickt. »In ein paar Stunden geht es mir hoffentlich wieder besser.«
»Ich kann mich ins Gartenhaus setzen ...«
»Nein. Fahr in die Stadt und sieh dir den Caravaggio an.«
Ich zögere.
»Bitte, Paula. Ich hätte ein ganz schlechtes Gewissen, wenn du heute nichts von Dublin sehen würdest.«
»Okay ... Aber ich frühstücke in der Stadt. Dann bleibt dir der Kaffeegeruch erspart.«
»Danke ... Pass gut auf dich auf.« Sie schließt die Augen.

Ich fahre mit der Bahn in die Innenstadt. Nach dem Frühstück in einem Stehcafé gehe ich in die National Gallery und schaue mir Bilder aus verschiedenen Jahrhunderten an. In den Räumen drängen sich die Menschen. Es liege am schlechten Wetter, meint der Museumswärter. Wechselnde Gruppen stehen vor dem berühmten Werk *The Taking of Christ* von Caravaggio. In verschiedenen Sprachen wird die Bedeutung des Bildes erklärt. *Die Gefangennahme Christi* oder *Der Judaskuss* laute der Titel auf Deutsch, verkündet ein

Reiseleiter aus Berlin. Von der Dramatik des Geschehens ist die Rede und vom Naturalismus in der Darstellung, der die Zeitgenossen schockiert habe. Immer wieder höre ich die Worte: Hell-Dunkel-Malerei, light and dark, clair-obscur, chiaroscuro. Nach einer Weile gelingt es mir, für ein paar Minuten allein das Bild zu betrachten. Ich erschrecke beinahe. Die Figuren haben etwas so Unmittelbares, als könnten sie mir gleich entgegentreten.
»I could cry when I see this«, sagt eine alte Frau hinter mir. Ich auch.

Am frühen Abend komme ich nach Hause. Lili liegt nach wie vor im verdunkelten Raum.
»Bitte entschuldige …«, murmelt sie. »Ich bin noch immer zu nichts in der Lage …«
»Mach dir um mich keine Gedanken.«
»Doch.«
»Ich würde dir so gern helfen.«
»Danke, Paula … Abwarten und Schlafen ist das Einzige, was hilft.«
»Sagst du mir Bescheid, wenn ich etwas für dich tun kann?«
Sie nickt.
Im Gartenhaus entdecke ich einen Roman mit dem Titel *Shadowstory*. Jennifer Johnston heißt die irische Autorin, von der ich nie gehört habe. Es geht um die Geschichte einer schwierigen Familie. Leider gibt es keine deutsche Übersetzung. Das Thema interessiert mich, ich fange an zu lesen. Meine Englischkenntnisse sind nicht die besten, trotzdem verstehe ich das meiste.
Gegen elf schickt Jakob mir eine SMS. *Alles wieder gut? Ich liebe Dich. Dein J.* Typisch Jakob. Er mag keine Missstimmung

am Ende eines Tages. *Ich Dich auch,* schreibe ich zurück. *Deine Paula.*
Flynn steht vor meiner Tür. Ich lasse ihn herein. Er rollt sich zu meinen Füßen zusammen und schläft ein.

Montags geht es Lili besser, und wir fahren gemeinsam in die Stadt. Im Trinity College sehen wir uns das *Book of Kells* an und im National Museum keltische Kunstwerke, vor allem Goldschmuck. Lili kann mir zu fast jedem Gegenstand eine Geschichte erzählen. Ich bin erleichtert, dass sie wieder fit ist. Allein würde es mir lange nicht so viel Spaß machen, durch die Stadt zu laufen, zumal es regnet, ich nasse Füsse habe und ein Kratzen im Hals. Hoffentlich ist das nicht der Anfang einer Erkältung.
Auf der Rückfahrt frage ich Lili, ob sie *Shadowstory* gelesen habe.
»Ja«, antwortet sie mit leuchtenden Augen. »Ich würde den Roman gern übersetzen, aber bisher hat sich kein deutscher Verlag dafür gefunden.«
Abends schlägt sie vor, dass wir uns einen Spielfilm im Fernsehen anschauen. Er handelt von den Machenschaften der Armee in einer südamerikanischen Diktatur, von der Art, wie die Soldaten unbequeme Menschen verschwinden lassen. Lili sitzt wie gebannt auf dem Sofa.
»Ich war in den letzten dreißig Jahren in verschiedenen südamerikanischen Ländern«, sagt sie, als wir später noch ein Glas Wein trinken.
»Das wusste ich nicht ...«
»Ich habe Menschen getroffen, die Schreckliches erlebt haben. Im Angesicht eines solchen Elends relativiert sich vieles, auch die eigene Familiengeschichte.«

Die zwei Soldaten vor dem Hotel tragen Schirmmützen und olivgrüne Filzmäntel, sie reichen ihnen bis zu den Stiefeln. Die doppelreihigen, silbernen Knöpfe glänzen. Die Soldaten laufen hin und her, schlagen ihre Mantelkragen hoch und reiben sich die Hände. Beim Sprechen kommt weißer Atem aus ihren Mündern. Ihre Kalaschnikows schwingen bei jeder Bewegung mit. In der Nacht dringt plärrende Musik in mein Zimmer. Ich ziehe mich an und gehe hinaus in die Kälte. Die Soldaten stehen unter meinem Fenster, der eine raucht, der andere hält ein Transistorradio in der Hand. Könnten Sie bitte die Musik etwas leiser stellen?, frage ich und zeige auf das Radio. Sie reagieren nicht. Ich frage ein zweites Mal. Der Raucher tritt seine Zigarette aus. Ich gehe zurück ins Hotel, stecke mir Stöpsel in die Ohren, höre noch immer die Musik. Trotzdem muss ich eingeschlafen sein. Beim Aufwachen liege ich zusammengerollt in der Ecke eines Raumes. Es ist dunkel, ein modriger Geruch hängt in der Luft, mir ist kalt. Steh auf, beweg dich, geh nach draußen. Aber ich kann mich nicht rühren, bin eingeschnürt in einem harten Stück Stoff, einer Decke oder einem Mantel aus Filz. Ich denke an die Mäntel der Soldaten. Wo bin ich? Haben sie mich hierherverschleppt? Als Strafe dafür, dass ich mich über ihre Musik beschwert habe? Ich versuche, mich zu strecken, dabei zieht sich eine Schnur um meinen Hals immer fester zusammen. Ich fange an zu röcheln, gleich ersticke ich. In dem Moment höre ich wieder die plärrenden Töne …
Ich reiße die Augen auf.
Musik. Mein Halstuch sitzt zu eng.
Ich knipse das Licht an. Der Radiowecker läuft. Bin ich gestern versehentlich an einen Knopf gekommen? Es gelingt

mir nicht, die Musik auszustellen. Ich ziehe den Stecker aus der Dose.
Meine Kehle ist rauh. Ich trinke etwas Wasser. Das Schlucken tut weh.

14.

»Du siehst müde aus«, sagt Lili beim Frühstück.
»Ich habe schlecht geschlafen …«
»Hast du von dem Film geträumt?«
»Ja …«
Sie greift nach meiner Hand. »Das tut mir leid. Wir hätten ihn nicht anschauen sollen.«
»Doch, er war sehr gut, aber … ich weiß so wenig über diese Welt, und die Bilder waren so eindrücklich …«
»Seltsamerweise träume ich nie von solchen Filmen oder Büchern.«
»Von was träumst du?«
Lili rührt in ihrer Kaffeetasse. Die Frage scheint ihr unangenehm zu sein.
»Es ist ein wunder Punkt bei mir. Ich erinnere meine Träume nicht.«
»Nie?«
»Nein.«
»War das schon immer so?«
»Solange ich denken kann …«
Ich kann mir nicht vorstellen, wie es wäre, keine Träume erinnern zu können. Mir ginge eine ganze Welt verloren, und

das würde mich beunruhigen. Auch wenn meine Alpträume mich quälen.
»Wollen wir ans Meer?«, fragt Lili.
»Ja.«
Wir stehen auf und räumen den Tisch ab.
»Wann kommt Andrew?«
»Seine Maschine landet um halb drei. Dann nimmt er den Flughafenbus, und ich hole ihn gegen Viertel vor vier von der Haltestelle ab.«
»Soll ich nachher für uns was einkaufen?«
»Ich dachte, wir gehen heute Abend essen. Es gibt hier in der Nähe ein gutes Fischrestaurant. Da könnte ich einen Tisch reservieren lassen.«
»Okay … Freust du dich auf Andrews Besuch?«
Sie sieht mich überrascht an. »Ja.«

Das Meer liegt glatt und blau in der Sonne. Zum ersten Mal, seitdem ich hier bin, kann ich die Halbinsel Howth deutlich erkennen. Sie ist nicht nur felsig, sondern auch sehr grün. Die Hügel wirken wie mit Moos überzogen. Das habe ich vom Flugzeug aus zwischen all den Wolken nicht sehen können.
Es ist nicht viel wärmer als in den letzten Tagen. Wir laufen in Richtung Fährhafen und weiter den Pier entlang bis zum Leuchtturm. Ein Mann lehnt an der Mauer und spielt Saxophon.
Wir setzen uns auf eine der schmalen Holzbänke und schauen aufs Wasser.
»Du wirst mir fehlen«, sagt Lili.
»Du mir auch.«
»Ich habe in den letzten Tagen gemerkt, wie sehr ich es genieße, nicht allein zu sein.«

»Und du hast es mir wirklich nicht übelgenommen, dass ich auf unsere Auseinandersetzung zurückgekommen bin?«
»Nein, es war richtig, dass du mein Ablenkungsmanöver nicht mitgemacht hast ... Aber es stimmt natürlich, dass die ganze Geschichte mit Georg mir ziemlich zusetzt ... genau wie dir.«
Zwei Seehunde tauchen auf und verschwinden gleich wieder. In der Ferne kreuzt ein Segelboot.
»Komm bald wieder.«
»Ja.«
»Gern auch mit Jakob.«
»Danke.«

Andrew ist größer als Lili und genauso schlank. Ich schätze ihn auf Mitte vierzig, trotz seiner grauen Haare.
Lächelnd streckt er mir die Hand entgegen. »Freut mich, dich kennenzulernen.«
»Ich wusste nicht, dass Sie ... dass du Deutsch sprichst.«
»Andrew kann mindestens sechs Sprachen fließend«, ruft Lili.
»Na, ja ...«
»Ein echtes Naturtalent.«
Sie flitzt hin und her, setzt Teewasser auf, stellt Geschirr auf ein Tablett, faltet Servietten, holt eine kleine Mokkatorte aus dem Kühlschrank.
»Wir sitzen draußen, oder?«
»Ist es nicht zu kühl?« Ich denke an meine Halsschmerzen.
»Du hast recht«, sagt Andrew und deckt den Tisch vor dem Kamin.
Lili schneidet die Torte an. Ich sehe seinen verliebten Blick.
Beim Tee erzählt er von seinem Forschungsseminar über James Joyce, von engagierten Studenten und skurrilen Kollegen.

»Du merkst, Andrew geht ganz in seiner College-Welt auf«, kommentiert Lili.

»Nein, da irrst du dich.« Er legt den Arm um ihre Schultern und gibt ihr einen Kuss.

Lili beugt sich vor, schenkt uns Tee nach.

»Du bist Malerin, habe ich gehört.«

Ich nicke und wünsche, das Thema läge hinter uns.

»Blumen und Landschaften sind ihre Spezialität«, sagt Lili. »*Sonnenaufgang im Moor* ist von ihr.«

Andrew sieht sich das Bild aufmerksam an. »Malst du mit Acryl?«

»Ja.«

»Der Lichteinfall gefällt mir.«

»Danke …« Er hat recht. Der Lichteinfall ist nicht schlecht.

Lili berichtet von Problemen bei ihrer aktuellen Übersetzung. Ein schwieriger Text von John Banville. Erst jetzt wird mir bewusst, dass ich Lili in all den Tagen nicht gefragt habe, an was sie im Moment arbeitet.

Andrew greift nach dem Tortenheber. »Wer möchte noch ein Stück?«

»Gern.« Ich reiche ihm meinen Teller.

Er fragt mich, ob dies mein erster Besuch in Dublin sei und was ich bisher von der Stadt gesehen hätte. Ich erzähle von meinen Eindrücken. Andrew ist ein guter Zuhörer.

»Warum warst du nicht mit in der National Gallery?«, will er von Lili wissen.

»Ich … hatte wieder Migräne …«

»Das hast du am Telefon gar nicht erwähnt.«

»Es ist auch nicht erwähnenswert«, antwortet Lili gereizt.

»Doch.« Andrew sieht sie besorgt an. »Hast du es mal mit Akupunktur versucht?«

»Nein, und jetzt möchte ich nicht länger darüber reden.«
Wir schweigen eine Weile. Wieder legt Andrew Lili den Arm um die Schultern, wieder weicht sie ihm aus.
»Könntest du bei deiner Tante ein gutes Wort für mich einlegen?«, fragt er plötzlich.
»Hör auf!«, ruft Lili leicht amüsiert.
»Worum geht es?«
»Ich versuche seit einiger Zeit, sie zu überreden, mit mir zusammenzuziehen.«
Lili schnalzt mit der Zunge.
»In Irland gibt es keine Unistelle für mich, aber Lili kann als Freiberuflerin auch in London arbeiten.«
»Das stimmt«, antworte ich.
»Vielleicht hast du einen positiven Einfluss auf sie ...«
Ich zucke mit den Achseln. »Lili macht eh, was sie will.«
»So ist es!« Lili schlägt mit der flachen Hand auf den Tisch. »Ich weiß nicht, wie Andrew auf die abwegige Idee kommt, dass ich mein Haus, meine Freunde, meine Dubliner Welt so einfach aufgeben könnte!«
Sie klingt nicht mehr amüsiert.
Später, im Restaurant, ist Andrew sehr still.

Morgens um Viertel vor vier verlassen Lili und ich das Haus. Es ist noch dunkel. Sie hat darauf bestanden, mich zum Bus zu bringen.
Ich nehme sie in die Arme. »Vielen Dank für alles.«
»Halt mich auf dem Laufenden, was Georg betrifft. Allmählich fange ich mich wieder.«
»Bist du dir sicher?«
»Absolut.«
»Wie lange wird Andrew bleiben?«

»Bis morgen Abend.«
»Ich finde ihn sehr nett.«
»Ja, er kann nur nicht akzeptieren, dass ich meine Unabhängigkeit brauche.«
»Die würdest du ja auch nicht aufgeben, wenn du zu ihm ziehst. Du verdienst dein eigenes Geld ...«
»Nein. Das kommt nicht in Frage.«
»Lass dir alles noch mal in Ruhe durch den Kopf gehen.«
»Brauche ich nicht. Mit vierundfünfzig macht man keine Experimente mehr.«
Schade, denke ich.

Im Flugzeug setze ich mich auf meinen Platz, trinke einen Schluck Wasser, schlage die Zeitung auf. Meine Hände werden feucht, mein Herz klopft schneller. Ganz ruhig.
Die Maschine startet, meine Nachbarin beginnt zu schnarchen. Ich lehne mich zurück und schließe die Augen.

Beim Aufwachen sehe ich unter mir die Elbe.
Zehn Minuten später landen wir.
Ich schalte mein Handy ein. Jakob hat mir vor anderthalb Stunden eine SMS geschickt. *Habe eben im Briefkasten einen Zettel von Werner Schumann gefunden. Dein Vater hat sich gestern bei ihm gemeldet.*

15.

Ich nehme ein Taxi. Hoffentlich geht es Vater nicht schlechter.
Auf dem Küchentisch steht ein Strauß bunter Löwenmäulchen, meine Lieblingsblumen. Daneben liegt der Zettel von Werner Schumann.

Hamburg, 27. Juni 2012
Liebe Frau Brandt,
Ihr Vater hat gestern bei mir angerufen. Am Samstagnachmittag wollen wir Schach spielen.
Herzliche Grüße
Werner Schumann

Was bedeutet das? Ist Vater überraschend entlassen worden? Warum hat er mir nicht Bescheid gesagt? Vielleicht wollte er nicht auf unser Band sprechen. Auf meinem Handy hat er mich noch nie angerufen.
Ich versuche, ihn zu Hause zu erreichen. Es meldet sich niemand.
Wo habe ich die Telefonnummer von Werner Schumann hingelegt? Auf dem Zettelstapel in der Küche ist sie nicht.

Ich laufe nach oben ins Atelier, wühle in den Papieren auf meinem Schreibtisch, in den Schubladen. Vielleicht steht Werner Schumann im Telefonbuch.
Ich finde elf Einträge. An seine Adresse erinnere ich mich nicht. Soll ich alle Nummern durchtelefonieren?
Nein. Ich gehe wieder nach unten. Was habe ich gestern vor einer Woche gemacht, nachdem Werner Schumann gegangen war?
Ich blicke mich um, entdecke seinen Zettel an unserer Pinnwand im Flur.
Ich wähle seine Nummer. Er nimmt nicht ab, hat keinen AB, genau wie Vater.
Ich schicke Jakob eine SMS. *Danke für die Löwenmäulchen und die Nachricht. Kann Werner Schumann leider nicht erreichen. Kuss, Deine P.*
Es ist nicht dringend. Wenn Vater sich zum Schachspielen verabredet, vergräbt er sich nicht mehr. Nicht vor Werner Schumann.
Ich koche mir einen Tee und packe meinen Koffer aus.
Wieso bohrt es in mir, dass er sich nicht an mich gewandt hat? Weil ich seine Tochter bin? Was heißt das schon? Ich würde Vater auch nicht anrufen, wenn es mir schlecht oder wieder besser ginge. Wir haben keine Übung darin, uns derlei Dinge mitzuteilen.

Heute fängt die Schule an. Mama hat frei und kommt mit. Ich hüpfe. Der Ranzen wippt auf meinem Rücken. Links im Arm halte ich meine Schultüte. Sie ist glänzend blau, und es schuckelt darin. Darf ich mal reingucken?, frage ich. Nein, sagt Mama. Erst wenn wir wieder zu Hause sind. Hoffentlich sind die anderen Kinder nett. Bestimmt. Du kennst doch ein paar aus dem Kindergarten, Annalena zum Beispiel. Ich nicke. Wenn ich neben Annalena sitzen darf, habe ich Glück. Welches ist meine Klasse? Mama bleibt stehen und holt einen Brief aus ihrer Tasche. Die 1 b. Und deine Lehrerin heißt Frau Gerlach. Auf dem Schulhof ist es voll. Lauter Kinder mit Schultüten und Mütter mit Briefen und auch ein paar Väter. Die Lehrerinnen stellen uns in Reihen auf. Frau Gerlach hat bunte Bänder in ihren dunklen Zopf geflochten. Sie trägt einen Rock mit grünen Elefanten. Ich mag Frau Gerlach. Manche Kinder wollen die Hand ihrer Mutter nicht loslassen und fangen an zu weinen. Ich lasse sofort los. Mama lächelt. Frau Gerlach stellt mich neben Annalena. Ihre Schultüte ist rot. Hallo, sage ich. Hallo, sagt Annalena und streicht über meine Schultüte. Schön ist die. Deine auch. Plötzlich sehe ich Papa hinten am Zaun stehen. Er hebt die Hand, als ob er mir zuwinken will. Am liebsten würde ich zu ihm hinlaufen, aber das würde Mama nicht gefallen. Ich drehe mich um. Was ist?, fragt Annalena. Nichts, sage ich. Und schäme mich.

Was ist sonst an jenem Tag passiert? Meine Erinnerung bricht hier ab. Ich weiß nicht einmal, was für Überraschungen in meiner Schultüte waren.
Wieder versuche ich, Werner Schumann anzurufen. Jetzt ist er zu Hause. Ich bedanke mich für seine Nachricht.
Er murmelt etwas Unverständliches.
»Leider durfte ich meinen Vater noch nicht besuchen. Was hatten Sie für einen Eindruck, wie es ihm geht?«
»Schwer zu sagen ...« Werner Schumann räuspert sich. »Georgs Stimme klang wie immer ... Er fragte mich, ob ich Zeit hätte, am Samstag um drei mit ihm Schach zu spielen. Wir

könnten bei ihm im Zimmer sitzen. Das Brett und die Figuren müsste ich mitbringen.«
»Hat er Sie darum gebeten, mir Bescheid zu sagen?«
»Nein, das hat er nicht ... Ich dachte mir, es wäre gut, Sie zu informieren.«
»Das ist sehr nett von Ihnen ...«
Wir verabreden, dass er mir von seinem Treffen mit Vater berichten wird.
Ich hefte den Zettel wieder an die Pinnwand, lese erst jetzt bewusst die Anschrift. *Böttgerstraße 6*. Die liegt in Pöseldorf. Wie kommt es, dass Werner Schumann in einem der teuersten Stadtteile Hamburgs lebt? Hat er sein Elternhaus geerbt? Ist er auch jemand, der aus seiner Familie herausgefallen ist? Sind die beiden deshalb Freunde geworden?

16.

Ich stelle eine Leinwand auf meine Staffelei und beginne mit dem Grundieren. Habe ich vor acht Tagen zuletzt hier gestanden und die vierte Flusslandschaft beendet? Es kommt mir vor, als seien es acht Wochen.
Mondnacht. Noch nie war mir ein Thema so fern. Ich starre auf die leere Fläche. In meinem Kopf entsteht kein Bild. Das kenne ich nicht. Seit meiner Kindheit denke ich in Formen und Farben. Ich habe immer malen können. Oder malen müssen. Es war eine Besessenheit, mein Weg, mich mit der Welt auseinanderzusetzen.
Jetzt ist mir alles fremd – die Pinsel, die Palette, die Flaschen mit den Acrylfarben.
Ich gehe nach unten in die Küche und starte eine Wäsche in der Maschine.
Jakob schickt mir eine SMS. *Bin leider nicht vor acht zurück. Dein J.*
Ich kaufe ein, esse ein Käsebrot, gieße die Balkonblumen.
Viertel nach vier. Soll ich Franziska anrufen? Sie fragen, ob sie einen Rat hat? Hör auf mit diesen Flusslandschaften, wird sie sagen. Und von dem Galeristen würde ich mich trennen.
Ich hänge die Wäsche auf, schreibe eine Mail an Lili, googele

den Namen *Schumann*. Ich finde einen Coiffeur, einen EDE-KA aktiv-Markt, einen Frauenarzt. Keinen Unternehmer wie Alfred Brandt. Aber das will nichts heißen. Vielleicht hat es eine Firma Schumann gegeben, die pleitegegangen ist.
Ich zwinge mich, nicht weiterzusuchen. Und auch keine Mails zu beantworten. Ich muss wieder nach oben ins Atelier. Auf der Treppe bleibe ich stehen. Und wenn ich Max schreibe, dass es nicht mehr als vier Flusslandschaften geben wird? Nein, dazu fehlt mir der Mut.
Ich hole die vier Bilder aus der Ecke, betrachte eins nach dem anderen. Handwerklich gibt es nichts an ihnen auszusetzen. Und Lili hat recht. Sie sind sehr stimmungsvoll. Wahrscheinlich stellt sich der Augenarzt genau so etwas vor, zur Beruhigung seiner Patienten.
Wieso ist es so schwierig, mit dem fünften Bild anzufangen? Das Motiv ist dasselbe. Es geht nur um eine andere Tageszeit, ein anderes Licht.
Mein Widerwillen wächst. Reiß dich zusammen. Dies hat nichts mit Selbstverwirklichung zu tun. Du hast einen Auftrag zu erfüllen, mehr nicht.
Ich fahre mit dem Zeigefinger über die Flaschen, überlege, welche Farben ich brauche, um eine Mondlichtstimmung zu erzeugen. Ich kann mich nicht entscheiden.
Ich greife nach der Palette, sie wiegt schwerer in der Hand als sonst. Ich lege sie wieder beiseite und öffne ein Fenster. Die Wolken hängen tief, aber sie zerteilen sich, hier und da sehe ich blauen Himmel. Vielleicht hält sich das Wetter. Ich könnte eine Runde Rad fahren, einmal um die Außenalster. Das habe ich seit Jahren nicht gemacht. Besser, als hier zu stehen und darauf zu warten, dass die Blockade sich löst.

Ich radele an der Alster entlang, vorbei an den Segelclubs. Gleich habe ich die Hälfte geschafft. Der Wind nimmt zu, das Wasser kräuselt sich, es wird dunkler.
Soll ich umkehren? Oder ist es schneller, wenn ich weiterfahre? Es sind kaum noch Segler unterwegs. Die ersten Wellen schlagen ans Ufer.
Ich bleibe stehen, drehe mich um und erschrecke. Hinter mir türmt sich eine dunkle Wolkenwand.
Im nächsten Moment bricht ein Gewitter los. Ich schaue mich um, entdecke ein Café mit einem Vordach, nicht mehr als fünfzig Meter entfernt. Der Regen peitscht mir ins Gesicht. Ich schiebe mein Rad, rutsche in einer Pfütze aus, fange mich wieder. Ich stelle mich unter, völlig durchnässt, zum zweiten Mal innerhalb von fünf Tagen. Sonst passe ich besser auf mich auf.
Soll ich das Rad anschließen und mir ein Taxi bestellen? Ich fasse in die Taschen meiner Jacke, habe kein Handy und kein Geld dabei. Ich kann nicht einmal im Café einen Tee trinken.
Eine halbe Stunde später verzieht sich das Gewitter. Ich fahre durch den Regen nach Hause. Mir ist kalt.

Nach dem Duschen lege ich mich aufs Sofa, wickele mich in eine Decke. Zehn Minuten die Augen zumachen, dann wieder ins Atelier.
Jakob weckt mich.
»Hallo ...«
Er gibt mir einen Kuss. »Bist du krank?«
»Nein ...«
»Du schläfst sonst nie um diese Zeit.«
»Ich bin heute Morgen um drei Uhr aufgestanden.«

»Wollen wir essen gehen?«
Ich nicke. Zwanzig nach acht. Ich habe über zwei Stunden geschlafen.
»Im Bad liegen lauter nasse Sachen. Hat dich das Gewitter erwischt?«
»Ja ... Ich war mit dem Rad an der Außenalster ...«
Jakob runzelt die Stirn. »Du behauptest immer, das sei dir zu weit.«
»Ich dachte, Bewegung würde mir guttun ...«, murmele ich und stehe auf.
»Na klar. Du müsstest dich mindestens zweimal in der Woche richtig austoben.«
Jetzt ist Jakob nicht mehr zu bremsen. Noch im Restaurant redet er über Sportarten, die sich für mich eignen würden. Badminton, Volleyball, Tennis, Hockey. Ich höre ihm zu und weiß, nichts von alledem interessiert mich.
Später erzähle ich ihm von Werner Schumanns Anruf, von Lili und Andrew und davon, dass ich keine Probleme beim Rückflug hatte.
»Siehst du«, sagt Jakob und strahlt.
Zum Glück fragt er nicht nach meiner Arbeit.

Am nächsten Morgen wache ich mit Halsschmerzen auf. Ich habe es geahnt. Die Radfahrt im Regen ist mir nicht gut bekommen. Warum musste es die Außenalster sein? Habe ich es unbewusst darauf angelegt, krank zu werden?
Jakob joggt. Ich stehe auf, trinke eine heiße Zitrone mit Honig und gehe ins Atelier. Halsschmerzen sind kein Grund, nicht zu arbeiten. Wenn ich heute nicht anfange, wird der Druck immer größer.
Mondnacht ist nicht mein erstes Mondbild. Aber auf den an-

deren gab es kein Wasser. Ich brauche verschiedene Blautöne, von Eisblau bis Schwarzblau. Die Stelle, an der das gleißende Licht des Vollmonds aufs Wasser trifft, sollte einen fast weißen Kern haben. Darum herum vermischt sich das Weiß mit Blaugrün, Petrol und einem dunklen Violett.
Jakob ist zurückgekommen. Ich höre, wie er vor sich hin pfeift, Kaffee kocht, duscht. Spätestens in zehn Minuten wird er losfahren.
Ich wünschte, ich könnte auch irgendwohin aufbrechen.
Plötzlich steht Jakob hinter mir und gibt mir einen Kuss in den Nacken. »Alles okay?«
»Hm ...«
»Du arbeitest sonst nie vorm Frühstück.«
»Ich muss mich ranhalten. Max wird sich bald wieder melden.«
Sein Blick wandert über die vier Flusslandschaften und weiter zu der grundierten Leinwand auf der Staffelei. »Was ist dein nächstes Thema?«
»*Mondnacht.*«
»Das wird bestimmt schön, mit dem Licht auf dem Wasser.«
»Ja ...« Wenn nur das Schlucken nicht so weh täte.
»Und über das Motiv musst du nicht mehr nachdenken.«
»Nein ...«
Er nimmt mich in die Arme. »Viel Erfolg.«
»Dir auch.«
Ich sehe ihm nach, wie er die Wendeltreppe hinunterläuft. Ob er gemerkt hat, wie mir zumute ist?
Wenn ich jetzt mit dem Mischen der Farben anfange, kann ich nicht in einer halben Stunde wieder aufhören, um etwas zu essen. Ich werde erst einmal frühstücken.
Kaffee schmeckt mir nicht, wenn ich Halsschmerzen habe.

Ich setze Teewasser auf. Es gibt frische Mohnbrötchen. Neben dem Brotkorb liegt ein Zettel von Jakob. *Guten Appetit!* Gleich acht. Ich schalte das Radio ein. Im Badezimmerschrank suche ich nach homöopathischen Tropfen, die man stündlich einnehmen soll. Ich finde sie nicht. Die Bundesbürger sehen in der Euro-Krise derzeit die größte Gefahr für Deutschland, heißt es in den Nachrichten. Knapp zwei Drittel halten die Krisenbewältigung für die dringlichste Herausforderung. Rooibos-Tee mit Vanille und noch eine heiße Zitrone. Ich esse ein Brötchen mit Honig. Vielleicht brauche ich keine Tropfen. Die verheerenden Waldbrände im Bundesstaat Colorado breiten sich aus. US-Präsident Barack Obama will morgen ins Katastrophengebiet fliegen. Davon habe ich in Irland nichts mitbekommen. Seltsam, ich habe dort kein einziges Mal Nachrichten gehört. Heute Abend will die deutsche Nationalmannschaft den Einzug ins Finale perfekt machen. Ab 20.45 Uhr spielt sie in Warschau gegen Italien. Das hat Jakob vorhin gar nicht erwähnt. Ich werde nicht mit in die Kneipe gehen, wo er sich immer mit seinen Brüdern trifft, um Fußball zu gucken. Heute nicht.

Ob Lili mir geantwortet hat? Ich könnte kurz nach meinen Mails sehen. Ja, sie wünscht mir alles Gute für meine Arbeit und schlägt vor, dass wir in Zukunft skypen. *Man ist sich doch viel näher, wenn man den anderen sieht. Und Du kannst mir auch gleich Deine neuesten Werke zeigen. Ich bin sehr neugierig, ob die Tage in Dublin sich in Deinen Bildern niederschlagen. Maler schwärmen ja immer vom irischen Licht ...*

Skypen ist eine gute Idee, schreibe ich zurück. *Auf neue Werke wirst Du aber etwas warten müssen.*

Ich gehe wieder nach oben, öffne die Fenster, denke über die Bildaufteilung nach. Dabei gibt es hier nichts nachzudenken.

Sie ist genauso wie bei den anderen Flusslandschaften. Der Bach, die Wiese, der Himmel. Warum habe ich keine einzige Vertikale im Bild? Einen Baum, einen Busch oder einen Zaun?
Jetzt ist nicht die Zeit für grundsätzliche Fragen. Ich mische ein helles Blaugrün, ein Petrol, ein Ultramarin und fange an mit den Wolken.

Nach sechs Stunden breche ich ab. Die zaghaften Flecken fügen sich zu nichts zusammen.
Ich kann kaum noch schlucken. In der Apotheke nebenan besorge ich mir die Tropfen, die ich schon heute Morgen hätte nehmen sollen.
Jakob schickt mir eine SMS. *Wir treffen uns für das Halbfinale ausnahmsweise bei Moritz. Ich fahre direkt nach der Arbeit zu ihm. Du kommst auch, oder? Kuss, Dein J.*
Nein, leider nicht. Ich habe Halsschmerzen. Deine P.
Ein paar Minuten später ruft er an.
»Wahrscheinlich hast du gestern zu lange im Kalten gestanden.«
»Ja.«
»Hast du Fieber?«
»Ich habe noch nicht gemessen ...«
»Dann mach das mal.«
»Ich hab so viel zu tun. Du weißt doch, dass Max darauf wartet ...«
»Paula, wenn du krank bist, kannst du nicht arbeiten«, unterbricht Jakob mich.
Ist es nicht genau das, was ich hören will?
»Ich muss Schluss machen. Gute Besserung.«
»Danke.«

Ich messe kein Fieber, nehme zwei Aspirin und trinke noch eine heiße Zitrone.
Oben im Atelier schlägt mir ein eigenartiger Geruch entgegen. Dabei sind die Fenster auf. Ist es die Acrylfarbe? Ich habe nie Probleme damit gehabt. Liegt es an meiner Nase? Ist mein Geruchssinn gestört, weil ich eine Erkältung bekomme?
Ich lutsche Halspastillen und versuche, ganz flach zu atmen. Wehre ich mich so sehr gegen das Malen, dass ich meine Bilder nicht mehr riechen kann?
Unsinn. Es muss mit der Erkältung zu tun haben.
Ich wähle einen größeren Pinsel, mische die Farben und übermale die Flecken.

Abends um halb elf gebe ich es auf. Die Wolken hängen wie Klöße am Himmel. Im Wasser spiegelt sich kein Licht, die hellen Schlieren sehen aus, als hätte jemand einen Topf Farbe in den Fluss gekippt.
Ich gehe ins Bett, messe Fieber. 38,1.
Kurz vor Mitternacht kommt Jakob nach Hause. Er ist schlecht gelaunt, weil Deutschland gegen Italien verloren hat.

Ich laufe eine Strandpromenade entlang. Etwas Dunkles auf meiner Nasenspitze irritiert mich. Ich fühle einen kleinen, harten Gegenstand, der sich bewegt. Ist es eine Zecke, die in der Haut festsitzt? Wie gelangt eine Zecke auf meine Nase? Mit spitzen Fingern versuche ich, sie abzulösen. Es gelingt mir nicht. Eine Frau schaut mich angewidert an. Ich gehe weiter, halte meine Hand über die Nase. Sollen die Leute denken, dass ich Nasenbluten habe. Ich spüre, wie die Zecke wächst. Wenn es eine Zecke ist. Jetzt hat sie die Größe einer

Haselnuss, aber sie ist nicht so glatt, eher schuppig und klebrig wie ein Zapfen. Ich ziehe und zerre, das Ding lockert sich nicht, es scheint in meiner Nase verwurzelt zu sein. Ein paar Minuten später ist es kastaniengroß. Eine Clownsnase, schießt es mir durch den Kopf. Bald brauche ich beide Hände, um das Gewächs zu verstecken. Was haben Sie denn da?, ruft ein Mann und reißt meine Hände herunter. Ich will weglaufen, doch er hält mich fest. Die Leute werden auf uns aufmerksam. Sie bleiben stehen, starren mich an. Warum wächst der Frau ein Baum aus der Nase?, fragt ein Junge. Sie ist krank, antwortet seine Mutter und zieht ihn weiter.

Ich werde wach, bekomme keine Luft, bin nass geschwitzt. Meine Nase fühlt sich an wie immer.

Jakob schläft.

Ich stehe auf, gehe leicht schwankend in den Flur. Meine Stirn glüht.

Langsam steige ich die Treppe zum Atelier hinauf. Es riecht nicht gut.

Ein fahles Licht fällt durch die Dachfenster. In ein paar Tagen haben wir Vollmond.

Ich drehe mich um, sehe mein schlechtes Bild. Wie viele Schichten habe ich übereinandergemalt? Ich erinnere mich nicht.

Wut steigt in mir hoch. Über den Auftrag, über mich, mein Versagen.

Ich greife nach einer Schere und will Löcher in die kloßigen Wolken und den matten Fluss stechen. Es gelingt mir nicht, das Acryl ist zu hartem Gummi geworden.

Wie besessen suche ich nach einem Gegenstand, mit dem ich das Bild zerstören kann. In einer Schublade finde ich ein Teppichmesser. Werde ich es damit schaffen? Ich setze es oberhalb vom Mond an, drücke mit aller Kraft auf den Schaft und spüre, wie die Klinge die Acrylschichten durchdringt. Langsam schneide ich das Bild von oben nach unten durch und gleich daneben noch mal und noch mal.

Nach ein paar Minuten ist *Mondnacht* zerschnitten.

17.

Am Freitag steigt das Fieber auf 39,2. Mein Kopf dröhnt, mir läuft die Nase, beim Atmen habe ich Schmerzen, das erste Vorzeichen für einen Husten. Ich ertrage keine Musik, kann nicht lesen, nicht fernsehen, nur schlafen oder an die Decke stieren. Auf dem Weg zum Badezimmer geben meine Knie beinahe nach.
Später versuche ich, die Treppe zum Atelier hinaufzusteigen, um das zerschnittene Bild wegzuwerfen. Ich scheitere an der zweiten Stufe und schaffe es nur mit Mühe ins Bett zurück. Was würde Jakob sagen, wenn er sähe, was ich in meiner Wut getan habe? Ich weiß es nicht. Vielleicht habe ich Glück und er geht heute nicht nach oben.
Abends macht Jakob mir feuchte Wadenwickel, es gibt frisch gepressten Orangensaft und Hühnersuppe. Die esse ich sonst nie, aber heute schmeckt sie mir.
»Wie kommst du auf Hühnersuppe?«, frage ich.
»Ein Tipp meiner Mutter. Wenn es dir morgen nicht besser geht, hole ich einen Arzt.«

Am Samstag ist es heiß, der erste heiße Tag des Jahres. Mein Fieber ist auf 38,5 gesunken.

»Ich hatte gehofft, dass es weg wäre«, murmelt Jakob enttäuscht.
»So schnell geht das bei mir nicht. Mit einer fiebrigen Bronchitis habe ich früher manchmal zwei Wochen lang im Bett gelegen.«
»*Was?*«
»Du kennst so etwas nicht, weil du robuster bist.«
Er nickt. Ich kann ihn mir plötzlich als Kind vorstellen, wie er im Regen Fußball spielt oder an einem kalten Tag ins Freibad geht und als Einziger durchs Becken krault.

Ich sitze im Bett, im Rücken ein Plumeau, ich bin neun. Der Husten tut weh. Ich spiele Buchhandlung. Mama hat in meinem Regal ein Fach leer geräumt und mir die Bücher auf den Teewagen gelegt. Drei hohe Stapel. Vor mir habe ich ein großes Tablett mit kleinen Zetteln, einem Bleistift, einem Radiergummi und meiner Kasse voller Spielgeld. Als Einwickelpapier nehme ich Mamas Zeitung, Tesafilm habe ich nicht, aber rote Gummibänder von unserem Schlachter. Ich habe Preise in alle Bücher geschrieben, manchmal musste ich radieren, weil der Preis zu niedrig war. Jetzt kommt die erste Kundin. Sie sucht ein Buch für ihren kleinen Sohn. Hat er manchmal Zahnschmerzen?, frage ich. Ja, antwortet sie erstaunt. Dann empfehle ich Ihnen *Karius und Baktus,* eine lustige Geschichte übers Zähneputzen. Das gefällt mir, sagt die Frau. Wie teuer ist das Buch? Fünf Mark neunzig. Nicht gerade billig. Es wird Ihrem Sohn bestimmt gefallen, und vielleicht putzt er sich dann häufiger seine Zähne. Na gut, sagt die Frau und gibt mir einen Zehnmarkschein. Ich gebe ihr vier Mark zehn zurück und wickele das Buch ein. Vielen Dank. Auf Wiedersehen. Ich höre, wie die Wohnungstür aufgeschlossen wird. Spielst du schön?, fragt Mama. Ja. Was macht der Husten? Tut weh. Mama fühlt meine Stirn. Fieber hast du nicht mehr. Ich glaube doch. Wir messen gleich mal, und wenn das Fieber weg ist, kannst du heute Nachmittag aufstehen. Morgen gehst du dann etwas nach draußen und übermorgen wieder in die Schule. Ich muss husten, schlimmer als heute Morgen. Mama sieht mich besorgt an. Vielleicht sollte die Ärztin noch einmal kommen und dich abhorchen. Ich nicke. Wenn ich so huste, brauche ich nicht in die Schule.

In der Nacht zum Sonntag schlafe ich zwölf Stunden lang, ohne aufzuwachen, ohne zu träumen. Mein Kopf ist wieder klar.
Jakob bringt mir einen Tee ans Bett. »Wie geht's dir heute?«
»Besser. Das Fieber ist weg.«
Ich bin wackelig auf den Beinen, aber das Duschen tut gut. Ob Jakob inzwischen im Atelier war?
Wir sind beim Frühstück, als das Telefon klingelt. Es ist Werner Schumann, der mir berichtet, dass er gestern Nachmittag mit meinem Vater drei Partien Schach gespielt habe.
»Wie ging es ihm?«
»Ich weiß nicht … Wir haben kaum geredet.«
»Kam er Ihnen anders vor als sonst?«
»Eigentlich nicht.«
»Werden Sie sich wieder treffen?«
»Ja, am nächsten Samstag.«
Später skypen Lili und ich. Sie sitzt an ihrem Schreibtisch und hat Flynn auf dem Schoß. Ich erzähle ihr von dem Gespräch mit Werner Schumann.
»Da haben sich zwei gefunden«, lautet ihr Kommentar.
»Was sollen wir jetzt machen?«

»Abwarten.«

Wir schweigen einen Moment.

»Blass siehst du aus«, sagt Lili und zieht die Augenbrauen hoch.

»Ich habe zwei Tage mit Fieber im Bett gelegen.«

»Ach, wie blöd.«

»Und wie geht's dir?«

»Ich habe viel zu tun.« Sie streichelt Flynn. »Andrew geht mir etwas auf die Nerven. Ich verstehe nicht, warum er mich jeden Tag anruft.«

»Er liebt dich.«

»Ja ... Was macht deine Arbeit?«

»Ich habe nicht viel geschafft, bevor ich krank geworden bin.«

»Zeig mal.«

»Es gibt nichts zu sehen.«

»Wieso nicht?«

»... Weil ich das Bild zerschnitten habe.«

»*Was?*« Lili schaut mich entsetzt an. »Acrylfarbe kann man doch übermalen.«

»Das habe ich auch mehrmals versucht. Es hat nichts genützt ...«

Lili würde das Thema gern vertiefen, aber ich will nicht mehr darüber sprechen.

Sie wünscht mir alles Gute, ich ihr auch. Keine von uns hat Luise erwähnt.

18.

Der Geruch im Atelier erinnert mich an faule Eier. Ich öffne die Fenster und entsorge die Überreste der *Mondnacht* in einem Müllsack.
Ist eine der Acrylfarben nicht mehr gut?
Ich schraube die Deckel ab, rieche an unzähligen Flaschen. Die Farben sind in Ordnung. Meine Pinsel, Lappen und Schwämme auch.
Ich höre Jakob die Treppe heraufkommen.
»Fällt dir irgendetwas auf?«
»Wieso?«
»Es riecht hier nicht gut, schon seit ein paar Tagen.«
»Finde ich nicht.«
»Dann liegt es an meiner Erkältung.«
Er zeigt auf die leere Staffelei. »Bist du mit der *Mondnacht* fertig?«
»Nein, ich … fange noch mal von vorn an …«
»Ist das nicht zu anstrengend, direkt vom Bett ins Atelier? Lass uns bei dem schönen Wetter lieber rausgehen.«
»Du wolltest doch joggen.«
»Ja, aber …«
»Mach das ruhig.«

Ich brauche Jakob kein zweites Mal aufzufordern. Er hasst es, spazieren zu gehen.
Ich stelle eine frische Leinwand auf die Staffelei, spüre die warmen Sonnenstrahlen im Rücken. Beim Grundieren beschließe ich, *Morgennebel* vorzuziehen. Vielleicht ist das Thema leichter, und danach könnte mir auch *Mondnacht* gelingen.
Nachher will Jakob mit mir zu seinen Eltern nach Wellingsbüttel fahren. Sein Vater wird heute dreiundsechzig und hat die ganze Familie zu Kaffee und Kuchen und abendlichem Grillen eingeladen. Vorhin dachte ich, dass ich dafür niemals die Energie aufbringen könnte, aber jetzt bin ich zuversichtlicher. Der Husten löst sich, die Ablenkung wird mir guttun.

Familie Richter steht in bunten Buchstaben auf dem Klingelschild aus Keramik. Es stammt vermutlich aus den siebziger Jahren, genau wie das Haus, in dem Jakob aufgewachsen ist.
Sabine, seine Mutter, öffnet uns die Tür, nimmt uns in die Arme.
»Schön, dass ihr gekommen seid.«
Sie ist so schlank wie Jakob und hat die gleichen braunen Augen wie er.
»Wie geht's dir, Paula?«
»Viel besser.«
»Da bin ich erleichtert.«
Wir folgen ihr durchs Haus in den Garten. Überall blüht es, ein wilder Sommergarten mit einer Schaukel, einer Wippe und einem Sandkasten. Anders als bei Großvater, wo wöchentlich die Rasenkanten geschnitten werden und keiner sich traut, die geharkten Wege zu betreten.
Auf der Wiese sind Tische für mindestens dreißig Personen

gedeckt. Mittendrin steht ein kleiner Tisch mit vier Stühlen für die Enkelkinder.

»Ihr seid die Ersten!«, ruft eine tiefe Stimme hinter uns.

»Herzlichen Glückwunsch, Papa«, sagt Jakob und überreicht seinem Vater unser Geschenk, einen dunkelroten Oleander in einem Terrakottakübel.

»Oh, wie schön. Gerade neulich habe ich gesagt, wie gern ich einen Oleander hätte.«

»Mamas Tipp.«

»Hallo, Stefan. Alles Gute zum Geburtstag.«

»Vielen Dank.«

Ich kann kaum glauben, dass er dreiundsechzig ist. Er sieht zehn Jahre jünger aus als Vater.

»Was habt ihr heute gemacht?«, fragt Jakob.

»Zwei Stunden Tennis gespielt, anschließend waren wir schwimmen, und dann haben wir Kuchen gebacken.«

Prompt werde ich rot. »Wir hätten auch etwas backen sollen.«

»Unsinn«, sagt Stefan und lächelt. »Wir sind froh, dass du dabei sein kannst.«

Es klingelt. Jakobs jüngere Brüder, Tim und Moritz, begrüßen ihren Vater mit Schulterklopfen und guten Wünschen für seine Kondition.

»Hier hast du einen Gutschein für neue Joggingschuhe«, sagt Tim. »Damit du dich auf den nächsten Hamburg-Marathon vorbereiten kannst.«

»Ich danke euch.«

»Du bist der Einzige über sechzig, den wir kennen, der so fit ist.«

Stefan schmunzelt. »Wollen wir hoffen, dass es noch eine Weile so bleibt.«

»Was sagen deine Schüler zu ihrem schnellen Lehrer?«, fragt Moritz.

»Die verehren ihn«, antwortet Sabine. »Seine zwölfte Klasse hat ihm ein Fotoalbum mit tollen Aufnahmen vom letzten Marathon geschenkt.«

»Nun ist aber gut«, murmelt Stefan. »Deine Klassen machen dir auch immer schöne Geschenke.«

Als Nächste kommen Birte und ihr Mann mit ihren vier Kindern. Sie haben Bilder für ihren Opa gemalt. Stolz strecken ihm die zweijährigen Zwillinge die etwas zerknitterten Blätter entgegen. Emil hat seine dreijährige Schwester Johanna an der Hand. Plötzlich sehe ich den fünfjährigen Georg vor mir und neben ihm die kleine Luise.

Ich werde das Bild den ganzen Nachmittag nicht mehr los. Wie durch einen Schleier nehme ich die Gäste wahr, die in den Garten strömen: Stefans alte Eltern, seine vielen Geschwister mit ihren Partnern, seine Nichten und Neffen.

Jakob tobt mit den Kindern durch den Garten, eins nach dem anderen dürfen sie auf seinem Rücken reiten. Bis Emil irgendwann schreit: »Jakob ist mein Onkel!«

»Ich habe gehört, dass du krank warst.«

Ich drehe mich um, Birte setzt sich neben mich. »Ja, aber nichts Schlimmes.«

»Und wie geht es deinem Vater?«

»Das wüsste ich auch gern. Ich darf ihn leider nicht besuchen.«

»Wieso nicht?«, fragt sie erstaunt.

»Er will niemanden von der Familie sehen.«

»Das verstehe ich nicht.«

»Nein, wenn ich aus dieser Familie käme, würde ich das auch nicht verstehen.«

»Du und dein Vater, ihr habt nie viel Kontakt miteinander gehabt, oder?«
»Nein. Sein Schachfreund steht ihm näher. Der durfte ihn gestern besuchen.«
»Das heißt immerhin, dass dein Vater sich nicht mehr völlig abschottet.«
»Stimmt, aber die beiden reden auch kaum miteinander. Da muss er nicht befürchten, dass ihm unangenehme Fragen gestellt werden.«
»Muss er das bei dir?«
Ich weiche Birtes Blick aus. »Nein …«
Sie legt mir die Hand auf den Arm. »Sag mir Bescheid, wenn ich irgendetwas für dich tun kann.«
»Danke.«

»Du hast den ganzen Nachmittag kaum gehustet«, sagt Jakob auf der Rückfahrt.
»Ja …«
»Ich glaube, das Einatmen der Farbe ist nicht gut für dich.«
»Kann sein … Aber wie soll ich Max das erklären?«
»So, wie es ist.«
»Der lacht mich aus.«
»Das glaube ich nicht. Und wenn er das tut, ist er der falsche Galerist für dich.«
Ist er auch, ohne dass er mich auslacht.

19.

Jakob ist längst im Büro, als ich aufwache.
Ich kann frei atmen, vielleicht riecht das Atelier nicht mehr nach faulen Eiern.
Ich gehe nach oben, öffne die Tür und mache sofort wieder kehrt.
Im Drogeriemarkt besorge ich ein Duftspray, *Limone*. Es überdeckt nur schwach den schwefeligen Geruch, erst nach dem dritten Sprühen wird es erträglicher.
Morgennebel. Ich denke über die Farben nach. Hängt der Nebel dumpf über dem Fluss und den Wiesen? Wird die Sonne an diesem Tag nicht durch die Wolken dringen? Doch, sie geht gerade auf. Ich brauche Violetttöne von fast durchsichtigem Flieder bis dunklem Lila für den Nebel. Den Himmel stelle ich mir in einem abgestuften Sandgelb vor, am Horizont geht es in ein Orange über, das sich hier und da im Wasser spiegelt.
Ich vermische Rot und Blau und Weiß zu einem hellen Violett und beginne mit dem Nebel.
Mein Husten wird wieder schlimmer, meine Hand zittert, der Limonengeruch widert mich an.
Mittags schickt Jakob mir eine SMS. *Denk daran, zwischendurch nach draußen zu gehen. Kuss, Dein J.*

Ich kann meine Arbeit nicht unterbrechen, muss wenigstens an einer Stelle den Eindruck von Nebel haben, bevor ich eine Pause mache.

Ich schaffe es nicht. Um sechs höre ich auf, setze mich auf den Balkon und blättere in der Zeitung. Es wird nicht mehr lange dauern, bis Max mich anruft, um zu fragen, wann er die Serie abholen kann.
Jakob ist voller Elan, als er um acht nach Hause kommt. Ein Kollege ist erkrankt, er wird für ihn einspringen und morgen früh nach Zürich fliegen, um über eine Tagung zum Thema Magenkrebs zu berichten.
»Wie lange bleibst du?«
»Bis Donnerstagabend.«
Drei Tage, zwei Nächte erscheinen mir sehr lang. Sonst macht es mir nie etwas aus, wenn Jakob verreist.
»Konntest du gut arbeiten?«
»Geht so …«
Er schaut mich prüfend an. »Und dein Husten?«
»Das wird schon.«
»Wenn du Lust hast, fahr abends mal zu Birte. Sie würde sich freuen.«
»Ich habe sie noch nie allein besucht.«
»Sie macht sich Sorgen um dich.«
»Das braucht sie nicht.«
»Aber sie meint es gut.«
»Ich weiß …«

Am nächsten Morgen stehe ich mit Jakob um sechs Uhr auf. Vom Balkon aus verfolge ich, wie er in ein Taxi steigt. Sieht er mein Winken nicht?

Die Wohnung wirkt leer. Beim Frühstück höre ich Radio und kämpfe gegen das Gefühl an, dass ich heute wieder versagen werde.

Im Atelier reiße ich die Fenster auf, versuche, nicht über den Geruch nachzudenken, und beginne mit dem Mischen der Farben. Das Ergebnis des gestrigen Tages ist erbärmlich. Statt des Nebels sehe ich lauter umgestürzte Fliederbüsche.

Im Laufe der nächsten Stunden setze ich eine Farbschicht über die andere. Acrylfarben trocknen zum Glück schnell.

Gegen Abend glaube ich, auf dem richtigen Weg zu sein. Um Mitternacht ist das Bild fertig. Ich trete zurück, sehe, dass ich mir etwas vorgemacht habe. Feuchte Watte hängt über dem Fluss. Keine Transparenz, keine sich ankündigende Sonne, die den Nebel auflösen wird. Ich muss mich beherrschen, nicht wieder zum Teppichmesser zu greifen.

20.

In der Nacht schlafe ich fast gar nicht. Ich denke an Vater, an Lili, an Luise. An Max, meine Bilder, meinen Beruf. Ich stehe auf, lese Zeitung, die ersten Vögel fangen an zu singen. Um sechs schickt Jakob mir eine SMS. *Guten Morgen. Habe irre viel zu tun. Wie geht es Dir? Kuss, J.*
Alles okay, Deine P., antworte ich. Will ihn nicht beunruhigen, kann mein Scheitern nicht in einer SMS erklären.
Ich gehe ins Atelier, drehe *Morgennebel* zur Wand und beginne mit *Mondnacht*. Ich muss mich konzentrieren, darf nicht an das zerschnittene Bild denken. An Gerüche gewöhnt man sich. Wenn nur der Husten nicht wäre.

Am späten Nachmittag ist es so weit. Eine SMS von Max. *Habe seit zwei Wochen nichts von Dir gehört. Wie sieht's aus? Wann kann ich die Serie abholen?*
Panik überfällt mich. Was soll ich ihm antworten? Ich betrachte meine blaugrünen Kleckse. Gib mir noch eine Woche Zeit. Dann gerät er außer sich. Oder ich schreibe ihm, wie es ist: Du kannst vier Bilder haben. Mehr wird es nicht geben. Damit würde ich vertragsbrüchig werden. Wie ich Max kenne, macht er kurzen Prozess und schmeißt mich raus.

Ich reagiere gar nicht.
Kurz darauf klingelt das Telefon. Ich lasse Max auf den AB sprechen.
»Warum meldest du dich nicht? Wenn die sechs Bilder bis Freitagabend 18 Uhr nicht fertig sind, kannst du den Auftrag vergessen.«
Zwei Tage für *Mondnacht?* Das schaffe ich nicht. Reiß dich zusammen. Ich schicke Max eine SMS. *Ist gut. Freitagabend.*
Im nächsten Moment ruft er mich auf dem Handy an. »Wo bist du?«
»Im Atelier …«
»Warum nimmst du nicht ab?«
»Tut mir leid, Max, ich …«
»Für wen hältst du mich eigentlich?«, unterbricht er mich. »Glaubst du, ich bin darauf angewiesen, Leuten wie dir Aufträge zu geben? Landschaftsmaler gibt es wie Sand am Meer.«
Ich muss husten, kann nicht wieder aufhören.
»Das klingt ja schrecklich.«
»Bei mir ist gerade alles sehr schwierig«, keuche ich.
»Das scheint mir auch so. Also, bis Freitag.«
Keine Nachfrage, nichts.
Immerhin bin ich nicht in Tränen ausgebrochen.
Ich ertrage es nicht, länger im Atelier zu bleiben. Wenn Lili hier wäre … Skypen genügt heute nicht. Soll ich bei Birte vorbeifahren? Nein. Mit fahrigen Fingern wähle ich Franziskas Nummer. Vielleicht ist sie zu Hause. Vielleicht hat sie Zeit.
»Riess.«
»Ich bin's, Paula …«
»He, schön, dass du anrufst. Nach unserem Gespräch neulich dachte ich, du willst nichts mehr von mir wissen.«

»Nein, das stimmt nicht … Entschuldige … An dem Tag …
Ich weiß nicht, wo ich anfangen soll …«
»Willst du vorbeikommen?«
»Ja.«
»Oder ist es dir lieber, wenn ich …«
»Nein«, sage ich schnell. »Ich bin froh, wenn ich was anderes sehe.«
Beim Auflegen stoße ich meinen Kaffeebecher vom Tisch. Jakobs erstes Geschenk. Ich sammle die Scherben auf, schneide mir in den Daumen.
Ich suche nach einem Pflaster und beschließe, das Auto zu Hause zu lassen und den Bus zu nehmen.

Franziska wohnt seit Jahren im selben Hinterhof in Altona, und trotzdem laufe ich fast jedes Mal an der Einfahrt vorbei. Heute auch? Ich weiß es nicht. Bin ich überhaupt in der richtigen Straße? Warum habe ich den Stadtplan nicht mitgenommen? Ich schaue mich um und entdecke ein paar Häuser weiter ein Schild mit einem Pfeil und der Aufschrift *ATELIER Franziska Riess.* Das gab es bisher nicht. Hat Franziska es für mich aufgehängt? Erleichtert folge ich dem Pfeil.
Im Hinterhof sitzt eine Gruppe von Leuten vor den vier winzigen Häusern. Eine Frau stillt ihr Baby, jemand klimpert auf einer Gitarre, zwei Kinder spielen mit einem Hund. Ich höre Franziskas Lachen, bevor ich ihre weißblonden Stoppelhaare sehe.
»Hi, Paula!«
»Hallo …« Hoffentlich erwartet sie nicht, dass ich mich dazusetze.
Sie steht auf, umarmt mich. Ihre schweren silbernen Hängeohrringe verfangen sich beinahe in meinen Haaren.

»Bis später«, ruft sie den anderen zu.
Die Tür zu ihrem roten Haus klemmt. Franziska lehnt sich mit der Schulter dagegen und drückt sie auf.
»Wollen wir nach oben ins Atelier, oder möchtest du lieber unten sitzen?«
»... Gern unten.«
Wir gehen durch die kleine, dunkle Küche in ihr Wohn- und Schlafzimmer. Auch hier fällt nicht viel Licht herein. Über dem Sofa hängt ein neues Bild. Zwei petrolfarbene Spiralen, die sich ineinander verhaken.
»Tee, Kaffee, Wein, Whiskey, Wasser?«
»Am liebsten einen Wein.«
Franziska holt zwei Gläser und eine Flasche Rotwein aus der Küche.
»Das gefällt mir«, sage ich und zeige auf die Spiralen.
»Danke. Ich habe es *Auseinandersetzung* genannt.« Sie schenkt uns ein, reicht mir ein Glas. »Auf dein Wohl.«
»Und auf deins ... Gut, dass du jetzt ein Schild hast.«
»Das brauchte ich am Wochenende, für mein offenes Atelier. Sonst findet mich hier niemand.«
Offenes Atelier? Wusste ich davon?
Franziska hält inne. »Ich habe dir doch eine Einladung geschickt, oder?«
»Ich erinnere mich nicht ...«
»Oh, das tut mir leid.«
»Wahrscheinlich habe ich sie verlegt. Ich ... bin im Moment nur bedingt zurechnungsfähig ...«
»Was ist los?«
Ich trinke einen Schluck Wein. Vielleicht hätte ich nicht herkommen sollen. Franziska und ich sprechen über unsere Arbeit, nicht über Persönliches. So war es schon im

Studium. Ich weiß nicht einmal, ob sie zurzeit einen Freund hat.

»Du hattest neulich Besuch.« Franziska zündet sich eine Zigarette an.

»Ja, meine Tante ...« Ich fange an zu husten.

»Wusste ich nicht, dass du eine Tante hast.«

»Sie lebt in Dublin. Ich war jetzt ein paar Tage bei ihr.«

»Aha ... Hat's dir gefallen?«

Ich nicke und huste.

»Stört dich der Rauch?«

»Ehrlich gesagt, ja ...«

Franziska drückt die Zigarette aus. »Nach Irland würde ich auch gern mal fahren. Das Licht muss besonders schön sein.«

»Ja ...« Es hat keinen Zweck. Ich sollte aufstehen und mich verabschieden.

»Vorhin am Telefon hatte ich das Gefühl, dass es dir nicht gutgeht.«

»Ich ... habe Probleme mit meiner Arbeit ...«

»Setzt Max Fischer dich unter Druck?«

»Ja, das auch, aber daran allein liegt es nicht ...«

»Was hast du für ein Projekt?«

»... Eine Flusslandschaft in unterschiedlichem Licht.«

»Gutes Thema.«

»Ich könnte es verfluchen.«

»Wieso?«

»Mir gelingt nichts mehr ...« Ich fange an zu weinen.

Franziska beugt sich vor, greift nach meiner Hand. »Warum nicht?«

»Ich weiß es nicht ...«

»Bist du zu streng mit dir?«

»Nein ... Mir sind die einfachsten Techniken abhandengekommen ... Es ist, als hätte ich nie gemalt ... Die Ergebnisse sind absolut stümperhaft ...«

»Das kann ich mir bei deinen Arbeiten nicht vorstellen ... du hast einen so sicheren Stil ...«

»Hatte ich mal ... damit ist es vorbei.« Ich trinke mein Glas aus.

»Möchtest du noch?«

»Ja, danke.« Ich putze mir die Nase.

Franziska schenkt uns nach.

»Mein Widerwillen gegen das Malen wird immer größer. Außerdem stinkt es in meinem Atelier.«

»Was?«

»Für Jakob riecht es ganz normal. Aber ich finde, es stinkt. Vermutlich habe ich eine Geruchsstörung ... als Folge der Erkältung.«

»Kann sein ... oder du kannst buchstäblich deine Bilder nicht mehr riechen ... Ich habe schon mal von so was gehört.«

»Aha ...« Hastig trinke ich ein paar Schlucke. Wenn ich nicht aufpasse, bin ich bald betrunken.

»Ist irgendetwas Besonderes passiert?«

»Mein Vater hat versucht, sich umzubringen.«

Franziska starrt mich entsetzt an. »Paula ... wie furchtbar ...« Plötzlich kann ich ihr erzählen, wie es mir seit jenem Tag ergangen ist.

»Und du durftest ihn noch nicht sehen?«

»Nein.«

»Kein Wunder, dass du im Augenblick nicht malen kannst.«

»Aber das Malen ist mein Beruf. Andere Menschen müssen auch weiterarbeiten, wenn es in ihrer Familie Probleme gibt.«

»Ist das nicht eine ziemliche Untertreibung? Dein Vater wollte sich das Leben nehmen.«

»Max Fischer interessiert das nicht.«
»Hast du's ihm gesagt?«
»Nein ...«
»Warum nicht?«
»Ich bin für ihn eine Malmaschine, die auf Bestellung Bildserien produziert. Von Störfaktoren will er nichts wissen.«
»So kann man mit Künstlern nicht umgehen.«
»Mit Kunst hat das sowieso nichts mehr zu tun.«
Der Satz ist mir herausgerutscht, ohne dass ich darüber nachgedacht habe.
Franziska sieht mich an. »Mal, was dir in den Sinn kommt. Vielleicht befreit dich das.«
Ich denke an das Ohr, an Licht und Schatten. Alles zu schwer.
»Lass uns in dein Atelier gehen.«
»Bist du dir sicher?«
Ich nicke.
Auf der schmalen Treppe schwanke ich ein wenig.
»Vorsicht«, höre ich Franziska hinter mir sagen.
Hier oben herrscht das übliche Chaos. Zwischen den Malutensilien liegen Zeitungen, Kleidungsstücke, Bonbonpapier. An den Wänden hängen Skizzen und Fotos. Überall stehen Bilder, manche erst halbfertig, Blautöne dominieren. Neu sind die runden Formen. Das Bild auf der Staffelei erinnert mich an eine Schnecke.
»Hast du dich mit einem der Spiralbilder für die Gruppenausstellung in dem süddeutschen Kunstverein beworben?«
»Ja.«
»Das nehmen sie bestimmt.«
Franziska zuckt mit den Achseln. »Die Konkurrenz ist groß.«
»Wie war dein offenes Atelier?«

Sie seufzt. »Wenn ich Glück habe, verkaufe ich zwei Bilder. Die Leute haben sie zur Ansicht mitgenommen.«
Ich betrachte das Schneckenbild. Merkwürdig, bei Franziska im Atelier riecht es normal.

21.

Ich liege zusammengerollt in einer Mulde im Wald. Es ist warm. Ich darf mich nicht rühren, sonst wird Max mich entdecken. Der Schweiß rinnt mir den Rücken hinunter. Eine Schnecke mit einem petrolfarbenen Haus kriecht auf mich zu, ich starre auf die Fühler, die schleimige Spur. Kurz bevor sie meine Hände erreicht, macht sie kehrt. Widerstrebt ihr der Geruch meiner Haut? In der Ferne klopft ein Specht, irgendwo plätschert ein Bach, eine Mücke sirrt an meinem Ohr. Pfeift da jemand? Plötzlich knistert und knackt es um mich herum. Sind das seine Schritte? Ich halte die Luft an. In dem Moment sticht mich die Mücke in den Knöchel. Ich schlage zu, erwische sie nicht. Wenn Max mich jetzt ... Was ist das für ein Schmatzen? Ich drehe mich um und blicke in die Augen eines Wildschweins. Ich schreie, höre ein Poltern und Klirren.
Ich richte mich auf, meine Kehle ist trocken. Viertel nach drei. Mein rechter Knöchel juckt.
Durch den Spalt zwischen den Gardinen fällt graues Licht auf den Holzfußboden. Dort liegt meine zerbrochene Nachttischlampe.
»Jakob?«

Sein Bettseite ist leer.
Natürlich. Er ist verreist.
Ich stehe auf und hole mir aus dem Badezimmerschrank ein Gel für den Stich. Es kühlt.
In der Küche trinke ich ein Glas Wasser, gehe zurück ins Schlafzimmer, versuche, die Mücke zu finden.
Irgendwann gebe ich es auf, lege mich wieder hin, will nicht mehr an den Traum, an den Stich, an Max denken. Nach einer Weile sirrt wieder die Mücke an meinem Ohr. Ich ziehe mir die Decke über den Kopf.
Um fünf Uhr dusche ich, koche mir einen Kaffee, schleppe mich ins Atelier hinauf. Ich bin so erschöpft, dass ich mich kaum auf den Beinen halten kann.
Vielleicht werde ich nach *Mondnacht* nie wieder einen Pinsel anfassen, überlege ich beim Mischen der Farben. Die Vorstellung hat etwas Bedrückendes.
Ich zwinge mich, den Geruch, den Husten, die Müdigkeit zu ignorieren. Bis auf eine kurze Mittagspause, in der ich ein Brot esse, stehe ich den ganzen Tag an der Staffelei, male eine Schicht über die andere. Bringe nichts zustande, was Ähnlichkeit mit einer vom Mond beschienenen Flusslandschaft hätte.

Abends rufe ich meine Mails ab.
Bist Du gut nach Hause gekommen?, fragt Franziska. *Ich habe mich sehr über Deinen Besuch gefreut. Quäl Dich bloß nicht mehr mit diesen Auftragsarbeiten. Die machen Dich nur kaputt.*
Ich wünsche Dir viel Glück für kreative Neuanfänge.
Herzliche Grüße, Franziska
PS Hoffentlich kannst Du Deinen Vater bald sehen.
Das würde auch nichts ändern.

Ich öffne eine Mail von Lili. *Wie läuft's? Wollen wir nachher skypen?*
Habe Termindruck, Max will morgen die Bilder abholen, melde mich am Wochenende. Liebe Grüße, Paula
Jakob schickt mir eine SMS. *Meine Maschine landet um 21.15. Gehen wir essen? Dein J.*
Das schaffe ich nicht, simse ich zurück. *Bin total im Stress. Am Wochenende mache ich frei. Kuss, Deine P.*
Jakob antwortet sofort. *Schade.* Nur ein Wort, wie Max neulich.

Die Wohnungstür wird aufgeschlossen. Ich lege meinen Pinsel beiseite und laufe die Treppe hinunter. Will nicht, dass Jakob zu mir ins Atelier kommt.
»Deine Augen sind ganz rot«, sagt er zur Begrüßung und nimmt mein Gesicht in seine Hände. »Hast du eine Allergie?«
»Es war eine schlimme Nacht ...«
»Ich koche uns Spaghetti.«
»Für mich nicht.«
»Wenigstens eine kleine Portion.«
»Nein.«
»Du hast bestimmt Hunger.«
»Lass mich am besten in Ruhe.«
»Aber ...«
»Morgen Abend ist alles vorbei.«
Er will mich festhalten, ich reiße mich los.
»Paula!«
Auf der Treppe stürze ich beinahe. Oben schlage ich die Tür hinter mir zu.

Kurz vor Mitternacht zerschneide ich das Bild, werfe die Überreste in die Ecke und fange noch einmal von vorn an. Meine letzte Leinwand.

Um vier will ich mich für ein paar Minuten in meinem Sessel ausruhen. Nach anderthalb Stunden wache ich auf. Ich habe einen pelzigen Geschmack im Mund. Wolken, Wasser, Mondlicht. Wie ich das Thema hasse.

Ich habe Jakob nicht gehört. Plötzlich steht er in der Tür, mit einem Becher Kaffee in der Hand.
»Was fällt dir ein?«, schreie ich.
»Wieso? Ich wollte dir nur …«
»Ich arbeite! Du kannst hier nicht einfach reinplatzen.«
»Warum brüllst du mich so an?«
»Weil du störst.«
»Du bist ja völlig überdreht.«
Er stellt den Becher auf den Schreibtisch und betrachtet das Bild auf der Staffelei.
»Sieht doch ganz gut aus.«
»Es ist nicht gut. Und jetzt lass mich allein. Ich kann es nicht haben, wenn mir jemand über die Schulter guckt.«
»Ich war tagelang verreist. Wieso kann ich nicht mal kurz …«
»Weil ich es nicht ertrage!«, schreie ich.
Sein Blick wandert durchs Atelier. Gleich wird er das zerstörte Bild entdecken.
»Was ist da passiert?«, fragt er erschrocken und zeigt in die Ecke.
»Ich will nicht darüber reden.«
»Du hast noch nie ein Bild zerschnitten.«
»Woher weißt du das?«
»Paula …«

»Geh!«
»Nun beruhig dich mal.«
Er will mich in die Arme nehmen. Ich stoße ihn zurück.
»Bist du verrückt?« Er schüttelt den Kopf und geht.
Endlich.

22.

Das Telefon klingelt. Ich ziehe den Stecker aus der Dose. Mein Handy habe ich längst ausgeschaltet.
Ich betrachte *Mondnacht* von der Seite. Wie dick das Bild geworden ist. Ich fange an zu kichern, drücke meinen Daumennagel in den leblosen Fluss, pelle etwas von der obersten Farbschicht ab. Das blauschwarze Wasser darunter sieht genauso tot aus.
Das Bild stinkt. Ich huste und taumele. Wann habe ich zuletzt etwas gegessen? Ich weiß es nicht, weiß gar nichts mehr.
Gleich halb sechs. Bald kommt Max. Er wird sich wundern, wie es hier aussieht. Lauter offene Farbflaschen, eingetrocknete Pinsel, das zerschnittene Bild. Ich stopfe ein paar Abfälle in einen Müllsack und schiebe ihn unter den Schreibtisch. Alles andere lasse ich, wie es ist. Ich werde nicht mehr malen.
Ich ziehe die alten Bilder aus der Ecke, lehne sie an die Wand. Flusslandschaft I, II, III, IV haben nichts mit den neuen Bildern gemeinsam. Max wird denken, ein anderer hätte sie gemalt.
Um zwei Minuten vor sechs klingelt es. Ich habe noch meinen verschmierten Overall an. Es ist mir egal. Ich drücke auf den Türsummer und gehe nach unten.

Ich öffne die Wohnungstür, trete ins Treppenhaus, höre Max heraufkommen. Er nimmt wie immer zwei Stufen auf einmal.

Ich beuge mich über das Geländer, sehe seine gegelten, schwarzen Haare, in denen eine Sonnenbrille steckt. Er trägt den üblichen Seidenschal, heute mal weinrot. In der rechten Hand schwenkt er den Schlüssel zu seinem Range Rover.

Er kommt auf mich zu, runzelt die Stirn. »Hast du bis eben gemalt?«

»Wieso?«, frage ich zurück.

Er zuckt mit den Achseln.

»Nach dir«, sage ich und zeige auf die Treppe zum Atelier.

Ich bin nicht aufgeregt, habe keine Angst. Im Gegenteil, ich muss mich beherrschen, nicht zu kichern.

Max geht an den Bildern entlang, vor *Morgennebel* und *Mondnacht* bleibt er kopfschüttelnd stehen. »Die sind nicht von dir, oder?«

»Doch.«

»Kann ich nichts mit anfangen.«

»Ich auch nicht«, pruste ich los. Mein Lachen geht in Husten über.

Max starrt mich an. »Spinnst du?«

Ich putze mir die Nase.

Seine Handy klingelt. Vielleicht ist es die Galeristin aus New York. Nein, er spricht deutsch. Natürlich geht es um einen wichtigen Deal.

Max telefoniert, ich warte. Das alte Muster.

Er läuft hin und her, nimmt die Sonnenbrille ab und steckt sie wieder in die Haare. Den Siegelring am kleinen Finger bemerke ich zum ersten Mal. Wahrscheinlich mögen seine Kunden so etwas.

»Am besten komme ich nachher vorbei«, beendet er sein Gespräch. »Ciao.«
»Also, was ist?«, frage ich.
Er seufzt und deutet mit dem Kopf auf *Später Vormittag, Mittag, Nachmittag* und *Früher Abend*. »Die nehme ich mit. Wenn du Glück hast, gibt sich der Augenarzt damit zufrieden.«
Schweigend verpacken wir die vier Bilder in Luftpolsterfolie und tragen sie nach unten in die Wohnung.
»Soll ich dir helfen, sie zum Auto zu bringen?«
»Nicht nötig. Du hörst von mir.«
Ich schließe die Tür hinter ihm, laufe hinauf ins Atelier und greife nach dem Teppichmesser. Ich stoße die Klinge in *Morgennebel* und zerschneide das Bild. Jetzt ist *Mondnacht* dran. In meinen Ohren rauscht es. Ich schneide immer schneller. Bis mir plötzlich die Kraft ausgeht. Ich sinke auf den Boden, breche in Tränen aus.
Was ist mit mir? Ich kenne mich nicht mehr, kann nicht aufhören zu weinen.

Wie lange liege ich schon hier? Ich weiß es nicht.
Ich krieche zum Schreibtisch, ziehe mich daran hoch, entdecke mein Handy. Ich schalte es ein. Zehn vor acht. Jakob hat ein paarmal angerufen und drei SMS geschickt.
Bist Du fertig geworden? Hoffentlich geht's Dir besser. Wie wär's mit Kino? Kuss, Dein J.
Warum meldest Du Dich nicht? Übers Festnetz kann ich Dich auch nicht erreichen. Es läuft nicht mal der AB. Gruß, J.
Paula, was ist los??? Ich komme jetzt nach Hause.
Nein, bitte nicht, denke ich. Kino ist gut, das lenkt ab.
Ich rufe ihn an, erkläre, warum alles ausgeschaltet war, entschuldige mich für heute Morgen, verkünde, es gehe mir bes-

ser. Jakob klingt erleichtert. Wir verabreden uns um Viertel vor neun am *Abaton*.
»Was läuft?«, frage ich.
»Ein alter Film von Woody Allen. *Der Stadtneurotiker*.«
»Haben wir den nicht schon mal gesehen?«
»Ja, aber ich dachte, etwas Komisches würde dir guttun.«
»Stimmt.«
»Bestell dir ein Taxi.«
»Ich nehme das Rad.«
»Du radelst doch abends nicht gern.«
»Es ist noch hell.«
»Auf dem Rückweg ist es dunkel.«
»Ich brauche frische Luft.«
»Du hast heute Nacht kaum geschlafen.«
»Meinst du, ich falle vom Sattel?«
Jakob seufzt. »Fahr vorsichtig.«
»Bis gleich.«
Ich laufe nach unten, ziehe mich um. Vor meinen Augen verschwimmt alles, ich setze mich aufs Bett. Vielleicht hat Jakob recht, es ist zu gefährlich.
Nein, ich muss nur etwas essen, eine Banane und ein Stück Brot.
Zwanzig Minuten später radele ich die Eppendorfer Landstraße entlang. Es ist warm, die Leute sitzen draußen, an der Ampel steht ein Paar und küsst sich. Ich sollte mich freuen, über den schönen Sommerabend, darüber, dass ich frei bin und Max niemals wiedersehen muss. Warum lässt die Beklemmung nicht nach? Mir ist, als sei ich durch eine Glasscheibe von allem getrennt.
Jakob wartet vor dem Kino auf mich. Seinem prüfenden Blick entgeht nichts.

»Deine Augen sind immer noch rot.«
»Das ist die Erschöpfung. Morgen früh bin ich wieder okay.«
Das kleine Kino ist nur zur Hälfte gefüllt. Auf der Leinwand läuft eine Vorschau für einen Science-Fiction-Film. Wir setzen uns in die letzte Reihe.
»Toll, dass du fertig geworden bist«, sagt Jakob und legt seinen Arm um meine Schultern.
Ich schweige.
»War Max zufrieden?«
»… Du kennst ihn ja … Er redet nicht viel.«
»Ich habe immer gewusst, dass du's schaffen würdest.«
Gut, dass es dunkel ist.
Der Film beginnt. Heute finde ich Woody Allen und Diane Keaton nicht komisch. Ich will die albernen Untertitel nicht lesen, in denen wir ihre Gedanken erfahren. Ist nicht das, was wir denken, immer etwas anderes als das, was wir sagen?
Jakob lacht. Alle um mich herum lachen.
Ich werde unruhig. Was soll dieses Gerede über Kunst und ästhetische Kriterien? Oder über das, was die beiden dafür halten?
Plötzlich fange ich an zu zittern, kann meine Arme und Beine nicht mehr still halten. Jetzt klappern auch meine Zähne.
»Was ist?«, flüstert Jakob.
»Ich habe Schüttelfrost …« Tränen laufen mir über die Wangen. »Keine Ahnung, woher das kommt …«
Er fühlt meine Stirn. »Fieber hast du nicht. Sollen wir gehen?«
»Können Sie nicht still sein!«, faucht der Mann vor uns.
Ich stehe auf, laufe hinaus. Jakob folgt mir, nimmt mich in die Arme.
»Mir ist so kalt …«

»Du kriegst bestimmt eine Grippe. Ich besorge uns ein Taxi.«
»Und was machen wir mit den Rädern?«
»Die lassen wir hier.«
Wie in Trance höre ich Jakob telefonieren.
Er hält mich fest, wir warten.
»Der Wagen ist da.« Seine Stimme kommt aus weiter Ferne.
Wir steigen ein. Jakob nennt unsere Anschrift.
»Hoffentlich hat Ihre Freundin nichts Ansteckendes«, sagt der Fahrer.
Jakob antwortet nicht.
Zu Hause bringt er mich ins Bett. Ich kann nicht aufhören zu zittern und zu weinen.
Er kocht mir einen Pfefferminztee. »Der beruhigt.«
Glaube ich nicht.
Ich kann den Becher nicht halten, muss den Tee mit einem Strohhalm trinken.
Das Telefon klingelt. Ich zucke zusammen.
Jakob geht nach nebenan.
»Nicht so gut«, höre ich ihn sagen.
Er soll für sich behalten, was mit mir ist. Ich lausche, er redet leiser als sonst.
Jetzt hat er aufgelegt, kommt zu mir zurück.
»Wer war das?«
»Meine Mutter.«
»Hast du ihr erzählt, dass …«
»… du zitterst und weinst? Nein.«
»Danke.«
Jakob setzt sich auf das Bett, greift nach meiner Hand.
Ich schließe die Augen, das Zittern lässt nach. Vielleicht ist morgen alles vorbei.

23.

Ich wache auf, es ist hell. Ich habe nichts geträumt. Oder kann mich an keinen Traum erinnern.
Meine Augenlider sind geschwollen. Ich habe stechende Schmerzen an den Schläfen.
Jakob kommt mit einem Tablett herein. Es riecht nach Kaffee. Den werde ich nicht trinken können.
»Guten Morgen. Wie geht's dir heute?«
»Ich weiß nicht …«
»Du hast fast elf Stunden geschlafen.«
Er stellt das Tablett auf einen Stuhl neben mein Bett und zieht die Gardinen auf. Die Sonne blendet mich.
»Es ist warm.« Er gibt mir einen Kuss. »Wir könnten nachher schwimmen gehen.«
»Mal sehen …«
»Hast du Hunger?«
»Kaum …«
»Frische Mohnbrötchen magst du doch immer.«
Ich richte mich auf. »Tut mir leid, ich kann den Kaffeegeruch nicht ertragen.«
»Okay. Ich koch dir einen Tee.«
»Nein, Wasser genügt.«

Ich schneide ein Brötchen auf und streiche etwas Butter und Johannisbeergelee auf eine Hälfte.
Jakob bringt mir ein Glas Wasser, setzt sich ans Fußende, schaut mir zu. Will er kontrollieren, ob ich wirklich etwas esse?
Ich beiße von meinem Brötchen ab und fange an zu kauen. Einen Moment lang habe ich Angst, dass mir der Bissen in der Kehle stecken bleibt. Nein, ich kann schlucken.
»Paula?«
»Hm?«
»Ich war vorhin im Atelier ...«
»Ah ja ...«
»So ein Chaos habe ich bei dir noch nie erlebt. Du hast nicht mal die Pinsel gereinigt.«
Ich trinke einen Schluck Wasser. »Gestern war kein guter Tag ...«
»Warum hast du wieder Bilder zerstört?«
»Max wollte sie nicht haben ...«
»Du musst außer dir gewesen sein vor Wut. Jetzt verstehe ich auch, warum du gestern Abend ... diesen Zusammenbruch hattest.«
War es das, ein Zusammenbruch?
»Du brauchst eine Pause.«
»Ich hatte gerade eine! Ich war fünf Tage in Dublin. Oder zählt das nicht?«
»Nun werd nicht gleich so aggressiv.«
Ich esse mein Brötchen auf. Meine Hände zittern. Hoffentlich bekomme ich nicht wieder Schüttelfrost.
Jakob streicht mir über die Füße. »Du warst zwar verreist, aber du hast dich nicht erholt. Ganz im Gegenteil.«
»Ich habe nicht gearbeitet.«

»Die Entdeckung des alten Fotos und die Geschichte, die dahintersteckt … das hat dich alles sehr mitgenommen.«
Muss er ausgerechnet jetzt davon anfangen?
»Ich habe seit deiner Rückkehr immer wieder gedacht, dass du deinem Vater davon erzählen solltest.«
»Er will mich nicht sehen! Hast du das vergessen?«
»Nein, natürlich nicht. Vielleicht kannst du dem Arzt sagen, dass du etwas Wichtiges mit deinem Vater zu besprechen hast.«
»Aber nicht heute. Da spielt er Schach. Das kann er immerhin!«
»Es ärgert dich, dass dieser Werner Schumann ihn besuchen darf, oder?«
Ich zucke mit den Achseln.
»An deiner Stelle würde ich nicht mehr lange warten, sondern in den nächsten Tagen in die Klinik gehen und um ein Treffen mit ihm bitten.«
»Ich muss mich erst mal um mich kümmern, bevor ich die Kraft habe, meinem Vater gegenüberzutreten.«
»Vielleicht hängt das eine ja mit dem anderen zusammen.«
»Ich dachte, du hältst nichts von Küchenpsychologie.«
Jakob verdreht die Augen. »Kannst du mir mal sagen, was das soll? Ich gebe mir Mühe zu verstehen, was mit dir los ist, und du nervst nur!«
Ich stelle den Teller aufs Tablett zurück und stehe auf. »Geh schwimmen oder mach sonst irgendwas. Ich räume mein Atelier auf.«
Jakob hält mich am Arm fest. »Das ist zu anstrengend. Du warst gestern so am Ende. Gönn dir wenigstens einen freien Tag.«
»Lass mich los. Ich will allein sein.«

»Das begreife ich nicht!«, ruft er mir nach.
Ich schlage die Tür hinter mir zu. Das Zittern ist verschwunden.
Ich dusche, ziehe mich an, spüre einen Sog, ins Atelier hinaufzugehen und alles wegzuwerfen, was ich nicht mehr brauche. Vom Flur aus sehe ich Jakob auf dem Balkon sitzen und Zeitung lesen. Warum fährt er nicht los? Denkt er, ich komme doch mit? Oder hat er seine Planung geändert, weil er auf mich aufpassen will? Damit soll er gar nicht erst anfangen. Gestern ging es mir schlecht, weil ich nicht geschlafen und kaum etwas gegessen hatte. Heute habe ich mich wieder unter Kontrolle.
Auf der Treppe kommen mir einen Moment lang Zweifel, ob ich es schaffe, das Atelier zu betreten. Vielleicht halte ich den Gestank nicht aus. Oder ich muss wieder husten.
Ich gehe weiter, öffne die Tür, pralle zurück. Hier sieht es aus, als sei jemand eingebrochen und habe alles vernichten wollen, was an meine Existenz als Malerin erinnert. Es stinkt schlimmer denn je.
Ich presse ein Taschentuch vor meine Nase und reiße die Fenster auf. Wo sind die Müllsäcke?
Das Telefon klingelt. Lili. Nein, bitte nicht.
Jakob hat abgenommen. Er kommt die Treppe herauf. Ich höre, wie er versucht, Lili zu erklären, dass es besser wäre, ein andermal anzurufen.
»Okay, ich frage sie.«
»Ich kann jetzt nicht«, rufe ich ihm entgegen.
»Lili will mit dir skypen.«
Ich deute auf das Chaos und schüttele den Kopf.
»Dann sprich wenigstens kurz mit ihr«, fährt er mich an.
Seufzend greife ich nach dem Hörer. Jakob verschwindet.

»Hallo, Lili ...«
»Was ist los? Habt ihr euch gestritten?«
»Es ist gerade alles sehr schwierig ...«
»Du bist bestimmt überarbeitet.«
»Ja ...«
»Was hat dein Galerist gesagt? Ich habe gestern sehr an dich gedacht.«
»Danke ... Er ...« Ich kann plötzlich nicht weitersprechen.
»Paula? ... Bist du noch da?«
Ich schlucke.
»Hallo?«
»Ja ...« Ich fange an zu husten.
»Das klingt nicht gut. Du warst am letzten Wochenende schon krank.«
»Ja ...«
»Nimmst du etwas ein?«
»Nein ...«
»Dann geh mal zum Arzt.«
»Ja ...«
»Vielleicht wird's jetzt auch besser, nachdem der Stress vorbei ist.«
Wir schweigen. Ich blicke auf die zerschnittenen Bilder. Komme mir vor wie eine Mörderin.
»Hast du Fotos gemacht?«
Ich zucke zusammen. »Wieso?«
»Ich dachte, wenn ich die Bilder schon nicht sehen kann, könntest du mir wenigstens die Fotos mailen.«
Ich schließe die Augen.
»Dokumentierst du nicht alle deine Werke, bevor du sie weggibst?«
Ich muss es ihr sagen.

»Hörst du mich?« Sie räuspert sich. »Irgendetwas scheint mit der Leitung nicht in Ordnung zu sein. Wollen wir nicht doch skypen?«
»Nein, ich … Lili, es gibt keine neuen Bilder.«
»Was? Heißt das, du hast nichts gemalt? Oder hast du sie wieder zerschnitten?«
Meine Kehle schnürt sich zu.
»Paula?«
»… Lass uns ein andermal weitersprechen …«
»Nein, ich mache mir Sorgen um dich. Du kannst jetzt nicht einfach …«
Langsam lege ich den Hörer auf.
Ein paar Sekunden später klingelt erneut das Telefon. Jakob nimmt ab. Gleich wird er wieder zu mir nach oben kommen und mir den Hörer geben wollen. Aber ich werde mich weigern, mit Lili zu sprechen.
Ich lausche, höre ihn leise reden.
Eine Tür fällt ins Schloss. Danach ist es still.

Um vier bin ich fertig mit Putzen. Ich bringe die Müllsäcke nach unten und dusche noch einmal.
Von Jakob keine Spur. Ich schicke ihm eine SMS, er antwortet nicht.
Mit zwei Bussen fahre ich zum *Abaton* und hole mein Rad ab.
Ich radele zur Klinik, will Vater und Werner Schumann überraschen. Wenn du Schach spielen kannst, kannst du auch deine Tochter treffen.
Am Eingang zum Haus W 37 verlässt mich der Mut.
Ich setze mich auf eine Bank im Eppendorfer Park und überlege, wie es weitergehen soll. Ich muss Geld verdienen. Das Einzige, was ich gelernt habe, ist die Malerei, auch wenn ich

im Augenblick nicht malen kann. Vielleicht erkundige ich mich bei Franziska, ob sie einen Tipp hat, wie ich mich am besten um Malkurse bei der Volkshochschule bewerbe.
Ich stutze. Ist das nicht Werner Schumann in seiner fleckigen Windjacke?
Ich stehe auf und gehe auf den Mann zu, der jetzt seine Nickelbrille abnimmt und sich über die grauen, schütteren Haare streicht.
»Herr Schumann?«
Der Mann dreht sich um und starrt mich an. Ich erschrecke. Er ist viel älter.
»Was haben Sie gesagt?«
»Entschuldigen Sie bitte …«
»Kann man nicht mal im Park seine Ruhe haben?«
Tränen schießen mir in die Augen. Was ist los mit mir? Ich habe den Mann verwechselt. Das kann jedem passieren.

Ich radele nach Hause, sehe Jakob, der den Wagen auslädt. Er hat eingekauft.
»Hast du dich berappelt?«
Ich nicke. »Tut mir leid wegen heute Morgen …«
»Ist schon okay. Es gibt leckere Sachen zu essen.«
»Warst du schwimmen?«
»Ja. Ich bin vorhin so schnell losgefahren, dass ich mein Handy vergessen habe. Das ist mir ewig nicht passiert.«
»Deshalb hast du nicht geantwortet. Ich dachte, du bist noch sauer auf mich.«
Ich will mein Rad anschließen. Warum zittere ich wieder? Ich schaue hoch, blicke in Jakobs erschrockenes Gesicht.

24.

Wir sprechen nicht mehr über Vater oder Luise. Und auch nicht über Max oder meine Bilder. Jakob kocht, wir essen, danach lesen wir und hören Musik. Er blättert kurz im Fernsehprogramm, entweder läuft kein guter Film oder er traut sich nach der Erfahrung mit dem *Stadtneurotiker* nicht, etwas vorzuschlagen.
Um zehn liege ich im Bett. Jakob telefoniert. Mit Birte? Seinen Brüdern? Seinen Eltern? Seine Stimme klingt aufgeregt. Keine Ahnung, was mit ihr los ist, höre ich ihn sagen. Ich stecke mir Stöpsel in die Ohren.

Ein Klingeln weckt mich. Es ist Viertel vor zwei. Jakob schläft. Ich stehe auf und gehe auf den Balkon. Die Straße ist gut beleuchtet, ich blicke nach unten, kann niemanden entdecken. Habe ich erwartet, Werner Schumann dort zu sehen? Laut Display gibt es keinen verpassten Anruf. Wahrscheinlich habe ich das Klingeln geträumt.
Ich schenke mir ein Glas Wasser ein und setze mich an den Küchentisch. Wer würde um diese Zeit bei uns anrufen? Lili vielleicht. Wenn Großvater plötzlich gestorben wäre. Oder das Krankenhaus. Wenn sie Vater tot in seinem Zimmer ge-

funden hätten. Er wolle in der Klinik bleiben, weil er sich auf diese Weise vor sich selbst geschützt fühle, meinte Dr. Eggers. Aber es gibt keinen absoluten Schutz. Auch in der geschlossenen Abteilung einer Psychiatrie kann jemand Selbstmord begehen.
Ich schaue auf meine Hände. Im Moment zittern sie nicht.
Leise gehe ich ins Schlafzimmer zurück.
»Nein«, murmelt Jakob.
»Wie bitte?«
Seine Antwort besteht in gleichmäßigen Atemzügen. Ich wusste nicht, dass er im Schlaf spricht.

Jakob joggt. Nachher wird er mich fragen, wo wir schwimmen wollen. Bei dem schönen Wetter. Im Ohlsdorfer Freibad oder im Tonteich in Wohltorf. Jakob würde auch an die Ostsee fahren. Er wird enttäuscht sein, wenn ich ihm sage, dass ich zu Hause bleiben will.
Ich setze mich hin, greife nach den Büchern auf meinem Nachttisch, finde in dem Stapel meinen Skizzenblock. Ich muss ihn nach dem Auspacken des Koffers dort hingelegt haben.
Ich betrachte das Ohr. Es ist mir fremd und vertraut zugleich. Ich schlage eine neue Seite auf. Mal, was dir in den Sinn kommt. Ich denke an einen Kopf, den Kopf eines Kindes, eines kleinen Mädchens.
Mit ein paar Strichen zeichne ich die Augen, die Nase, den Mund. Nein, das ist ein Junge, und er ist schon älter. Es könnte Vater sein, wie er weinend an Lilis Wiege steht.
Auf der nächsten Seite beginne ich noch einmal. Diesmal ist der Kopf eines Mädchens zu erkennen. Mein Kopf. Ich war vier.

Nachher holt dein Vater dich ab, sagt Mama und zieht mir mein Sonntagskleid an. Er will mit dir zum Fotografen. Was ist ein Fotograf? Ein Mann, der ein Foto, ein Bild, von euch macht. Warum? Weil dein Vater eins haben möchte. Mama seufzt. Vielleicht will sie nicht, dass Papa und ich zusammen auf einem Bild sind. Darf ich den kleinen Bären mitnehmen? Ja, aber verlier ihn nicht. Mamas Stimme klingt plötzlich heiser. Sie bürstet meine Haare. Willst du einen Pferdeschwanz, oder soll ich dir Zöpfe flechten? Einen Pferdeschwanz. Mama bürstet die Haare von unten nach oben. Es ziept, ich sage nichts. Sie hält den Pferdeschwanz mit einer Hand fest und zieht mit der anderen ein Gummiband drüber. Aua!, schreie ich. Du darfst den Kopf nicht wegdrehen. Hab ich gar nicht. Tut mir leid, murmelt Mama, ich wollte dir nicht weh tun. Sie bindet eine rote Schleife um den Pferdeschwanz. Wenn es klingelt, gehst du nach unten, sagt sie und schnürt mir die Schuhe zu. Kommst du nicht mit? Sie schüttelt den Kopf. Warum will Mama Papa nie sehen? Pass auf, wenn ihr über die Straße geht. Jaaa. Dein Vater ist oft in Gedanken. Woran denkt er? Ich weiß es nicht, sagt sie und seufzt wieder. Es klingelt. Mama gibt mir einen Kuss und streicht über meine Stirn. Ich laufe die Treppen hinunter, halte den kleinen Bären fest in der Hand. Ich mache die Tür auf. Wie sieht Papa denn aus? Er hat einen blauen Anzug an und ein weißes Hemd und einen Schlips. Und seine Haare sind gekämmt. Hallo, Paula, murmelt er und nimmt mich in die Arme.

Hier reißt meine Erinnerung ab. Aber es gibt ein Foto von Vater und mir. Ich stehe auf und gehe ins Wohnzimmer. Wo ist das Album? Mutters Geschenk zu meinem einundzwanzigsten Geburtstag. Zwischen den Alben in unseren Regalen

steht es nicht. Dann wird es im Atelier sein. Im Flur zögere ich. So wichtig ist es mir nicht. Oder doch? Ich blicke nach oben. Licht fällt durch die offene Tür.
Ich steige langsam die Treppe hinauf, werde versuchen, den Raum wie eine Fremde zu betreten.
Der Geruch ist verschwunden. Kein Wunder. Ich habe gestern alles entsorgt, was riechen könnte.
Mutters Album liegt im Regal, unter ein paar Ausstellungskatalogen. Der blaue Stoffeinband sieht aus wie neu, ich hatte nie Lust, in meinen Kinderfotos zu blättern. Auch jetzt will ich mich nicht damit aufhalten, will nur das eine Bild finden. Da ist es. Eine Schwarzweiß-Aufnahme. Vater sitzt auf einem Hocker und blickt direkt in die Kamera. Er bemüht sich zu lächeln, aber es gelingt ihm nicht. Ich stehe vor ihm, halte den kleinen Bären fest umschlungen, meine Aufmerksamkeit richtet sich auf etwas in der Ecke, jenseits der Kamera. Ein tapferes Lächeln liegt um meinen Mund.
Er war zweiunddreißig, als das Foto aufgenommen wurde. So alt, wie ich jetzt bin. Ich hätte sein Alter nicht schätzen können, sehe nur die Hilflosigkeit, die Traurigkeit, die Einsamkeit in seinem Gesicht.

Ich lasse mich von Jakob überreden, an die Ostsee zu fahren. Auf der Autobahn gibt es keinen Stau, wir finden einen Parkplatz und mieten uns einen Strandkorb. Das haben wir noch nie getan. Dort sitzen wir und schauen aufs Meer. Ich merke, dass Jakob mich immer wieder besorgt von der Seite ansieht.
»Wollen wir ins Wasser?«, fragt er nach einer Weile.
»Ich glaube, ich bleibe hier.«
»Du hustest fast gar nicht mehr.«
»Trotzdem … Geh ruhig … Es ist okay.«

Er schwimmt, nicht so weit hinaus wie sonst und längst nicht so lange.

Später holt er uns Pommes frites. Und zum Nachtisch ein Eis.

»War doch ein schöner Tag, oder?«, fragt er auf der Rückfahrt.

Ich nicke.

Jakob öffnet den Briefkasten. »Wieder eine Nachricht von Werner Schumann.«

Die Situation Ihres Vaters ist unverändert.

Was will er damit sagen? Er redet nicht, er bleibt in der Klinik, er will Sie nicht sehen.

Ich zerknülle den Zettel.

»Ruf ihn doch mal an«, meint Jakob auf dem Weg nach oben.

»Werner Schumann wird mir am Telefon auch nicht mehr sagen.«

»Vielleicht doch, wenn du ihm ein paar gezielte Fragen stellst.«

»Zum Beispiel?«

»Womit beschäftigt sich dein Vater? Nimmt er an Therapiesitzungen teil? Wie sieht er aus? Hat er abgenommen?«

Ich überwinde mich und wähle die Nummer von Werner Schumann.

»Entschuldigen Sie, wenn ich Sie störe. Ich habe gerade Ihre Nachricht gefunden.«

»Leider nichts Neues.«

Ich stelle ihm Jakobs Fragen. Auf die ersten beiden hat er keine Antwort.

»Wie er aussieht? Blass und vielleicht etwas dünner.«

»Was glauben Sie, wie lange er noch in der Klinik bleiben wird?«

»Ich habe den Eindruck, dass er sich dort ganz wohl fühlt.«
»Das kann ich mir kaum vorstellen.«
»Er hat einen festen Tagesplan, muss sich um nichts kümmern, bekommt regelmäßig etwas zu essen ...«
Es klingt, als würde Werner Schumann Vater beneiden.
»Er findet die Ärzte und Schwestern sehr nett und die anderen Patienten ... na ja, natürlich gibt's da ein paar Verrückte, aber daran kann man sich gewöhnen. Und seine Arbeit bei BAUHAUS vermisst er auch nicht.«
Ist Werner Schumann betrunken, oder wie kommt es, dass er auf einmal so viel redet?
»Hat er mich oder seine Schwester mit keinem Wort erwähnt?«
»Nein. Nur Alfred Brandt. Er scheint auf seinen Vater nicht gut zu sprechen zu sein.«
»Was hat er denn gesagt?«
»Dass er ihn als Kind immer gezwungen hätte, die Fettränder vom Fleisch aufzuessen.«
Übelkeit steigt in mir hoch.
Ich beende das Gespräch und stürze ins Badezimmer.
»Was ist passiert?«, ruft Jakob.
»Mir ist nicht gut ...«
Ich setze mich auf den Badewannenrand und hole tief Luft.

Papa und ich sind zum ersten Mal bei den Großeltern zum Essen. Ich sitze neben Papa. Ich bin acht. Heute gibt es Spargel, sagt Großmutter stolz und füllt meinen Teller auf: Kartoffeln, fünf Spargelstangen und eine dicke Scheibe Schinken mit einem breiten Speckrand. Sie gießt Buttersoße darüber und reicht mir den Teller. Guten Appetit. Schade, dass Lili nicht da ist, seufzt Großvater. Papa und ich sind still.

Ich warte, bis auch die anderen etwas zu essen haben. Den Spargel und die Kartoffeln schaffe ich. Großvaters Augen wandern über meinen Teller. Alles aufessen, sagt er, der Schinken ist das Beste. Ich schneide die Scheibe in lauter kleine Stücke. Ein Häufchen Schinken, ein Häufchen Speck. Ich pieke ein Stück Schinken und ein Stück Speck auf meine Gabel. Im Mund schiebe ich den Speck mit der Zunge in eine Backe. Fünf solcher Gabeln schaffe ich. Meine Backe wird immer dicker. Auf einmal rutscht aus Versehen ein Stück Speck meine Kehle hinunter. Ich muss würgen, springe auf und laufe in den Flur, vorbei an der Küche. Wo ist das Klo? Ich finde es und spucke alles aus. Ich wische mir den Mund ab. Ich will nach Hause. Paula, wo steckst du?, ruft Großmutter. Ich gehe zurück ins Esszimmer. Bei uns ist es nicht üblich, dass Kinder ohne zu fragen vom Tisch aufstehen, sagt Großvater streng. Papa sagt nichts. Dabei weiß er doch, dass ich den Speck nicht mag. Und jetzt wird weitergegessen, sagt Großvater. Ich schüttele den Kopf. Doch, rufen die Großeltern. Ich fange an zu weinen. Nun lasst sie mal in Ruhe, murmelt Papa. Ich möchte zu meiner Mama, sage ich. Papa nickt. Wir stehen auf. Aber es gibt noch Nachtisch, ruft Großmutter. Nein, danke, sagt Papa und nimmt mich an die Hand. Ihr könnt doch nicht einfach gehen!, schimpft Großvater. So etwas Ungehöriges! Wir laufen durch den dunklen Flur. Ich gucke auf meine Füße, will die Geweihe und den Kopf vom Wildschwein nicht sehen. Ich stolpere über den Teppich. Hoppla, sagt Papa. Ich schaue hoch, direkt in die Augen des Wildschweins. Hier essen wir nie wieder, murmelt Papa und öffnet die Tür. Draußen scheint die Sonne. Wir gehen am Kanal entlang. In der Eisdiele bekomme ich ein Banana Split, und Papa nimmt einen

Erdbeertraum. Ich fahre mit der Zunge durch den Mund. Warum geht der Geschmack vom Speck nicht weg?

Jakob sitzt im Wohnzimmer. Er hat eine Flasche Rotwein geöffnet.
»Magst du?«
»Ja.«
Er schenkt uns ein und reicht mir mein Glas.
»Wo ist eigentlich der Becher, den ich dir mal geschenkt habe?«
»Der ist mir neulich kaputt gegangen.«
»Weil du gezittert hast?«
»Nein ... ich war einfach ungeschickt.«
»Und die Nachttischlampe?«
»Habe ich im Traum zerschlagen, als du verreist warst.«
Ich trinke einen Schluck Wein und erzähle Jakob von dem Gespräch mit Werner Schumann und von der Erinnerung.
»Du musst versuchen, deinen Vater zu sehen. Wenn du willst, komme ich mit in die Klinik.«
Fangen meine Hände wieder an zu zittern? Ich stelle das Glas ab. Nein, sie sind ruhig.
»Du hast nichts zu verlieren.«
»Ich weiß nicht ...«
»Schlimmer als in den letzten zehn Tagen kann es nicht werden. Erst hattest du Fieber und Husten, und dann haben deine Nerven nicht mehr mitgemacht.«
Ich nicke. Jakob legt seinen Arm um meine Schulter. Wir küssen uns.
Als wir miteinander schlafen, spüre ich wieder die Nähe zu ihm. Vielleicht wird doch alles gut.

25.

Um neun wache ich auf. Jakob hat mir eine SMS geschickt. *Ich könnte um 15 Uhr an der Klinik sein. Was meinst Du? Kuss, Dein J.*
In sechs Stunden. Ich darf jetzt nicht aufgeben. *Okay. Bis dahin, Deine P.*
Lili hat mir drei Mails geschickt. Die letzte ist ganz kurz. *Melde Dich doch bitte! Ich bin so besorgt um Dich. Deine Lili*
Später, denke ich.
Ich koche mir einen Kaffee, decke den Tisch auf dem Balkon, nehme die Zeitung mit nach draußen. In der Kneipe gegenüber werden Bierfässer angeliefert, zwei Männer streiten sich um einen Parkplatz, auf dem Balkon nebenan redet eine alte Frau mit ihrem Dackel.
Ich habe Zeit. Ein ungewohntes Gefühl.
Warum fällt es mir schwer, Lili anzurufen? Sie will mir helfen, sie meint es gut, wir sind uns nah. Schäme ich mich vor ihr? Habe ich Angst, sie könnte glauben, ich sei wie Vater?

Ich fahre mit dem Rad zur Klinik, bin viel zu früh. Jakob kommt um Punkt drei.
»Wie lange ist dein Vater jetzt hier?«

»Seit drei Wochen. Vor achtzehn Tagen haben Lili und ich zuletzt mit dem Arzt gesprochen.«
Wir gehen zum Empfang, erfahren, dass wir mindestens eine Stunde, wenn nicht länger, auf ein Gespräch mit Dr. Eggers warten müssen.
»Wollen Sie es ein andermal versuchen?«
Ich schüttele den Kopf. »Es ist dringend.«
Wir steigen die Treppen zum dritten Stock hinauf. Jakob hat etwas zu lesen dabei, daran habe ich nicht gedacht.
»Wenn du willst, besorge ich dir eine Zeitung.«
»Nein … ich kann mich eh nicht konzentrieren …«
Wie soll ich mit Vater reden? Was kann ich ihn fragen? Was darf ich ihn nicht fragen? Ich könnte die Zeit nutzen und mir Notizen machen.
»Hast du was zu schreiben?«
Jakob gibt mir einen Zettel und einen Stift.
Ich teile das Blatt in zwei Hälften. *Erlaubt* und *Nicht erlaubt* schreibe ich über die Rubriken. Fragen zum Essen, Schlafen und Schachspielen dürften kein Problem sein. Hat er Gruppen- oder Einzeltherapie? Oder beides? Muss er an irgendeinem Sportprogramm teilnehmen? Gibt es Musik- oder Kunsttherapie? Malt er vielleicht zum ersten Mal in seinem Leben?
Die letzte Frage streiche ich durch. Malen ist kein gutes Thema.
Ich werde ihn von Lili grüßen. Unseren Besuch bei Großvater verschweige ich besser. Aber ich kann ihm von meiner Reise nach Dublin erzählen, von Lilis schönem Haus und unserem Spaziergang am Strand. Vielleicht erwähne ich auch, dass ich Andrew kennengelernt habe.
Und Luise? Meine Hand verkrampft sich. Ich schaffe es nicht, ihren Namen aufzuschreiben.

Nach anderthalb Stunden bittet uns Dr. Eggers in sein Sprechzimmer. Ich stelle ihm Jakob vor und erkläre, dass meine Tante jetzt wieder in Dublin sei.

Er bittet uns, Platz zu nehmen.

»Wie geht es meinem Vater?«, frage ich.

»Er hat sich noch mehr in sich zurückgezogen«, antwortet Dr. Eggers.

Ich blicke auf den Miró. Heute kommt er mir vor wie ein Kinderbild.

»In den Therapiesitzungen schweigt er überwiegend, er isst wenig, schläft schlecht und verweigert jede Art von Bewegungsprogramm.«

»Mein Vater hält nichts von Sport.«

»Das mag sein, aber etwas mehr Bewegung würde ihm guttun.«

»Ich habe gehört, dass sein Schachfreund ihn besuchen darf.«

»Ja. Die beiden reden vermutlich kaum miteinander. Diese Treffen sind also nicht bedrohlich für Ihren Vater.«

»Hat er Ihnen das gesagt, oder ist das Ihre Interpretation?«, fragt Jakob.

Dr. Eggers schaut ihn überrascht an. »Das würde er nicht sagen.«

»Ich möchte meinen Vater sehen«, verkünde ich, etwas zu laut.

Dr. Eggers nickt. »Ich werde ihn fragen, aber ich kann es nicht ändern, wenn er weiterhin eine Begegnung mit Ihnen ablehnt.«

»Bitte sagen Sie ihm, dass es für ihn genauso wichtig sei wie für mich.«

Wir folgen Dr. Eggers in den Flur. Mehrere Patienten laufen an uns vorbei, manche starren uns an, andere blicken in eine unbestimmte Ferne.

Ein älterer Mann in einem gelben T-Shirt mit der Aufschrift *DON'T WORRY BE HAPPY* kommt auf mich zu. In seinem Gesicht zuckt es. Jakob greift nach meiner Hand.
»Zu wem wollen Sie?«, fragt mich der Mann und beugt sich vor, als könne er mich nur so richtig erkennen.
Ich weiche zurück. »Wir warten auf Dr. Eggers.«
Er deutet mit dem Daumen auf Jakob. »Ist das Ihr Bodyguard?«
»Entschuldigen Sie, wir kennen Sie nicht«, sagt Jakob und zieht mich ein Stück weiter.
»Ach, der junge Herr ist sich zu fein, mit uns Bekloppten zu reden«, ruft er uns nach.
»Bernd, lass die Leute in Ruhe«, ruft ein anderer mit einem grünen Stirnband.
»Sei du mal ganz still. Du quatschst doch hier jeden an.«
»Ich? Du spinnst wohl.«
Plötzlich taucht ein Pfleger auf und spricht leise mit dem Mann im gelben T-Shirt. Der stößt einen Fluch aus, wirft uns einen verächtlichen Blick zu und verschwindet in einem der Zimmer.
Wie kann Werner Schumann den Eindruck haben, dass Vater sich hier wohl fühlt?
»Hoffentlich dauert es nicht mehr so lange«, murmelt Jakob.
»Es scheint schwierig zu sein … wahrscheinlich wird nichts draus.«
»Und falls doch, soll ich mitkommen?«
»Nein, dann würde mein Vater garantiert kein Wort sagen.«
Was mache ich, wenn er mich nicht sehen will? Soll ich Dr. Eggers von Luise erzählen?
»Da ist er«, sagt Jakob.
Dr. Eggers steht am Ende des Flurs und spricht mit einer

Schwester. Ist Vater einverstanden mit meinem Besuch? Hat er Bedingungen gestellt? Möchte er, dass jemand in der Nähe bleibt, solange ich bei ihm im Zimmer bin?
Die Schwester nickt und schaut kurz zu uns herüber.
»Verstehst du, was da los ist?«, fragt Jakob ungeduldig.
»Geh ruhig, wenn du zurück ins Büro musst.«
»Nein, ich arbeite nachher zu Hause. Es nervt mich nur, dass wir nicht wissen, woran wir sind.«
Das habe ich bei Vater noch nie gewusst.
Dr. Eggers beendet sein Gespräch mit der Schwester. Auf dem Weg zu uns wird er von dem Pfleger und dem Mann mit dem grünen Stirnband aufgehalten. Er hört ihnen aufmerksam zu. Seine Patienten sind ihm wichtiger als ich mit meinem Wunsch, Vater zu besuchen.
»Meine Güte!«, stöhnt Jakob.
Jetzt kommt er. Sein Gesicht ist ernst. Ich erwarte seine Antwort wie ein Urteil.
»Ihr Vater hat zunächst gezögert. Offenbar ist es ihm unangenehm, wenn Sie ihn in dieser Verfassung sehen. Ich habe ihm ausgerichtet, wie wichtig Ihnen der Besuch sei. Da hat er schließlich zugestimmt.«
»Danke.«
»Allerdings hat er darum gebeten, dass Sie nicht lange bleiben.«
»Nein ...«
»Ich werde Sie begleiten. Der Zimmernachbar Ihres Vaters ist im Augenblick auf der Station unterwegs. Sie können also in Ruhe reden.«
»Viel Glück«, murmelt Jakob.
Beim Gang über den Flur spüre ich, wie meine Beine immer schwerer werden. Der Mann mit dem grünen Stirnband dreht sich zu uns um.

»Ist das der Zimmernachbar meines Vaters?«, frage ich leise.
»Ja.«
Dr. Eggers klopft an die letzte Tür links. Ich höre ein schwaches Herein.
»Herr Brandt, hier ist Ihre Tochter.«
Vater steht am Fenster. Er trägt einen blauen Trainingsanzug. Wie bleich und dünn er ist.
»Hallo …«
»Tag, Paula …«
»Ich lasse Sie jetzt allein«, sagt Dr. Eggers.
Hinter ihm schließt sich die Tür.
Ich gehe auf Vater zu und umarme ihn. Er rührt sich nicht. Ich könnte auch eine Holzfigur umarmen.
Wir setzen uns auf die Stühle am Fenster. Vater schaut auf seine hellblauen Gummischlappen. Er ist unrasiert. Graue Strähnen ziehen sich durch seine Haare. Die hatte er im April noch nicht.
»Schöne Grüße von Lili.«
Er nickt.
»Wie geht es dir?«
Er zuckt mit den Achseln.
»Hast du das Gefühl, dass dir hier geholfen wird?«
Keine Antwort.
»Sprichst du allein mit deinem Therapeuten, oder bist du in einer Gruppe?«
»Beides …«
»Und?«
Er seufzt.
»Lili und ich, wir … machen uns große Sorgen um dich.«
Wieder nickt er. Was will er damit sagen? Dass wir Grund haben, uns zu sorgen?

Ich sehe die Qual in seinem Gesicht, er kann meine Gegenwart kaum ertragen. Ständig blickt er zur Tür, gleich wird er mir sagen, dass es ihm leidtue, aber Besuch sei zu anstrengend für ihn.
Ich versuche, mich an meine Liste zu erinnern. Die Reise nach Dublin, Lilis Haus, Andrew ... Nichts davon wird ihn interessieren.
Soll ich Vater erzählen, dass Werner Schumann mit mir Kontakt aufgenommen hat? Dass ich weiß, es gibt jemanden, der ihn besuchen darf? Nein, ich habe keine Lust, mich mit ihm über Schach zu unterhalten.
Er räuspert sich.
Ich will noch nicht gehen. Wer weiß, wann ich ihn wiedersehe. Ob überhaupt.
»Paula, ich ...«
»Weißt du, was ich neulich entdeckt habe?«, bricht es aus mir heraus. »Ich war in Dublin, bei Lili, sie hat mir ein altes Fotoalbum gezeigt, darin waren auch schöne Kinderbilder von dir, du lachst ganz viel, eins hat mir besonders gut gefallen, darauf hattest du eine kleine Trommel ...«
»Hör auf!«, ruft Vater.
»Auf einem Foto sitzt du mit deinen Eltern auf einer Bank vor einem Baum, es sah irgendwie seltsam aus, und dann habe ich gemerkt, dass es einen Riss hatte ...«
»Paula ...«
»Lili hat mir erzählt, dass ursprünglich vier Menschen auf der Bank gesessen hätten.«
»Bitte ...«
»Ich wusste bis dahin gar nichts von deiner kleinen Schwester Luise.«
Er vergräbt das Gesicht in seinen Händen.

»Lili sagte, dass sie an einer Lungenentzündung gestorben sei.«
»Ich will nicht …«
»Es ist schlimm, dass eure Eltern euch verboten haben, über sie zu sprechen.«
»Bitte geh!«
»Auf den späteren Fotos hast du nie mehr gelacht.«
»Geh endlich!«, schreit er.
Die Tür wird aufgerissen, und die Schwester kommt herein.
»Herr Brandt, was ist passiert?«
»Ich will allein sein«, stößt er hervor.
»Frau Brandt, ich muss Sie bitten, Ihren Besuch zu beenden.«
»Vater, lass uns doch …«
»Nein!«
Ich lege meine Hand auf seinen Arm, er zieht ihn weg, schaut mich nicht an.
»Es ist besser, wenn Sie jetzt gehen«, sagt die Schwester entschieden.
»Bis bald«, murmele ich.
Jakob wartet im Flur.
»Komm … Ich habe alles falsch gemacht …«
»Wieso?«
»Erkläre ich dir, wenn wir draußen sind.«
»Willst du nicht noch mal mit Dr. Eggers reden?«
»Nein.«
Schweigend laufen wir die Treppen hinunter. Ich werde das Bild von Vater nicht los, der sein Gesicht vor mir versteckt.
»Wo steht dein Rad?«
»Nun sag endlich, was los ist!«
Ich hole tief Luft und fasse Vaters Reaktion kurz für ihn zusammen.

Er schüttelt verständnislos den Kopf. »Wie ist so etwas möglich?«
»Ich hätte das Thema nicht ansprechen dürfen.«
»Doch, ich finde es richtig, auch wenn es deinem Vater unangenehm war.«
»Ich habe Angst, dass sich seine Verfassung dadurch weiter verschlechtern wird. Die Geschichte berührt einen extrem wunden Punkt. Das war ja sogar bei Lili so. Und die hat Luise gar nicht gekannt.«
»Aber jetzt weiß dein Vater wenigstens, dass der Tod seiner kleinen Schwester kein Geheimnis mehr ist.«
»Und wofür soll das gut sein?«
»Vielleicht kann er irgendwann mit Dr. Eggers darüber sprechen.«

Ich maile Lili, dass ich bei Vater war und dringend mit ihr skypen möchte. Sie meldet sich sofort.
»Wie geht's dir? Du bist immer noch sehr blass.«
»Es ist eine schwierige Zeit. Lass uns ein andermal darüber reden.«
Lili runzelt die Stirn. »Na gut ... Wie hat Georg reagiert?«
Ich erzähle ihr von meinem Besuch bei Vater.
»Genauso habe ich es mir vorgestellt.«
»Ich mache mir große Vorwürfe.«
»Nein, das brauchst du nicht. Dein Vorstoß war sehr mutig.«
»Wer weiß, was ich damit angerichtet habe ...«
»Ich ... könnte versuchen, Georg einen Brief zu schreiben. Vielleicht hilft es ihm, wenn ich ihm schildere, wie ich das Tabu in der Familie erlebt habe.«
»Das wäre super, Lili.«
»Aber ich kann's nicht versprechen ...«

Warum nicht? Was soll der Rückzieher?
»Guck nicht so enttäuscht.«
»Du bist wahrscheinlich die Einzige, auf die er hören würde.« Lili fährt sich durch ihre Haare. »Mach dir nicht zu viele Hoffnungen. Er hat noch nie auf mich gehört …«
Wir schweigen.
»Jakob sagte mir, dass du am Freitagabend eine Art Nervenzusammenbruch hattest.«
»Ja, aber ich will jetzt nicht …«
»Danach habe ich mir gedacht, dass das der Grund gewesen sein muss, warum du einfach aufgelegt hast.« Sie schaut mich fragend an. »So etwas hat es bei uns noch nie gegeben.«
»Tut mir leid …«
»Du hattest mir gerade erzählt, dass es keine neuen Bilder gibt.«
»So ist es. Ich habe eine Arbeitskrise. Mehr kann ich im Moment dazu nicht sagen.«
»Wie du willst.« Sie presst die Lippen zusammen.
Wieder schweigen wir.
»Was hast du für Pläne in der nächsten Zeit?«
»Andrew will mit mir für drei Wochen nach Los Angeles fahren. Er lehrt dort an einer der Unis, im Rahmen einer Summer School.«
»Das klingt toll.«
»Ich habe so viel zu tun …«
»Du kannst doch dort übersetzen.«
»Ja, aber ich befürchte, dass es zwischen Andrew und mir nicht lange gutgehen wird. Wir müssten uns vermutlich eine winzige, möblierte Wohnung teilen … Schon bei dem Gedanken werde ich aggressiv.«
»Dann bleib zu Hause.«

Lili schaut mich überrascht an. »Ich wusste gar nicht, dass du so grob sein kannst.«
»Ich begreife nicht, warum du nicht zu mehr Kompromissen bereit bist. Andrew passt wirklich gut zu dir.«
»Ich glaube nicht, dass du das beurteilen kannst.«
»Wieso nicht?«
»Vielleicht setzen wir unser Gespräch in den nächsten Tagen fort, wenn du dich etwas mehr gefangen hast.«
»Nein! Nur weil ich etwas Kritisches gesagt habe, musst du nicht gleich ...«
Aufgelegt.
Zittern meine Hände? Nein. Ich hätte mir denken können, dass Lili keine Kritik verträgt. Aber warum muss sie sich auf diese Weise zur Wehr setzen? Alles auf die schwachen Nerven der Nichte schieben. War es die Retourkutsche dafür, dass ich nicht bereit war, über meine Krise zu sprechen?
Ein SMS-Ton reißt mich aus meinen Gedanken. *Die vier Bilder sind verkauft. Überweisung erfolgt in den nächsten Tagen. M.*
Kein neuer Auftrag. Ich bin erleichtert und beunruhigt zugleich. Jakob und ich teilen uns alle Kosten. Dabei soll es auch bleiben. In den letzten Jahren habe ich gut verdient. Wie lange reichen meine Ersparnisse? Sieben oder acht Monate?
Ich schaue nach. Wenn ich sparsam lebe, habe ich genug für ein Jahr.

26.

In den nächsten Wochen gehe ich jeden Morgen ins Atelier, setze mich an den Schreibtisch und zeichne. Köpfe, Körper, Figurenkonstellationen. Ich probiere neue Strichtechniken, neue Motive aus. Je länger ich übe, desto leichter fällt es mir. Ich muss nichts beweisen, nichts verkaufen. Manchmal erschrecke ich über die Bilder in meinem Kopf; wenn ich sie gezeichnet habe, verliert sich der Schrecken. Verletzungen sind mein neues Thema. Tagelang arbeite ich an der Darstellung einer zugenähten Wunde, aus der Blut quillt. Ich werde diese Zeichnungen niemandem zeigen, auch Jakob nicht. Abends lege ich die losen Blätter in eine Mappe und schließe sie in der Schublade ein. Meine Staffelei und die Acrylfarben rühre ich nicht an.
Jakob erkundigt sich irgendwann, ob ich von Max einen neuen Auftrag bekommen hätte.
»Nichts Konkretes«, antworte ich, »aber es sind ja auch Sommerferien.«
»Letztes Jahr im Sommer hast du an einem großen Blumenzyklus gearbeitet«, wendet Jakob ein.
Ich zucke mit den Achseln. Er fragt nicht weiter. Vielleicht spürt er, dass ich nicht über das reden will, was mich beschäftigt.

Ich höre nichts von Vater, und auch Werner Schumann meldet sich nicht mehr.
Lili schickt mir eine Mail, dass Andrew und sie nach Los Angeles gefahren seien. *Jetzt übersetze ich mit Blick auf den Pazifik.* Das abgebrochene Telefonat erwähnt sie nicht. Ich wünsche ihr eine schöne Zeit in Kalifornien und frage, ob sie Georg inzwischen einen Brief geschrieben habe. Darauf bekomme ich keine Antwort.
Ich könnte Dr. Eggers um einen weiteren Gesprächstermin bitten, könnte ihm von Luise erzählen. Ich unternehme nichts.

Anfang August treffe ich mich mit Franziska auf ein Glas Wein.
»Dir geht's besser, oder?«
»Ja und nein. Ich kann wieder arbeiten. Aber ich habe keinen Kontakt zu meinem Vater.«
»Das kommt auch noch.«
Woher nimmt sie die Zuversicht? Sie kennt mich kaum.

27.

Großvater liegt auf dem Sofa und schnarcht. Ich sitze in seinem Sessel am Fenster und blättere in Lilis Fotoalbum. Mit dem Zeigefinger streiche ich über Großmutters Porträt als junge Frau. Plötzlich verändert sich das Foto, aus dem leichten Lächeln wird ein harter Mund. Bei den anderen Fotos ist es genauso. Wie bei einem Touchscreen verschwinden Elemente, und andere tauchen auf. Das glückliche Hochzeitsbild der Großeltern verwandelt sich in ein Bild der Trauer. Statt an der Côte d'Azur sehe ich sie an einem kleinen Grab stehen. Ich blicke zu Großvater hinüber, er schnarcht nicht mehr. Vielleicht hat er jetzt ausgeschlafen. Wusstest du, dass die Fotos in diesem Album wie Bildschirme funktionieren?, frage ich. Er antwortet nicht. Großvater? Ich stehe auf. Seine Gesicht ist entspannt, so habe ich ihn nie gesehen. Lebt er noch? Ich beuge mich über ihn. Ja, er atmet ruhig und gleichmäßig. Ich setze mich wieder in seinen Sessel. Großmutters zärtliches Lächeln beim Anblick vom winzigen Georg lässt sich nicht wegklicken und auch nicht Georg als fröhliches Kleinkind mit seiner umgehängten Trommel. Vorsichtig berühre ich das zusammengeklebte Foto, es fällt auseinander in die beiden zerrissenen Teile, der Baumstamm

wächst, die Baumkrone wölbt sich, die Bank wird breiter. Eine Figur schiebt sich ins Bild, ein kleines Mädchen, nicht älter als zwei. Es trägt ein helles Smokkleid und lacht in die Kamera. Georg und seine Eltern lachen auch. Großvater, guck mal!, rufe ich und erschrecke. Sein Mund steht offen, seine Augen sind starr. Nein, schreie ich.
»Paula ...«
Ich öffne die Augen. Jakobs Nachttischlampe brennt.
»Hattest du wieder einen Alptraum?«, fragt er und gibt mir einen Kuss.
»Ja ... Ich saß im Wohnzimmer meines Großvaters, er schlief ... Kurz darauf war er tot ... Und ich habe es nicht gemerkt ...«
»Hast du Angst, dass er stirbt, bevor dein Vater ihn noch mal gesehen hat?«
»Kann sein ... obwohl ... Die Beziehung zwischen den beiden ist so schlecht ... Ich weiß nicht, ob eine letzte Begegnung daran etwas ändern würde.«
»Vielleicht würde dein Vater ihm gern ein paar Fragen zu seiner toten Schwester stellen, oder dein Großvater könnte das Bedürfnis haben, seinen Sohn um Verzeihung zu bitten ... dafür, dass er ihn jahrzehntelang so schlecht behandelt hat.«
»Ja ...« Ich drehe mich auf die Seite und starre an die Wand. In dem Traum ging es nicht um die beiden, es ging um Großvater und mich ... und die Fotos.

Um vier Uhr trete ich durch das Gartentor. Mein Herz klopft. Ich habe meinen Besuch nicht angekündigt.
Lili hat in keinem unserer Gespräche erwähnt, ob die freundliche Pflegerin nach ihrem Urlaub zu Großvater zurückge-

kehrt ist oder ob er darauf bestanden hat, dass Frau Bergstedt ihn weiter betreut.

Ich klingele und mache mich darauf gefasst, dass sie mir die Tür öffnen wird.

Ich lausche, höre keine Stimmen, keine Schritte. Meine Hände werden feucht. Bin ich zu spät gekommen?

Ich klingele noch einmal.

»Was wollen Sie hier?«

Ich drehe mich um. Frau Bergstedt steht vor mir, mit einer Einkaufstasche in der Hand.

»Ich möchte meinen Großvater besuchen.«

»Sie haben sich nicht angemeldet.«

»Da haben Sie recht. Ich dachte, das sei nicht nötig. Oder hat er so viele Termine?«

»Werden Sie nicht unverschämt. Ihr Großvater ist ein alter Herr. Er hat seinen festen Rhythmus und muss sich auf Besucher einstellen. Das sollten Sie eigentlich wissen.«

»Dann fragen Sie ihn bitte, ob es ihm jetzt passt«, sage ich so ruhig wie möglich.

Frau Bergstedt schließt die Tür auf und verschwindet im Haus. Ich traue es ihr zu, dass sie mich hier länger warten lässt.

Zehn Minuten später darf ich eintreten.

Großvater sitzt in seinem Sessel und trinkt Tee. Heute trägt er eine rot-grün gestreifte Krawatte ohne Wappen, sonst sieht er genauso aus wie vor sieben Wochen.

»Tag ...«

»Aha, die Enkelin ohne ihre Tante«, murmelt er und deutet mit dem Kopf aufs Sofa.

Frau Bergstedt bringt ihm eine Handglocke und mir eine Teetasse, dann verlässt sie das Zimmer.

»Einschenken musst du dir selbst«, sagt er und beißt in ein Heidesandplätzchen.
Ich greife nach der Teekanne. »Wie geht es dir?«
»Ich kann nicht klagen, vor allem seitdem die nette Frau Bergstedt bei mir wohnt. Sie umsorgt mich besser, als ich es je zuvor erlebt habe.«
Meint er damit auch Großmutter?
»Andere haben Kinder, die sich um sie kümmern, aber das ist mir nicht vergönnt. Man muss zufrieden sein mit dem, was man hat.«
»Dein Sohn ist in der Psychiatrie.«
»Ach, Gott, ja ...«
»Du hast vermutlich nichts von ihm gehört, oder?«
»Nein. Ich habe immer damit gerechnet, dass Georg irgendwann im Irrenhaus landen würde. Gut, dass seine Mutter das nicht mehr erleben musste.«
»Er will keinen Besuch haben, aber mir ist es einmal gelungen, kurz mit ihm zu reden ... das war vor etwa einem Monat ...«
Großvater schaut gelangweilt aus dem Fenster. Seine Handglocke steht direkt neben der Teetasse. Frau Bergstedt wartet sicherlich nur darauf, dass die Glocke ertönt und sie mich hinausbegleiten kann.
»Er sah bleich aus und hatte ziemlich abgenommen.«
»Tja ...« Großvater trinkt einen Schluck Tee und entfernt ein paar Heidesandkrümel von seiner Krawatte. »Was macht Lili?«
»Sie ist mit ihrem Freund in Los Angeles.«
»Ach, sie hat einen Freund? Das ist ja etwas ganz Neues. Wie heißt er?«
»Andrew.«
»Und weiter?«

»Keine Ahnung.«
»Werden sie heiraten?«
»Das glaube ich nicht.«
»Kein Wunder!«, schnaubt Großvater. »Wer will schon eine Mittfünfzigerin heiraten? Noch dazu eine, die so störrisch ist. Sie hat sich für ihr ungehöriges Benehmen hier bei mir nicht entschuldigt. Aber das kenne ich ja. Lili wusste noch nie, wie man sich benimmt.«
»Ich war neulich bei ihr in Dublin.«
»Und?«
»Sie wohnt sehr schön, fast am Meer.«
Er nickt und wirkt auf einmal nachdenklich. Vielleicht bereut er es, dass er sie nie besucht hat.
»Abends am Kamin hat sie mir ein altes Fotoalbum gezeigt. Du hast es ihr geschenkt, als sie ins Internat ging.«
»Ja, ich erinnere mich …«
»Wir gucken da sowieso nicht mehr rein, hast du zu ihr gesagt.«
»Habe ich das?«
»Beim Anschauen der Bilder wurde mir klar, warum nicht. Ihr wolltet die leeren Stellen nicht mehr sehen, wo früher Fotos von Luise geklebt hatten.«
Großvaters Gesicht wird starr. Er schwenkt seine Handglocke. Sofort öffnet sich die Tür und Frau Bergstedt betritt den Raum.
»Meine Enkelin möchte augenblicklich gehen«, sagt er barsch.
»Nein!«, rufe ich. »Ich habe noch so viele Fragen.«
»Kommen Sie.« Frau Bergstedt fasst mich grob am Arm.
»Lassen Sie mich los!«
»Ihr Großvater braucht viel Ruhe.«
Ich könnte darauf bestehen, mit ihm zu reden. Vielleicht wür-

de er seinen Widerstand aufgeben und mir von Luise erzählen.
»Wenn Sie nicht freiwillig das Haus verlassen, rufe ich die Polizei«, sagt Frau Bergstedt.
Ich gehe.

Jakob spielt heute Abend Fußball und wird nicht vor elf zurück sein. Soll ich Lili anrufen? Nein.
Ich schicke ihr eine lange Mail, schildere meinen Besuch bei Großvater. Das hätte ich dir alles vorher sagen können, wird sie mir vermutlich antworten. Wenn sie antwortet. Seit ihrer Nachricht aus Kalifornien hat sie sich nicht mehr bei mir gemeldet. Ich weiß nicht einmal, wo sie jetzt ist.
Nach drei Stunden schreibt sie mir: *Bin wieder in Dublin, habe Termindruck, lass uns nachher skypen, am besten nach zehn (deutscher Zeit). Gruß, L.*
Eine so kühle Mail habe ich von Lili noch nie bekommen.
Ich warte bis halb elf, dann versuche ich, sie zu erreichen.
»Ach, stimmt ja«, sagt sie zur Begrüßung.
Sie sitzt vor dem Kamin, Flynn liegt auf ihrem Schoß. Ich habe nicht den Eindruck, dass sie gestresst ist.
»Wie geht es dir?«, frage ich.
»Gut.«
»Wie war's in Los Angeles?«
»Wunderbar.«
»Das ist ja schön.«
Lili streichelt Flynn. Sie wirkt abwesend.
»Was sagst du zu meiner Mail?«, frage ich schließlich.
»Die Reaktion meines Vaters hat mich nicht überrascht.«
»Mich auch nicht.«
»Warum bist du dann zu ihm gegangen?«

»Ich habe in der letzten Nacht von ihm geträumt ... Er ist gestorben, während ich neben ihm im Sessel saß ...«
»Und da hast du's mit der Angst gekriegt.«
»Ja.«
»Ich habe mir in den letzten Wochen oft vorgestellt, wie es wäre, wenn er sterben würde, ohne dass ich ihn noch mal gesehen hätte ...«
»Und?«
»Ich könnte es ertragen. Zwischen uns wird sich sowieso nichts mehr ändern.«
»Er hat mich gefragt, was du machst.«
»Aha ...«
»Ich habe ihm erzählt, dass du in Los Angeles bist.«
»Hast du Andrew erwähnt?«
»Ja.«
»Das war nicht unbedingt nötig. Jetzt wird er mich bestimmt anrufen und wissen wollen, ob wir heiraten.«
»Das hat er mich schon gefragt. Ich habe ihm geantwortet, dass ich das nicht glaube.«
Wir schweigen. Soll ich sie auf den Brief ansprechen, den sie Georg schreiben wollte?
Ich betrachte ihr verschlossenes Gesicht. Mir fehlt der Mut.
»Hörst du noch manchmal etwas von diesem Werner Schumann?«
»Nein.«
»Ich habe Georg neulich geschrieben.«
»Wirklich?«
»Ja, es hat etwas länger gedauert, bis ich mich dazu durchringen konnte. Ich weiß genau, dass es zu nichts führen wird, aber ich wollte es wenigstens versuchen.«
»Wann hast du den Brief abgeschickt?«

»Kurz nach meiner Rückkehr ... also vor etwa zehn Tagen.«
»Dann müsste er ihn längst haben.«
Sie nickt. Flynn springt von ihrem Schoß. Gleich wird sie das Gespräch beenden.
»Lili?«
»Ja?«
»Es tut mir leid, dass ich vor einem Monat nicht mit dir über meine Krise sprechen konnte.«
»Ich habe nicht verstanden, warum du dich plötzlich zurückgezogen hast.«
»Mir ging es schlecht.«
»Ja, das habe ich natürlich gemerkt. Und ich wollte dir helfen, aber du hast jede Unterstützung verweigert.«
»Ich kann dir auch nicht sagen, warum ich so reagiert habe. Es hatte nichts mit dir zu tun.«
»Für mich klang das anders.«
»Es war nicht so gemeint ... Ich war außer mir ... So etwas habe ich noch nie erlebt ...«
»Und wie ist es jetzt?«
»Besser. Ich arbeite wieder.«
»Für deinen Galeristen?«
»Nein ... Ich habe angefangen zu zeichnen ... ganz andere Motive ...«
»Gut. Ich bin gespannt.«
»Ich kann dir noch nichts zeigen ... bisher hat niemand etwas gesehen ... Jakob weiß nicht mal etwas davon.«
»Lass dir Zeit.«
»Sei mir nicht mehr böse ... bitte ...«
Sie schüttelt den Kopf. Und lächelt.

28.

Am nächsten Abend bekomme ich eine SMS von Max. *Brauche eine Dahlien-Serie, mindestens drei, besser vier. Wann könntest Du liefern?*
Ich blicke auf meine Zeichnung, ein Bild meines Traums vom Nasengewächs. Nichts liegt mir ferner, als Dahlien zu malen.
Im Moment gar nicht, antworte ich Max.
Bist Du im Urlaub?
Nein, schreibe ich zurück.
Das Telefon klingelt. Ich lege das Nasengewächs in meine Mappe und nehme den Hörer ab. »Brandt.«
»Was ist los?«
»Tag, Max.«
»Hast du überhaupt Interesse an weiteren Aufträgen?«
Ich gehe ans Fenster, Wolken sind aufgezogen. Ich bleibe ganz ruhig.
»Bist du noch da?«
»Max, ich werde nicht mehr für dich arbeiten.«
»Von mir aus. Malerinnen wie dich gibt es zu Tausenden. Ich hatte neulich schon Zweifel, als es um die Flusslandschaften ging. Aber dann dachte ich mir, ich tue dir einen Gefallen, wenn ich dich um die Dahlien bitte.«

»Du wirst sicherlich jemanden finden, der dir ein paar Dahlien liefert«, sage ich und lege auf.
»Paula?«
Ich drehe mich um.
Jakob steht in der Tür und schaut mich irritiert an. »War das Max?«
»Ja.«
»Warum hast du mir nicht gesagt, dass du keine Aufträge mehr von ihm annimmst?«
»Du warst doch derjenige, der meinte, dass ich eine Pause brauche.«
»Ja, aber das war vor einem Monat. Ich habe damit bestimmt nicht gemeint, dass du deinen Galeristen komplett vergraulen sollst.«
»Keine Sorge, ich habe noch genug Geld, um meinen Anteil an der Miete zu bezahlen. Und auch was die anderen laufenden Kosten betrifft ...«
»Darum geht's mir nicht«, unterbricht Jakob mich. »Ich habe das Gefühl, dass du dich immer mehr zurückziehst.«
»Wieso?«
Er deutet auf die leere Staffelei. »Du bist ständig im Atelier, aber du malst nicht.«
Soll ich ihm die Zeichnungen zeigen? Er wird nichts damit anfangen können.
»Was machst du den ganzen Tag?«
Ich sehe seinen prüfenden Blick. »Hast du Angst, dass ich wie mein Vater werden könnte?«
Er zögert. »... Ehrlich gesagt, ja.«
»Ich arbeite an etwas Neuem, aber ich kann dir noch nichts zeigen.«
»Andere Motive?«

»Auch … Ich habe angefangen zu zeichnen.«
»Aha …« Jakob runzelt die Stirn.
Hoffentlich fragt er mich nicht, ob man von dem Verkauf von Zeichnungen leben kann.
Nein, er fragt nicht.

Mein Bild vom Löwen in der Savanne gewinnt in der Schule den ersten Preis. Ich bin zehn. Mama freut sich und schenkt mir einen Aquarellfarbkasten. Vielleicht werde ich Malerin, wenn ich groß bin. Das wäre schön, sagt Mama und lächelt. Meinst du, Papa findet das auch? Da musst du ihn fragen. Aber ich sehe ihn fast nie. Soll ich ihn anrufen? Ja. Sie greift zum Hörer. Gleich wird sie wieder traurig gucken, weil Papa keine Zeit hat, mich zu treffen. Oder keine Lust. Zum Mittagessen kommt er schon lange nicht mehr zu uns. Paula möchte dir etwas erzählen, sagt Mama. Nein, nicht am Telefon, dafür ist es ihr zu wichtig. Mamas Stimme klingt ungeduldig. Ich weiß, du bist nicht gern hier in der Wohnung, aber du kannst sie abholen, und dann könnt ihr Eis essen gehen. Immer muss sie Papa etwas vorschlagen. Warum hat er keine eigenen Ideen? Ist gut, Georg, sagt Mama, am Samstagnachmittag um drei. Noch zwei Tage. Es dauert ewig, bis sie vorbei sind. Mama hilft mir, das Bild aufzurollen. Wir stecken es in eine Papprolle, die passt genau in meinen Rucksack. Ich bin aufgeregt. Um fünf nach drei klingelt es. Ich laufe nach unten. Hallo, Papa. Er nimmt mich in die Arme und murmelt: Hallo, Paula. Warum redet er immer so leise? Und er ist so blass. Sitzt er nie in der Sonne? Wir fahren drei Stationen mit dem Bus. Die Eisdiele kenne ich, da waren wir nach dem Speck-Essen bei den Großeltern. Was möchtest du?, fragt Papa. Ein Banana Split, antworte ich und setze meinen Rucksack ab. Papa nimmt wieder einen Erdbeertraum. Wir essen unser Eis. Warum fragt Papa nicht, was ich ihm Wichtiges erzählen will? Ich habe ein Bild in meinem Rucksack, sage ich, als ich fertig bin. Aha. Er löffelt noch immer sein Eis. Von einem Löwen in der Savanne. Hm. Besonders neugierig ist er nicht. Am besten isst du erst mal auf, sonst kommt noch ein Fleck drauf. Papa beeilt sich nicht. Ich klopfe mit der Papprolle auf den Tisch. Endlich schiebt er den leeren Becher beiseite. Ich ziehe das Bild aus der Rolle und zeige es ihm. Papa schaut es sich genau an. Nicht schlecht, sagt er. Hast du den Löwen aus einem Buch abgemalt? Nein!, rufe ich, Löwen kann ich aus dem Kopf. Ach, sagt Papa überrascht. Ich habe in der Schule den ersten Preis dafür bekommen. Herzlichen Glückwunsch, murmelt Papa. Freust du dich nicht? Doch. Vielleicht werde ich Malerin, wenn ich groß bin. Malen ist eine brotlose Kunst, sagt Papa. Was heißt das? Dass man damit kein Geld verdienen kann. Warum nicht? Das ist eben so. Zu Hause erzähle ich Mama, was Papa gesagt hat. Sie seufzt. Lass dir nicht deinen Traum kaputtmachen. Tue ich auch nicht. Dein Vater ist kein guter Ratgeber. Wieso nicht? Weil er keine Träume hat.

Am Freitag schickt Max mir eine kurze Mail. *Ich finde Dein Verhalten total unprofessionell. Du hast es wohl nicht mehr nötig, Geld zu verdienen. M.*
Nach acht Jahren ist es Zeit für eine Veränderung, könnte ich ihm antworten. Nein. Ich bin ihm keine Rechenschaft schuldig. Stattdessen formuliere ich ein Schreiben, in dem ich meinen Galerievertrag mit Max Fischer auflöse. Den Brief schicke ich am selben Tag ab.

Was würde Mutter dazu sagen? Ich erinnere mich an ein Gespräch mit ihr, kurz vor ihrem Tod. Ein Jahr lang hatte ich schon Landschaften und Blumen für Max gemalt. Ist er der richtige Galerist für dich?, fragte sie. Na, klar, antwortete ich. Was meinst du, wie selten es ist, dass jemand direkt nach dem Studium einen Vertrag von einer Galerie bekommt? Das weiß ich, sagte sie, aber darum geht es mir nicht. Sondern? Bist du glücklich mit dem, was du tust? Ich bin glücklich, dass ich vom Malen leben kann. Das ist keine Antwort auf meine Frage. Sie hatte recht. Ich wollte sie damals nicht verstehen und habe das Thema gewechselt und über die Schwierigkeiten beim Malen von Blumen gesprochen. Vergiss deine Träume nicht, sagte sie zum Abschied.

Ich darf nicht daran denken, wie Jakob und Lili auf meine Zeichnungen reagieren werden. Wenn sie ihnen nicht gefallen, werde ich trotzdem in diese Richtung weiterarbeiten. Es geht nicht darum, etwas zu malen, damit es gefällt.

»Wie wär's mit einem freien Tag?«, fragt Jakob am Samstagmorgen.

Ich nicke.

Wir gehen ins Freibad, danach besuchen wir Birte. Sie wohnt im Erdgeschoss eines Altbaus in Eimsbüttel.

»Ihr kommt genau richtig. Jakob kann Jonas beim Pflaumenpflücken helfen.«

»Okay.«

Die Zwillinge sitzen im Sandkasten und spielen mit ihren Förmchen. Emil und Johanna hocken vor einem Gehege und füttern ihre Kaninchen mit Salat. Wieder sehe ich Vater als fünfjährigen Jungen vor mir und neben ihm die kleine Luise. Sie war zwei Jahre jünger als er, wurde 1954 geboren und starb 1957. Kam es zu der Zeit häufig vor, dass Kinder eine Lungenentzündung nicht überlebten?

»Jakob! Jakob!«, ruft Emil und besteht darauf, auf Jakobs Rücken zu reiten, bevor er ihn zu seinem Vater in den Pflaumenbaum klettern lässt.

Birte bringt ein Tablett mit Eistee. Wir setzen uns an den Gartentisch.

»Du siehst erholt aus. Warst du verreist?«

»Nein.«

»Jakob hat sich große Sorgen um dich gemacht.«

»Ich weiß.«

»Du warst mit deinen Nerven ziemlich am Ende …«

»Ja.«

»Die Situation mit deinem Vater ist aber auch bedrückend. Du hast ihn einmal in der Klinik besucht, oder?«

»Hm …«

»Ich drücke dir die Daumen, dass es ihm bald besser geht.«

»Danke.«

»Sehr optimistisch bist du nicht …«

»Nein.«

Abends sitzen Jakob und ich bei einem Glas Weißwein auf dem Balkon.

Ich blicke nach unten und sehe einen Mann in einer Windjacke auf unsere Haustür zugehen. Er sieht aus wie Werner Schumann.

»Hallo?«, rufe ich.

Er schaut hoch. Es ist Werner Schumann.

»Ich wollte gerade einen Zettel in Ihren Briefkasten werfen.«

»Kommen Sie doch nach oben.«

Er zögert.
»Bitte ...«
Ich öffne Werner Schumann die Tür, höre seine schweren Schritte im Treppenhaus.
Etwas atemlos erreicht er den fünften Stock.
»Danke ...«, sagt er.
»Ich danke Ihnen.«
»Trinken Sie ein Glas Wein mit uns?«, fragt Jakob.
»Gern.«
Er folgt uns auf den Balkon. Hat er eine gute oder eine schlechte Nachricht für mich? Ich kann es seinem Gesicht nicht ansehen.
»Haben Sie in letzter Zeit wieder mit meinem Vater Schach gespielt?«
»Ja, heute erst. Georg war anders als sonst ... Das habe ich gleich gemerkt, als ich ankam.«
»Inwiefern?«
»Er lief unruhig im Zimmer hin und her, wie ein gefangenes Tier ...« Werner Schumann trinkt einen Schluck Wein und lehnt sich zurück. »Beim Schach konnte er sich nicht konzentrieren ... Er hat drei Partien hintereinander verloren ... Das habe ich bei ihm noch nie erlebt ...«
»Haben Sie ihn gefragt, was mit ihm los ist?«
»Ja, aber da hat er nur abgewunken ... Irgendetwas muss passiert sein, denn am Schluss hat er mich gebeten, dass ich Ihnen Bescheid sagen soll ...«
»Hat er vergeblich versucht, mich zu erreichen?«, frage ich erschrocken.
Werner Schumann schüttelt den Kopf. »Er meinte, dass er es nicht schafft, bei Ihnen anzurufen.«
»Worum geht es denn?«

»Er will Sie sprechen.«
»Wann? Sofort?«
»Nein … Morgen.«
Vater hat mich noch nie sprechen wollen. Hat es mit Lilis Brief zu tun?

29.

Am Sonntagmorgen rufe ich in der Psychiatrie an und frage die Schwester, ob ich meinen Vater heute Vormittag besuchen könne.
»Besuchszeit ist eigentlich erst ab 15 Uhr.«
»Ich habe von seinem Schachfreund erfahren, dass er mich sprechen möchte. Es scheint ihm wichtig zu sein.«
»Dann kommen Sie gleich jetzt.«
»Muss ich vorher Dr. Eggers um Erlaubnis bitten?«
»Nein, er wird sich freuen zu hören, dass Ihr Vater Sie sehen will.«
Jakob begleitet mich. Wir einigen uns, dass er unten am Empfang auf mich wartet, damit ihm die Kommentare der anderen Patienten erspart bleiben.
Auf dem Stationsflur begegnet mir der Mann mit dem grünen Stirnband. Er nickt mir zu, ich nicke zurück. Ich bin erleichtert, dass ich mit Vater allein im Zimmer sein werde.
Ich klopfe an.
»Ja?«
Ich öffne die Tür. Vater sitzt auf seinem Bett. Seine Wangen sind eingefallen, sein Kinn wirkt noch spitzer als sonst.
»Paula ...«

»Hallo.«

Er legt sein Buch beiseite, steht auf und nimmt mich in die Arme. »Schön, dass du da bist.«

Seine Haare sind gewaschen, er ist rasiert, trägt eine Jeans und ein hellblaues Hemd.

»Werner Schumann sagte mir ...«

»Ja«, unterbricht er mich. »Lili hat mir einen Brief geschrieben.«

Wir setzen uns ans Fenster. Ich schaue ihn an. Er weicht meinem Blick nicht aus. Wie hat sie es geschafft, dass er mit mir über Luise sprechen will?

»Ich bin Lili sehr dankbar, dass sie mich informiert hat.«

Informiert? Wie meint er das?

»Du hättest mir von dir aus wahrscheinlich nichts gesagt ... um mich zu schonen.«

»Ich habe es neulich versucht, aber ...«

»Ja? Dann war ich so mit mir selbst beschäftigt, dass ich es nicht gemerkt habe.«

Wovon redet er? Ich musste meinen Besuch bei ihm abbrechen, weil er den Gedanken an Luise nicht ertragen konnte.

»Auf jeden Fall habe ich mich sehr erschrocken zu lesen, dass es dir so schlecht gegangen ist.«

Einen Moment lang glaube ich, nicht richtig gehört zu haben. Wieso geht es plötzlich um mich?

»Lili schreibt, dass du eine schlimme Arbeitskrise hattest, die schließlich zu einem Nervenzusammenbruch führte.«

»Ja ...«

»Wie ist es zu dieser Krise gekommen?«

»Ich weiß es nicht ...«

»Hattest du Probleme mit deinem Galeristen?«

»Ja … auch …«

Wir schweigen.

Warum sage ich nicht, wie es war, wie es ist? Weil ich mit der Vorstellung hierhergekommen bin, dass er sich mir anvertrauen soll und nicht umgekehrt?

»Ich kann gut verstehen, wenn es zu schmerzlich ist, darüber …«

»Nein«, platzt es aus mir heraus. Und dann erzähle ich ihm von meinem Verdruss, meinem Widerwillen, meiner Unfähigkeit, weiterzuarbeiten wie bisher.

Vater starrt mich an. Ich sehe das Entsetzen in seinen Augen.

»Es ist schwer zu beschreiben … Ich konnte meine Bilder nicht mehr riechen … Zuletzt habe ich nur noch gezittert …«

»Und wie geht es jetzt weiter?«

»Seit ein paar Wochen zeichne ich … Es ist ein Experiment … Keine Ahnung, was daraus wird …«

»Hast du genug Geld?«

»Bis zum nächsten Sommer reicht es.«

Wir sind beide still.

»Glaubst du, dass deine Probleme auch … mit uns zu tun haben?«, fragt Vater schließlich.

Bevor ich weiß, wie mir geschieht, fange ich an zu weinen.

»Ich … habe nie etwas getan, um dir beizustehen … Dazu war ich nicht in der Lage … Ich wünschte, es wäre anders gewesen …«

»Einmal war es anders«, sage ich und suche nach einem Taschentuch. »Weißt du noch, als wir bei den Großeltern zum Spargelessen eingeladen waren …«

»Ja, daran erinnere ich mich. Aber wieso …«

»Ich mochte den Speckrand vom Schinken nicht, doch Großvater bestand darauf, dass ich alles aufesse.«

»Das war bei ihm immer so …«

Ich wische mir die Tränen ab. »Du bist aufgestanden und mit mir weggangen, obwohl Großmutter uns nachrief, dass es noch Nachtisch gäbe.«

»Das hatte ich vergessen …«

»Von Werner Schumann habe ich erfahren, dass Großvater dich früher gezwungen hat …«

Er winkt ab. »Ich will nicht mehr daran denken, sonst wird mir schlecht.«

Mein Blick fällt auf das Buch, das auf seinem Bett liegt. *Schweigeminute* von Siegfried Lenz, eines meiner Lieblingsbücher der letzten Jahre. Ich hätte nicht gedacht, dass Vater so etwas liest.

»Gefällt dir das Buch?«

»Ja … Werner hat es mir geliehen …«

»Ich wusste nicht, dass ihr seit langem befreundet seid.«

»Wir haben uns 1987 in einem Schachclub kennengelernt. Werner hat eine ähnliche Biographie wie ich …« Vater steht auf und geht im Zimmer umher. »Sein Vater war Professor für Medizin und seine Mutter eine berühmte Sängerin. Sie hatten hohe Erwartungen an ihren Sohn, die er nicht erfüllen konnte …«

Jetzt könnte ich ihn nach Luise fragen, anstatt weiter über seinen Schachfreund zu reden.

»Werner ist sehr klug, aber in den entscheidenden Situationen, bei Klausuren oder mündlichen Prüfungen, hat er versagt.«

In dem Moment höre ich ein Geräusch hinter mir. Ich drehe mich um.

Der Mann mit dem grünen Stirnband steht in der Tür. »Störe ich?«

»Nein, nein«, antwortet Vater und streicht sich über die Stirn, als sei ihm zu heiß.

Vielleicht hat er für heute genug geredet.

»Du siehst erschöpft aus.«

»Ich bin nur etwas müde …«

Wir stehen auf.

»Ich begleite dich zum Ausgang«, sagt er und öffnet die Tür.

Vater geht unsicher. Ich will ihn unterhaken, doch er schüttelt den Kopf.

Ein Pfleger und eine Schwester laufen an uns vorbei. Ich sehe ihre aufmerksamen Blicke.

»Kann ich dich bald wieder besuchen?«

»… Ja, aber komm bitte nicht einfach so vorbei … Ich melde mich bei dir …«

»Meine Telefonnummer hast du, oder?«

Er nickt.

»Ich wünsche dir alles Gute.«

»Ich dir auch.« Er klopft mir auf die Schulter. »Das wird schon.«

Die gläserne Stationstür fällt hinter mir ins Schloss.

Ich drehe mich um, sehe Vater, wie er lächelt und die Hand hebt. Ein angedeutetes Winken.

Ich renne die Treppen hinunter und weiter zum Empfang, auf Jakob zu.

»Wie war's?«

»Anders, als ich es erwartet hatte.«

»Du warst höchstens eine halbe Stunde oben.«

»Er ist noch relativ schwach.«

Ich warte, bis wir die Klinik verlassen haben. Dann fange ich an zu erzählen.
Jakob runzelt die Stirn. »Findest du es richtig, dass Lili deinem Vater geschrieben hat, wie es dir ergangen ist?«
»Ja. Ich hätte es von mir aus nie erwähnt. Aber es hat mich sehr erleichtert, mit ihm darüber zu reden. Und das hat er gemerkt.«
»Und ... was hat er zu Luise gesagt?«
»Ich habe das Thema nicht angesprochen.«
»Wieso nicht? Ich dachte, dass es hauptsächlich darum geht?«
»Heute ging es um uns. Irgendwann werde ich ihn auch nach seiner toten Schwester fragen.«
»Okay ...«
»Guck nicht so enttäuscht. Es war das beste Gespräch, das ich je mit meinem Vater geführt habe.«

Ich schicke Lili eine Mail. *Wollen wir skypen? Ich war bei Vater ...*
Sie meldet sich sofort, hört mir zu, freut sich mit mir.
»Hattest du schon länger die Idee, ihm zu schreiben, was mit mir passiert ist?«
»Ja. Für mich war es das Nächstliegende. Du bist seine Tochter, und dir ging es schlecht.«
»Und was stand genau in dem Brief?«
Lili wühlt in den Unterlagen auf ihrem Schreibtisch. Im Hintergrund sehe ich jemanden durchs Bild gehen.
»Hast du Besuch?«
»Ja, Andrew ist für ein paar Tage da ... Er grüßt schön.«
»Grüß ihn zurück.«
Lili nickt und zieht ein Blatt aus einem Papierstapel. »So, ich

habe den Brief gefunden. *Sprich mit Paula. Tu es ihr zuliebe. Dies ist nicht nur Deine Krise, sondern auch ihre.«*
»Das hast du zu mir bisher nicht so klar gesagt.«
»Stimmt ... Ist aber richtig, oder?«
»Ja ...«
»Du hast nie viel für Deine Töchter tun können«, fährt Lili fort. *»Jetzt ist der Zeitpunkt gekommen, wo Du ihr helfen kannst.«*
»Und er hat mir geholfen. Ich hatte zum ersten Mal in meinem Leben das Gefühl, Vater nahe zu sein.«
»Gut ...«
»Und was Luise betrifft ...«
»Das versuche ich vielleicht in einem anderen Brief.«
Lilis Blick ist vage. Und selbst wenn nicht, denke ich. Wer weiß, ob Vater nicht längst mit Dr. Eggers über Luise spricht.
»Ach, noch etwas«, sagt Lili. »Mein Vater machte gestern am Telefon einen ziemlich verwirrten Eindruck auf mich.«
»Aha ...«
»Ihm geriet ständig alles durcheinander. Einmal hat er mich sogar mit Rosemarie angesprochen.«
»Was war denn mit ihm los?«
»Keine Ahnung. Das habe ich bei ihm noch nie erlebt. Ist dir bei deinem Besuch vor ein paar Tagen etwas Ähnliches aufgefallen?«
»Nein.«
»Eigenartig ... Ich werde das mal beobachten.« Lili steht auf. »Jetzt muss ich Schluss machen. Andrew hat gekocht.«
»Guten Appetit.«
»Danke.«
Wir legen auf.
Lilis Brief geht mir nicht aus dem Kopf. *Dies ist nicht nur Deine Krise, sondern auch ihre.* Damit hat sie Vater aufgerüttelt.

30.

Ich sitze im Atelier und trinke meinen Kaffee. Jakob ist um sieben ins Büro gefahren. Nach fünf Stunden Schlaf. Er war so froh, als wir gestern Abend mit Freunden essen gegangen sind. Endlich macht dir so was wieder Spaß, sagte er beim Einschlafen.

Vor mir auf dem Schreibtisch liegt meine Mappe mit den Zeichnungen. Ich klappe sie auf, betrachte das Nasengewächs. Es hat etwas Surreales, beinahe Skurriles. Der Schrecken des Alptraums ist verschwunden.

Ist es eine gute Zeichnung? Ich weiß es nicht. Ich habe keine Distanz zu den Bildern aus meinem Innern.

Soll ich weiterzeichnen? Oder einen Versuch mit Acryl starten? Nein. Vorher muss ich die Zeichnungen jemandem zeigen. Ich wähle Franziskas Nummer.

»Hallo?«

»Ich bin's, Paula.«

»Hey, wie geht's?«

»… Ganz okay. Hast du irgendwann Zeit, dir meine Zeichnungen anzusehen?«

»Ja, gern. Wenn du willst, sofort. Ich bin sowieso gerade blockiert.«

»Das gibt's bei dir auch?«
»Na, klar. Was denkst du denn?«
»Du wirkst auf mich so, als hättest du keine Krisen.«
»Ich glaube, ohne Krisen kommt man in diesem Beruf nicht weiter ...«
Wir verabschieden uns, und ich lege den Hörer auf. Ihr Satz hallt lange in mir nach.

Franziska sitzt auf dem Fußboden in meinem Atelier und hat vor sich drei Blätterreihen ausgebreitet.
»Toll!«, ruft sie begeistert. »Du hast eine ganz eigene Richtung gefunden.«
»Meinst du wirklich?«
»Natürlich. Sonst würde ich es nicht sagen.«
Sie nimmt ein weiteres Blatt aus der Mappe. Die zugenähte Wunde, aus der Blut quillt. »Was für ein starkes Bild. Wie bist auf das Motiv gekommen?«
Ich zucke mit den Achseln. »Manche Zeichnungen sind aus Träumen entstanden, aber diese nicht, zumindest nicht bewusst ...«
»Weißt du was?« Franziska schaut sich im Atelier um. »Du solltest die Bilder nicht in einer Mappe verstecken, sondern aufhängen. Du solltest dich mit ihnen umgeben.«
»Das kann ich nicht.«
»Warum nicht?«
»Ich käme mir völlig entblößt vor.«
»Wieso? Dein Atelier ist kein öffentlicher Raum. Du bestimmst, wem du die Zeichnungen zeigst.«
»Bisher hat sie niemand außer dir gesehen.«
»Auch Jakob nicht?«
»Nein.«

»Dann wird's aber Zeit.«

Sie steht auf, sieht sich um, wundert sich vermutlich über die Ordnung. Langsam fährt sie mit dem Zeigefinger über meine Farbflaschen. »Wirst du auch wieder mit Acryl arbeiten?«

»Ich habe Angst davor ... nach der Katastrophe mit den beiden letzten Flusslandschaften. Außerdem ist es ein völlig anderes Medium ... Beim Zeichnen kann ich mich auf kleinste Details konzentrieren.«

»Ja, ich würde damit an deiner Stelle auch auf jeden Fall weitermachen. Und wenn du irgendwann Lust auf Farbe bekommst, wird dir die Erfahrung helfen. Du wirst dich befreit fühlen.«

»Hoffentlich ...«

»Da bin ich mir absolut sicher. Du bist auf einem neuen Weg.«

»Danke ... Willst du einen Tee?«

»Gern.«

Wir gehen nach unten in die Küche, ich setze Wasser auf und stelle eine Schale mit Vanillekipferln auf den Tisch.

»Meine Lieblingskekse«, sagt Franziska und greift zu. »Ich habe mich übrigens sehr über deinen Anruf gefreut. Mein erster Besuch in deinem Atelier ...«

Ich nicke.

»Ich hatte immer das Gefühl, dass ich dich nicht fragen darf, ob ich mal vorbeikommen kann.«

»Kein Wunder«, sage ich und schenke uns Tee ein. »Ich tue mich in der Hinsicht sehr schwer.«

»Es ist absolut in Ordnung, eine Zeitlang allein vor sich hin zu arbeiten, das mache ich auch. Aber irgendwann brauche ich Feedback.«

»... Ich habe so lange Bilder gemalt, zu denen ich nicht mehr stehen konnte … Deshalb habe ich mich vor ehrlichem Feedback gefürchtet.«

»Hat Max Fischer sich noch mal gemeldet?«

»Nein. Ich habe meinen Vertrag mit ihm aufgelöst. Das ist vorbei.«

»Hast du schon eine Idee, wie du das finanziell ausgleichen kannst?«

»Irgendwann muss ich mir einen Job suchen.«

»Wie wär's, hättest du Lust, Malkurse zu geben?«

»Ja, das könnte ich mir vorstellen.«

»Es ist nicht so leicht, da reinzukommen, aber ich kann mich mal erkundigen.«

»Das wäre super.«

»Wärst du bereit, Blumen- und Landschaftsmalerei zu unterrichten? Das sind die Bereiche, für die du bekannt bist, und da gibt's Bedarf.«

»Im Moment fände ich das sehr schwierig …«

»Hm, das kann ich verstehen, aber wenn sich die neue Richtung gefestigt hat, wirst du mühelos auch deine alten Techniken wieder anwenden können.«

»Vielleicht … Ist eigentlich schon eine Entscheidung gefallen, was die Gruppenausstellung in dem süddeutschen Kunstverein angeht?«

»Ja, vor drei Tagen haben sie mir endlich geschrieben. Sie wollen mein Bild nehmen.«

»Wunderbar! Herzlichen Glückwunsch.«

»Danke. Es gibt immer wieder Ausschreibungen, auf die man sich bewerben kann. Kriegst du die Infos?«

»Nein …«

»Ich schicke dir eine Mail mit einer Liste.« Sie steht auf. »Jetzt muss ich los.«

Vom Balkon aus sehe ich, wie Franziska auf ihr Rad steigt. Ich spüre, dass sich etwas verändert hat. Es bohrt kein Neid in mir.

Ich prüfe, ob unsere Wäscheklammern Papier halten, ohne Abdrücke zu hinterlassen. Es funktioniert.
Wir haben keine Leinen zum Aufhängen der Zeichnungen, und die Klammern reichen nicht. Wie viele brauche ich? Ich weiß es nicht. Ich laufe nach oben, zähle nach, es sind über hundert Blätter.
Im Drogeriemarkt finde ich beinahe sofort, was ich suche. Ich nehme drei Leinen und mehrere Päckchen mit Wäscheklammern.
In der Wohnung stelle ich fest, dass wir Nägel, aber keine Haken haben. Nägel sind sinnlos, die Leinen werden abrutschen.
Ich hole mein Rad aus dem Keller und fahre zu BAUHAUS. Erst als ich den Laden betrete, erinnere ich mich daran, dass Vater seit zwanzig Jahren hier arbeitet.
Das Hakensortiment überfordert mich. Ich bitte einen Verkäufer in einer roten Weste, mir zu helfen. Ein Griff ins Regal, und er reicht mir einen Beutel mit den richtigen Haken.
»Kennen Sie … Georg Brandt?«, frage ich leise.
»Ja, aber … der ist nicht da.«
»In welcher Abteilung arbeitet er?«
Der Mann sieht mich misstrauisch an. »Warum wollen Sie das wissen?«
Fast hätte ich gesagt, weil ich seine Tochter bin, doch das hätte er noch weniger verstanden.
»Schon gut«, murmele ich und gehe zur Kasse.
Es spricht für Vaters Kollegen, dass sie keine Auskunft über ihn erteilen.

Im Atelier schlage ich ein paar Haken in zwei gegenüberliegende Wände und spanne die erste Leine. Hin und her und hin und her.

Ich trete zurück. Jetzt sieht es hier aus wie auf einem Trockenboden. Die Leinen hängen viel zu dicht, nur die Zeichnungen in der vorderen Reihe werden sichtbar sein. Ich hätte Franziska fragen sollen, wie sie die vielen Blätter aufhängen würde. Sie hat Übung in diesen Dingen, ist immer umgeben von ihren Bildern.

Bei dem Wort ›umgeben‹ stutze ich. Vielleicht ist das die Lösung. Ich werde meinen Schreibtisch und die Staffelei beiseiteschieben und die Leinen kreuz und quer durch das Atelier ziehen. Ich könnte auch in die Höhe gehen und die schrägen Decken mit einbeziehen. Mir ist es egal, wenn ich den Putz beschädige.

Ich hole eine Leiter und mache mich an die Arbeit. Probiere aus, wo ich die Haken einschlagen will. Es kommt mir vor, als ob ich mein Atelier verkleide. Nach einer Weile merke ich, es ist kein Verkleiden, es ist eine Neuentdeckung des Raums.

In welcher Reihenfolge soll ich die Zeichnungen aufhängen? So wie sie entstanden sind? Nein. Ich brauche eine Ordnung, ein System. Lege Körper, Köpfe, Gesichter zusammen. Ohren, Nasen, Münder. Und immer wieder Augen, Kinderaugen, meine Augen, Vaters Augen. Figuren, die aufeinander zugehen, sich umarmen, sich wegdrehen, sich angreifen. Kämpfende Kinder, Frauen, Männer. Dazwischen die ungleichen Gegner: Der Vater zwingt seinen Sohn, den Teller leer zu essen, die Mutter wendet sich ab von ihrem gedemütigten Kind. Und meine Traumgebilde: das Nasengewächs. Der Sturz vom Turm. Eine Flutwelle, die durchs Parkett dringt und alle Menschen im Raum mitreißt. Eine

in Filz eingeschnürte Figur, um deren Hals sich eine Schlinge zuzieht. Eine Figur in einer Mulde, die einer Schnecke nicht entkommen kann. Ein sterbender Greis auf einem Sofa. Versehrte Bäuche, Beine, Finger. Gebeugte Rücken, verkrümmte Füße, faltige Haut. Eine kranke Frau, ein totes Kind.
Ich sitze vor den Stapeln und sehe, so geht es nicht. Meine Innenbilder lassen sich in keine feste Struktur pressen.
Ich mische sie wieder und klammere meine Augen an die Leine. Daneben hänge ich den Sturz vom Turm.
Bald überlege ich nicht mehr lange, hänge die Zeichnungen, wie es gerade kommt. Kinderohren neben dem strengen Vater, das Nasengewächs neben dem sterbenden Greis. Ich kann es jederzeit ändern. Ich steige auf die Leiter, befestige den gebeugten Rücken über der faltigen Haut. Und ganz oben die kriechende Schnecke. Ich werde immer schneller, fühle mich immer leichter. Die Bilder auf den Leinen entwickeln ein Eigenleben, mir ist, als ob sie einander Fragen stellen oder Antworten geben.
Schon während des Hängens fange ich an, mir andere Konstellationen vorzustellen. Der versehrte Bauch neben dem toten Kind. Vaters Augen über der Flutwelle. Ein alter Mund neben der Schlinge um den Hals.
Ich gerate in einen Rausch. Alles ist möglich. Nichts ist verboten.
Nach knapp zwei Stunden bin ich fertig, lege mich auf den Boden und blicke in mein Bilderzelt. Noch nie war das Atelier so lebendig.
Halb sechs. Jakob kommt frühestens um acht. Soll ich ihm vorher erzählen, was ihn hier erwartet? Oder einfach mit ihm nach oben gehen? Dazu reicht mein Mut nicht. Es war etwas

anderes, Franziska meine Arbeiten zu zeigen. Sie weiß, was Krisen sind. Jakob hat so etwas nie erlebt.
»Was ist das denn?«
Ich richte mich auf, sehe Jakob in der Tür stehen. Mit offenem Mund starrt er auf die Zeichnungen.
Ich sage nichts.
Langsam geht er an den Bildern entlang, betrachtet sie erstaunt, irritiert, neugierig.
»Wahnsinn …« Er klettert auf die Leiter, streicht mit dem Finger über die faltige Haut.
Seitdem ich Jakob kenne, habe ich Hunderte von Bildern gemalt. Keins hat ihn jemals so interessiert wie diese hier.
»Die sind gut, richtig gut!«
»Danke.« Eine Last fällt von mir ab. Seine Meinung ist mir wichtiger, als ich geahnt habe.
»Wie hältst du das aus, so etwas zu zeichnen?«
»Seitdem ich zeichnen kann, geht es mir besser.«
Ich lege mich wieder hin, sehe, wie Jakob sich vorbeugt, eine Zeichnung studiert, minutenlang.

31.

Lili ist am Apparat. Ihre Stimme klingt angespannt. »Hast du einen Moment Zeit?«
»Ja, natürlich. Was ist passiert?«
»Ich habe eben mit meinem Vater telefoniert. Er war noch eigenartiger als vor zwei Tagen.«
»Ach …«
»Ehrlich gesagt, war ich vorgestern schon ziemlich besorgt, nur wollte ich es da noch nicht zugeben. Aber jetzt haben sich meine Befürchtungen bestätigt. Ich mag's kaum aussprechen …«
»Was denn?«
»Ich glaube … er wird dement.«
»Lili, das kann nicht sein.«
»Du hättest ihn mal hören sollen. Er sprach von seiner Firma und dem Chauffeur, der ihn gleich abholen würde. Er hätte eine wichtige Sitzung …«
»O nein.«
»Ich habe inzwischen ein paar Artikel zum Thema Demenz gelesen. Es gibt verschiedene Entstehungsweisen. Eine Form der Demenz kann durch mehrere kleine Schlaganfälle ausgelöst werden.«

»Aber bei meinem Besuch vor sechs Tagen wirkte Großvater überhaupt nicht verwirrt.«
»Denk noch mal darüber nach, ob du nicht doch irgendetwas Ungewöhnliches bemerkt hast.«
»... Er war wie immer.«
Lili seufzt.
»Was willst du nun tun?«
»Ich werde mit Frau Bergstedt sprechen, sie soll den Hausarzt verständigen.«
Wir legen auf.
Ich sehe Großvater vor mir, wie er zu seiner Handglocke greift. Meine Enkelin möchte augenblicklich gehen. Hat meine Frage nach Luise etwas in ihm zum Einstürzen gebracht?

Jakob erzähle ich nichts von Lilis Befürchtung. Vielleicht hat sie recht und Großvater wird dement, dann ist es nicht zu ändern. Er ist alt. Bisher hatte er Glück, war fünfundachtzig Jahre lang klar im Kopf, aber kalt im Herzen. Vielleicht sind wir auch viel zu besorgt, und er hat nur ein paar schlechte Tage.

Am nächsten Morgen finde ich eine Mail von Lili, die sie mir letzte Nacht geschickt hat.

Liebe Paula,
ich habe gleich nach unserem Gespräch mit Frau Bergstedt telefoniert. Sie hat auch festgestellt, dass mein Vater neuerdings verwirrt ist. Die ersten Anzeichen hätte sie nach Deinem Besuch neulich bemerkt. An dem Abend sei er gar nicht zur Ruhe gekommen. Du kannst Dir ihren schnippischen Ton bestimmt genau vorstel-

len. Ich habe keine Ahnung, ob an ihren Beobachtungen etwas dran ist oder nicht. Wenn ja, mach Dir bitte keine Vorwürfe. Es ist durchaus möglich, dass mein Vater das Durchbrechen unseres Familientabus geistig nicht verkraftet hat. Sich in die Verwirrung zu verabschieden ist natürlich auch ein Weg, sich der Realität zu entziehen.

Sorry, das war nicht nett von mir (zumal er nichts dafür kann, wenn sein Gehirn plötzlich nicht mehr mitspielt), aber ich bin richtig sauer. Alfred Brandt wird es auch noch auf seine alten Tage gelingen, mit uns zu machen, was er will. Er führt Regie, und wer weiß, vielleicht wird er seinen psychisch kranken Sohn sogar noch überleben.

Heute Nachmittag war sein Hausarzt bei ihm, mit dem ich anschließend über eine mögliche Demenz gesprochen habe. Er bestätigte, dass durch mehrere kleine Schlaganfälle eine Demenz ausgelöst werden kann. Ob das bei meinem Vater der Fall ist, kann nur durch verschiedene Untersuchungen geklärt werden. Für die klassischen Folgen eines Schlaganfalls, wie Lähmungserscheinungen oder Sprachstörungen, gibt es bei ihm keine Anzeichen. Der Arzt empfiehlt, die Untersuchungen recht bald vorzunehmen, doch dazu wird es nicht kommen, weil mein Vater davon nichts wissen will.

Jetzt warten wir erst einmal ab. Der Arzt hält es auch nicht für ausgeschlossen, dass sich die Situation in den nächsten Wochen wieder etwas stabilisiert.

Frau Bergstedt muss ihm übrigens von Deinem Besuch berichtet haben, denn er fragte mich, ob ich wisse, worum es in dem Gespräch zwischen Dir und meinem Vater gegangen sei. Nein, habe ich ihm geantwortet. Er neige in Diskussionen dazu, aufbrausend zu reagieren. »Das weiß ich«, meinte der Arzt. »Ich kenne Ihren Vater seit Jahren. Aber vielleicht ging es um etwas, was ihn zutiefst erschüttert hat?« Eine treffende Diagnose, das muss ich zugeben. Mir stand jedoch nicht der Sinn danach, auch noch den Hausarzt in die Geschichte zu verwickeln. Dann spricht er meinen Vater womöglich auf seine tote Tochter an, und wir müssen uns nach einem neuen Arzt umsehen.

Ich hätte Dir das alles gern am Telefon gesagt, aber Andrew und ich fliegen ausgerechnet morgen früh für ein paar Tage nach Paris. Er hat dort eine Tagung, und als er mich neulich fragte, ob ich mitkommen wolle, hatte ich plötzlich Lust, mal wieder durch Paris zu laufen. Jetzt passt es mir natürlich gar nicht.

Wir können trotzdem telefonieren und simsen, aber es war mir wichtig, Dir den neuesten Stand mitzuteilen, bevor ich abreise.
Alles Liebe und bis bald
Deine Lili
PS Am Samstag fliege ich nach Dublin zurück.

Mach Dir bitte keine Vorwürfe. Lili will mich beruhigen, aber so leicht komme ich vor mir selbst nicht davon. Ich hätte Großvater nicht aufregen dürfen. Er ist ein alter Mann. Auch wenn er so hart und unerbittlich wirkt, ist sein Panzer vielleicht sehr dünn. Frau Bergstedt wird sich nicht getäuscht haben. Ich traue ihr zwar zu, dass sie etwas erfindet, um Lili und mir zu schaden, aber in diesem Fall deckt sich Lilis Wahrnehmung mit dem, was Frau Bergstedt sagt.

Soll ich zu ihm fahren und mich entschuldigen? Dafür müsste ich das Thema wieder ansprechen. Nein. Vermutlich will er mich sowieso nicht sehen. Er wird mein Gesicht, meine Stimme mit dem verbinden, was ihn am Mittwoch aus dem Gleis geworfen hat.

Ich danke Dir, simse ich Lili. *Viel Spaß in Paris. Gruß auch an Andrew, P.*

Ich lese Lilis Mail noch einmal, finde es schade, dass sie dem Hausarzt nicht erklärt hat, worum es in meinem Gespräch mit Großvater ging. Sie hätte ihm sagen können, dass ein großes Tabu unsere Familie seit Jahrzehnten beherrscht, vielleicht hätte er Rat gewusst. Aber Lili will nicht daran rühren. Wahrscheinlich ist das der eigentliche Grund, warum sie mir eine lange Mail geschickt hat, statt mich anzurufen. Sie wollte sich unangenehme Zwischenfragen ersparen.

32.

Ich sitze im Atelier und zeichne Großvaters knochige Finger. Sie liegen wie Krallen um den Griff der Handglocke. Mich hat er verscheucht, aber jetzt verfolgt ihn etwas, was er nicht wegklingeln kann. Ist der Gedanke an seine tote Tochter so schlimm, dass er darüber tatsächlich den Verstand verlieren könnte?
Franziska schickt mir eine Mail mit Informationen zu Wettbewerben um Kunstpreise, ausgeschrieben von Kunstvereinen, Stiftungen, Banken, Sparkassen, zumeist aus kleineren deutschen Städten. Von einigen habe ich nie gehört.
Ich sehe mir im Internet an, wer die Preisträger in den letzten Jahren waren. Sie kommen aus allen Sparten der bildenden Künste. Anders als ich gedacht habe, dominieren Fotografie, Videokunst und Installationen nicht, es wurden auch Preise im Bereich Bildhauerei, Malerei/Zeichnen vergeben. Ich vertiefe mich in die näheren Bedingungen. In der Regel darf man nicht älter als fünfunddreißig sein, es ist noch nicht zu spät für mich. Zwei Kunstpreise werden unter einer Themenvorgabe ausgeschrieben, in einigen wird verlangt, dass man in der betreffenden Region lebt oder zumindest dort geboren wurde. In manchen Fällen dürfen nur Galerien, Museen oder

freie Ausstellungsorte einen Bewerber vorschlagen, in anderen sind Eigenbewerbungen möglich. Natürlich muss eine Vita eingereicht werden, aus der hervorgeht, wo man studiert und bisher ausgestellt hat. Mein Herz sinkt. Bei der Nennung der Galerie Max Fischer wird jedes Jurymitglied zusammenzucken. Rein kommerzielle Ware, keine Kunst. Und selbst wenn die Juroren Max Fischer nicht kennen, werden meine Ausstellungen zu Blumen- und Landschaftsmalerei für sie nicht zählen. Es gibt keine Verbindung zu dem, was ich jetzt versuche.
Ich rufe Franziska an, schildere ihr meine Zweifel.
»Jeder hat das Recht, neue Wege zu gehen.«
»Aber muss es nicht eine gewisse Kontinuität geben? In der Art zu malen, in den Themen …«
»Die wirst du auch entdecken, wenn du anfängst, wieder mit Acryl zu arbeiten.«
»Das kann ich mir nicht vorstellen.«
»Ich schon«, entgegnet Franziska. »Du hast eine ganz bestimmte Art des Umgangs mit Farbe. Die geht dir bei anderen Themen mit Sicherheit nicht verloren …«
»Ich weiß nicht …«
»Die hattest du im Studium schon. Du hast auch eine Zeitlang abstrakt gemalt und verschiedene Techniken ausprobiert.«
»Das hat mich alles nie überzeugt.«
»Mag sein, dass es damals für dich nicht gepasst hat, ich wollte dich auch nur daran erinnern, dass du schon andere Erfahrungen gemacht hast.«
»Die Bilder sind nie ausgestellt worden.«
»Darum geht es nicht. Vertrau deiner Begabung und deiner Technik. Du kannst es.«

»Die Juroren werden mich auslachen. Bildet sich diese Blümchenmalerin etwa ein, sie könne bei den Künstlern mitmischen?«
»Am besten vergisst du erst mal wieder die Ausschreibungen und die Juroren und konzentrierst dich aufs Malen. Ich hätte dir all die Infos noch nicht schicken sollen.«
»Doch ... ich will wissen, wie diese Bewerbungen funktionieren ...«
»Das wirst du nach und nach lernen. Mach dich lieber an die Arbeit und grübel nicht so viel.«
Ich lege auf und betrachte die gezeichneten Finger. Du kannst es, sagt Franziska. Warum neige ich dazu, immer denen zu glauben, die mir nichts zutrauen?

Ich stelle Ansprüche, verkündet die neue Kunstlehrerin, Frau Dr. Urban, und lässt ihre Blicke kreisen. Ihre kurzen grauen Haare sehen aus wie ein Helm. Sie trägt einen blauen Blazer, eine graue Hose und schwarze Schuhe mit Kreppsohlen. Es genügt nicht, wenn jemand ein bisschen zeichnen kann, sagt sie mit scharfer Stimme. Meint sie mich? Mir schießt das Blut in den Kopf. Ich bin dreizehn. Kunst war immer mein Lieblingsfach. Mir geht es darum, dass ihr lernt, Kunst von dem zu unterscheiden, was ich als das Dekorative bezeichne, fährt Frau Dr. Urban fort. Wer im Dekorativen steckenbleibt, aus dem wird nie ein Künstler. Sie ist erst seit fünf Minuten in der Klasse, und ich weiß jetzt schon, dass sie meine Art zu zeichnen nicht mögen wird. Wir werden Werke berühmter Maler analysieren, und dann bekommt ihr Aufgaben, die ihr so genau wie möglich zu erfüllen habt. Verstanden? Wir nicken. Anfangen möchte ich mit einem Bild von Wassily Kandinsky. Sie projiziert ein Dia an die Wand. Ich sehe lauter bunte Flecken und mittendrin einen schief stehenden Zwiebelturm. Das Bild gefällt mir. Kann mir jemand sagen, warum ich dieses Werk ausgewählt habe? Keiner meldet sich. Woher sollen wir das wissen? Frau Dr. Urban wippt in ihren quietschenden Schuhen auf und ab. Das Bild entstand im Jahr 1910. Der Titel lautet *Kirche in Murnau*. Es zeigt beispielhaft, wie sich Gegenständliches in Farbflecken auflöst. Warum hat Kandinsky so gemalt?, fragt Annalena. Bei mir wird im Unterricht grundsätzlich nicht dazwischengeredet, sagt Frau Dr. Urban. Also: Wassily Kandinsky gilt als Begründer der abstrakten Malerei. Die Farben verselbständigen sich mehr und mehr, sie sind kräftig, kaum abgestuft, ganz anders als im Impressionismus. Annalena gibt mir einen Knuff. Sie klingt wie ein Tonband. Jetzt redest du schon wieder!, schreit Frau Dr. Urban. Wie heißt du? Annalena. Und weiter? Bauer. Für dein ungehöriges Verhalten bekommst du eine erste Verwarnung. Bei drei Verwarnungen gibt es eine Sechs. Ist das klar? Ja, flüstert Annalena. Lauter! Ja. Frau Dr. Urban räuspert sich. Wie heißt diese Stilrichtung, die als Reaktion auf den Impressionismus zu verstehen ist? Wieder meldet sich keiner. Ist das der Expressionismus?, überlege ich, traue mich aber nicht, zu antworten. Frau Dr. Urban wird sich merken, wenn ich etwas Falsches sage. Sie schnalzt mit der Zunge. In eurem Alter sollte man davon schon mal gehört haben. Es handelt sich um den Expressionismus. Also doch. Jetzt projiziert sie ein anderes Dia an die Wand, auf dem ein weißes Haus mit einem roten Dach, ein Feld und im Hintergrund das Meer zu sehen sind. Ein Foto, das kürzlich in Schleswig-Holstein aufgenommen wurde, sagt Frau Dr. Urban. Jemand fängt an zu kichern. Was gibt es da zu lachen? Sofort ist es still in der Klasse. Ich möchte euch bitten, ausgehend von diesem Foto, mit Farben und Formen zu experimentieren. Und denkt daran: Es geht um die A u f l ö s u n g des Gegenständlichen. Warum schreit sie denn so? Als Malgrund bieten sich Papier oder Pappe an. *Kirche in Murnau* wurde übrigens mit Öl auf Pappe gemalt. Ihr könnt Wasserfarben benutzen, Wachsmalkreide oder Buntstifte. Acrylfarben hat sicherlich keiner von euch, oder? Ich habe welche, aber das braucht Frau Dr. Urban nicht zu wissen. Ihr habt sechzig Minuten Zeit. Konzentriert euch! Ich entscheide mich für Wasserfarben, fange an mit dem Haus. Nicht abzeichnen, keine Linien ziehen, an die Farbe, nicht an das Haus denken. Ich setze weiße und rote Farbflecken übereinander. Trotzdem erkennt man ein Haus mit einem roten Dach. Annalena schiebt mir einen Zettel zu. *Ich kann das nicht.* Auf die Rückseite schreibe ich *Versuch's wenigstens.* Die quietschenden Schritte nähern sich. Mir wird heiß. Die Schritte gehen vorüber. Aus strohgelben Tupfen entsteht mein Feld, für das Meer wähle ich blaugrüne Tupfen und für den Himmel und die Wolken viel Grau mit Weiß. Ich lehne mich zurück. Nicht schlecht, denke ich. Was ist das denn?, kreischt es hinter mir. Ich drehe mich um. Frau Dr. Urban starrt mich an. Ihr Zeigefinger deutet auf mein Bild. Hast du nicht zugehört? Ich sprach von A u f l ö s u n g! Das hier ist purer Impressionismus. Wir haben so etwas vorher noch nie gemacht, sage ich leise. Soll das eine Entschuldigung sein? Eine Erklärung, murmele ich. Frau Dr. Urban fegt mit ihrer Hand das Blatt vom Tisch. Es war noch nicht mal ganz trocken. Wie ich sehe, hat deine Nachbarin gar nichts zustande gebracht, sagt sie spöttisch. Was seid ihr für ein unbegabter Haufen.

Ich sitze auf dem Balkon und trinke Tee. Drei Jahre lang mussten wir Frau Dr. Urban ertragen. Mit ihrer sadistischen Art hat sie mich gedemütigt, wo sie nur konnte. Warum haben wir uns nicht beschwert? Die beste Note, die ich je bei ihr hatte, war eine Drei minus. Zu konkret, zu verkrampft, so wird das nichts, lauteten ihre Kommentare. Wenn wir in der Oberstufe nicht Herrn Krüger bekommen hätten, wäre ich nie an die Hochschule gegangen. Bei Herrn Krüger durfte ich zeichnen.

33.

Plötzlich ist sie da, die Lust auf Farbe. Und auf große Flächen. Meine Leinwände waren immer klein, über 60 × 60 cm bin ich nie hinausgekommen. Jetzt bestelle ich mir ganz andere Formate: 120 × 120 cm, 130 × 150 cm, 140 × 140 cm, 160 × 80 cm. Und einen Nachschub an Farben. Bei BAUHAUS besorge ich mir ein paar Eimerdeckel aus Plastik, darauf werde ich künftig meine Farben mischen. Die Palette werfe ich weg.

Ich grundiere eine Leinwand, tauche einen breiten Pinsel in eine Mischung aus Zinnoberrot, Kobaltblau und Weiß und setze mit viel Schwung einen ersten Strich. Die Farben riechen normal, meine Geruchsstörung ist verschwunden.

Ich habe keine Angst, bin nicht blockiert, male frei. Großflächig, abstrakt. Ich benutze Pinsel, Schwämme, Lappen, Messer und einen kleinen Spachtel, um die Struktur einiger Flächen zu verändern. Ich probiere alle möglichen Formen aus: Dreiecke, Rechtecke, gerade und geschwungene Linien und immer wieder Kreise. Hier und da streue ich Sand auf die feuchte Farbe, klebe Papierschnipsel, Stoffreste oder zerschnittene Fotos ins Bild. Bei der Wahl der Farben folge ich dem, was mir in den Sinn kommt, ohne lange zu überlegen.

Ich kombiniere Zitronengelb und Violett, Schwarz und Eierschalenblau, Saftgrün und Ocker. Und immer wieder Rot in allen Schattierungen.
Die Tage verschwimmen ineinander. Morgens früh nehme ich mir Brot, Käse, Obst und Wasser mit ins Atelier, sonst würde ich das Essen und Trinken vergessen. Ich fange an zu malen, bevor Jakob aufsteht, oft schon um sechs, und höre nicht vor zehn Uhr abends auf. Alle meine Glieder tun mir weh, aber ich bin zufrieden und schlafe tief, ohne zu träumen.

Von Vater höre ich nichts, auch Werner Schumann meldet sich nicht. Lili schickt mir eine kurze Mail.

Liebe Paula,
bin wieder in Dublin, hab wahnsinnig viel zu tun. In Paris war's schön. Gestern habe ich mit meinem Vater telefoniert. Er scheint sich etwas gefangen zu haben. Wie geht es Dir?
Liebe Grüße
Deine Lili

Ich bin total in meine Arbeit vertieft, simse ich ihr. *Lass uns bald mal telefonieren. Gruß, P.*
Jakob kommt regelmäßig zu mir nach oben und schaut sich die neuesten Bilder an. Es stört mich nicht mehr. Ich kann sogar arbeiten, wenn er mir zusieht. Manchmal setzt er sich mit der Zeitung und einem Glas Wein an meinen Schreibtisch. Wir hören Musik, und ich male.

»Birte hat mich heute angerufen und gefragt, wie es dir geht«, sagt er eines Abends vorm Einschlafen.
»Was hast du ihr geantwortet?«

»Gut. Und dass du lauter wilde Bilder malst.«
Das trifft es, doch dabei wird es nicht bleiben. Irgendwann werde ich etwas von den Themen meiner Zeichnungen in Farbe umsetzen können. Aber noch ist es nicht so weit.

34.

An einem Samstagmittag klingelt das Telefon. Auf dem Display sehe ich Vaters Nummer. Wie kann das sein? Ruft Werner Schumann von Vaters Wohnung aus an, weil dort etwas nicht in Ordnung ist?
»Hallo?«
»Hier ist dein Vater ... Ich bin wieder zu Hause.«
»Ach ... Ich wusste gar nicht, dass deine Entlassung geplant war.«
»Dr. Eggers und ich haben immer mal wieder darüber gesprochen ...« Vaters Stimme klingt vage.
»Und?«
»Vor ein paar Tagen hat er mir dann den 31. August vorgeschlagen ...«
Er ist schon seit gestern wieder da.
»Ich habe dir nichts davon gesagt, weil ... ich mir bis zum Schluss nicht sicher war, ob ich es schaffen würde.«
»Aber als es klar war, hättest du mich anrufen können. Ich hätte dich abgeholt.«
»Ich wollte dich nicht bei deiner Arbeit stören. Werner hat ja Zeit.«
Ich spüre einen Stich. »Wie geht es dir jetzt?«

»... Es ist eine ungewohnte Situation. Ich war immerhin zehneinhalb Wochen im UKE ...«
»Und wie ist es mit deiner Therapie?«
»Die Klinik hat mir einen Psychotherapeuten vermittelt.«
»Bist du noch krankgeschrieben?«
»Ja.«
Einen Moment lang schweigen wir beide.
»Kann ich dir irgendetwas besorgen?«
»Danke, ich habe alles, was ich brauche. Werner und ich waren gestern im Supermarkt.«
Werner, Werner, Werner.
Vater räuspert sich. »Erzähl mal, wie es dir geht.«
»Gut ... Ich habe in den letzten Wochen sehr viel gemalt.«
»Das freut mich. Hast du wieder einen Auftrag von deinem Galeristen?«
»Nein. Mit meinen neuen Bildern könnte Max Fischer nichts anfangen.«
Soll ich ihm sagen, um was für Bilder es sich handelt? Das ist sinnlos. Wenn er nicht fragt, interessiert es ihn nicht.
»Ich würde dich gern sehen«, sage ich nach einer Weile. »Soll ich zu dir kommen oder wollen wir uns irgendwo treffen?«
»Ich weiß nicht ...«
»Wir können auch hier bei mir zusammen essen. Jakob ist mit seinem Patenkind im Tierpark. Wir wären also allein.«
»... Vielleicht nächste Woche. Ich muss mich erst mal wieder zurechtfinden.«
Es fällt mir schwer, mir meine Enttäuschung nicht anmerken zu lassen.
»Alles Gute«, murmelt Vater.
»Das wünsche ich dir auch. Und versprich mir, dass du dich meldest, wenn ich dir irgendwie helfen kann.«

»Ja …«

Beim Auflegen habe ich ein beklommenes Gefühl. Vater verhält sich so wie immer. Hat sich in all diesen Wochen nichts verändert?

Halb eins. Ich wünschte, Jakob wäre zu Hause, aber vor drei wird er nicht zurück sein.

Ich schicke ihm eine SMS. *Mein Vater ist gestern entlassen worden. Gruß, Deine P.*

Ein paar Minuten später antwortet er mir. *Super! Bis nachher. Kuss, Dein J.*

Jakob wird sich wundern, wenn er hört, dass Vater mich noch nicht sehen will.

Ich maile Lili und schlage ihr vor zu skypen. Zum Glück antwortet sie sofort. Ich berichte ihr von meinem Gespräch mit Vater.

»Dr. Eggers hätte Georg nicht entlassen, wenn er ihn weiterhin für gefährdet halten würde«, sagt Lili entschieden. »Ich bin da ganz zuversichtlich.«

»Aber seine Stimme klang so vage. Und dann dieses ausweichende Verhalten … Das kenne ich nur allzu gut.«

»Es ist sicherlich so, wie er sagt: Er muss sich erst wieder zurechtfinden.«

»Hast du ihm eigentlich noch mal geschrieben?«

»Nein. Ich habe hin und her überlegt und dann beschlossen, dass es besser ist, das Thema ruhen zu lassen.«

»Ich weiß nicht …«

»Georg wäre bestimmt nicht entlassen worden, wenn er in den letzten Wochen von mir einen Brief mit Fragen zu Luise bekommen hätte.«

»Ich glaube, das können wir nicht beurteilen …«

»Warten wir mal ab, wie sich die Dinge entwickeln … Ich

wollte mich übrigens heute auch bei dir melden. Mein Vater hat gestern am Telefon plötzlich geweint ... Das habe ich noch nie erlebt.«

»War er wieder verwirrt?«

»Ja. Ich mache mir solche Sorgen ... Deshalb habe ich beschlossen, nach Hamburg zu kommen.«

»Wirklich?«

»Ich muss vor Ort sein und mich um ihn kümmern.«

»Oh, ich hatte so gehofft, dass er sich wieder fängt.«

»Ich auch.« Lili seufzt. »Aber damit ist nicht mehr zu rechnen. Das hat mir vorhin sein Hausarzt gesagt. Er war gestern noch mal bei ihm.«

»Lili, das tut mir so leid.«

»Vielleicht gelingt es mir, ihn zu den Untersuchungen zu überreden.«

»Wenn es irgendetwas gibt, was ich tun kann, um dir zu helfen ...«

»Danke. Das ist lieb von dir.«

»Du kannst gern wieder bei uns wohnen.«

»Ich glaube, es könnte ein längerer Aufenthalt werden.«

»Willst du etwa dein altes Zimmer in der Heilwigstraße beziehen?«

»Nein, das kommt nicht in Frage. Ich werde mir für ein paar Wochen eine möblierte Wohnung mieten. Dann kann ich zwischendurch arbeiten.«

»Soll ich versuchen, etwas für dich zu finden?«

»Brauchst du nicht. Andrew hat einen Kollegen bei den Germanisten, der eine kleine Wohnung in Hamburg hat, ganz in eurer Nähe, in der Schedestraße. Morgen entscheidet sich, ob ich dort bis Anfang Oktober wohnen kann.«

»Ich würde mich freuen, wenn du länger hier wärst.«

»Ja, ich auch, obwohl der Anlass eher beunruhigend ist … Wie geht es dir?«
»Gut. Ich habe viel gearbeitet.«
»Zeig mir mal etwas.«
»Moment …« Ich schaue mich im Atelier um und halte ein wildes Bild in Zitronengelb und Violett in die Kamera.
Lili ist begeistert.

Ich sitze auf dem Balkon und starre auf die Straße. Der Gedanke an Großvaters geistigen Verfall lässt mich nicht los. Ich habe ihn nie gemocht, diesen kalten Menschen, der immer nur an sich denkt. Aber was jetzt passiert ist, was ich vielleicht durch meine Frage ausgelöst habe, das habe ich nicht gewollt.

35.

Ich laufe über einen verwilderten Friedhof, suche das Grab meines Vaters. Es dringt kaum Licht durch die Büsche und Bäume. Warum gibt es niemanden, den ich fragen kann? Ich krieche unter tief hängenden Ästen hindurch und reiße mir die Arme an Brombeerranken auf. Nach einer Weile gelange ich auf einen schmalen Weg. Jetzt komme ich leichter voran, aber hier sind keine Gräber mehr, nur rechts und links hohe Kiefern. Ich will raus aus der Dunkelheit, zurück in die Sonne. Da sehe ich unter den Bäumen ein paar alte, zerbrochene Grabplatten. Vaters Grab muss woanders sein, er ist noch nicht lange tot. Hinter mir ertönt ein klopfendes Geräusch, ich drehe mich um, entdecke hoch oben am Baumstamm einen Specht mit schwarz-weiß-rotem Gefieder. Beim Weitergehen stolpere ich, schiebe mit dem Fuß ein paar Blätter beiseite, entdecke einen flachen, polierten Marmorstein. Darauf steht in goldenen Buchstaben *LUISE*.
Ich wache auf. Halb drei.
Jakob schläft.
In der Wohnung nebenan werden Nägel eingeschlagen. Dort sind gestern neue Mieter eingezogen. Sind sie verrückt, um diese Zeit ihre Bilder aufzuhängen?

Ich schlage ein paarmal mit der Faust gegen die Wand. Das Klopfen geht weiter.
»Was ist?«, fragt Jakob schlaftrunken.
»Die neuen Nachbarn haben mich geweckt«, murmele ich und stehe auf.
Ich koche mir einen Tee und setze mich in die Küche. Warum träume ich, dass Vater tot ist? Das Telefonat mit ihm hat mich tiefer beunruhigt, als ich es mir gestern eingestehen wollte. Und dann finde ich nicht einmal sein Grab. Er entzieht sich mir über den Tod hinaus.
Seltsam, im Traum vor Luises Grab zu stehen. Vielleicht war es Lilis Satz, der mich bis in den Schlaf verfolgt hat. Wir sollten das Thema lieber ruhen lassen. Ich habe vorher nie darüber nachgedacht, wo Luise begraben sein könnte.
Großmutters Grab ist auf dem Ohlsdorfer Friedhof. Ich erinnere von der Beerdigung, dass es Platz für zwei Gräber gibt. Das andere ist für Großvater bestimmt. So hat Lili es mir damals erklärt. Sie wollte keine Familiengrabstätte erwerben. Darin sind Georg und ich uns einig, sagte sie entschieden. Wir wollen später nicht neben unseren Eltern bestattet werden.
Ich gehe ins Schlafzimmer zurück. Das Klopfen hat aufgehört. Trotzdem kann ich lange nicht wieder einschlafen.

Nachmittags schickt Lili mir eine Mail.

Liebe Paula,
es hat tatsächlich geklappt mit der Wohnung. Ich fahre mit dem Wagen; die Fähre und der Tunnel sind gebucht. Freitagmorgen geht's los, ich übernachte in London bei Andrew und komme am Samstagabend in Hamburg an.

Hoffentlich werde ich meinen Vater zu den Untersuchungen überreden können. Und Georg will ich natürlich auch sehen. Besonders freue ich mich aber darauf, viel Zeit mit Dir zu verbringen.
Liebe Grüße und bis bald
Deine Lili

Ich wähle ihre Nummer, doch es läuft nur ihr AB. Auf ihrem Handy erreiche ich sie auch nicht. Eine Nachricht will ich nicht hinterlassen.
Ein paar Sekunden später klingelt es.
»Hallo, Paula. Du hast gerade versucht, mich anzurufen?«
»Ja.«
»Andrew und ich sind am Strand. Die Brandung und der Sturm sind so stark, dass ich das Klingeln zu spät gehört habe.«
»Ich wollte dir sagen, wie sehr ich mich freue, dass du kommst.«
»Ich mich auch ... obwohl es eigentlich verrückt ist, schon wieder für längere Zeit wegzufahren. Es gibt immer so viel zu organisieren.«
»Flynn wird dich vermissen.«
»Ja. Ich habe vorhin mit meiner Nachbarin gesprochen. Zum Glück ist sie hier und kann ihn füttern.«
Im Hintergrund rauschen die Wellen. Ich sehe den Strand vor mir, die grauen Kiesel mit den weißen Streifen.
»Lili, ich habe eine Frage ...«
»Ich dachte mir, dass es noch einen anderen Grund geben muss, warum du versucht hast, mich auf dem Handy anzurufen.«
»Warst du jemals an Luises Grab?«
»Ach, Paula ...«
»Das Thema lässt mich nicht los.«

»Das merke ich ... Nein, ich kenne Luises Grab nicht. Um ehrlich zu sein, habe ich mir darüber noch nie Gedanken gemacht.«
»Das verstehe ich gut ... Es ist auch nicht als Vorwurf gemeint ... Ich wollte nur sichergehen, dass ...«
»Fünfundfünfzig Jahre nach ihrem Tod ist das Grab sicher längst aufgelöst worden«, unterbricht Lili mich. »Kann sein, dass sie sogar anonym bestattet wurde ...«
»Hm ...«
»Quäl dich nicht mehr.«
»Ich quäle mich nicht, ich bin nur neugierig.«
»Wie ich dich kenne, wirst du gleich morgen früh zum Ohlsdorfer Friedhof fahren.«
»Mal sehen ... Auf jeden Fall vielen Dank ... und schönen Gruß an Andrew.«
»Er grüßt dich auch.«
Ich lege auf. Lili hat recht. Ich werde mich morgen bei der Friedhofsverwaltung erkundigen.

Jakob ist eben in die Redaktion gefahren. Ich habe ihm nicht gesagt, was ich heute vorhabe. Seit dem Aufwachen schwindet meine Zuversicht. Wahrscheinlich lohnt die Mühe nicht.
Ich schaue im Internet nach, wo sich die Informationsstelle des Friedhofs befindet. Gleich an der Haupteinfahrt Fuhlsbütteler Straße. Bis dahin brauche ich höchstens eine Viertelstunde. Ich kenne den Weg, dort fahre ich immer hinein, wenn ich zu Mutters Grab will.
Oder soll ich anrufen und um eine Auskunft am Telefon bitten? Nein.
Im Wagen spüre ich, wie meine Aufregung zunimmt. Ich lege

mir Sätze zurecht, über meine Tante, von deren Existenz ich bis vor kurzem nichts wusste. Niemand in der Familie könne mir sagen, wo sie begraben sei.

Es hat angefangen zu regnen. Ich fahre durch das bekannte Tor, biege rechts ab und parke vor einem großen, villenähnlichen Gebäude, das über hundert Jahre alt sein muss. Die vielen Verzierungen überraschen mich. Niemals hätte ich vermutet, dass hier die Friedhofsverwaltung untergebracht ist.

Innen gleicht es einem modernen Büro, wie bei einer Versicherung. Verschiedene Beratungsbereiche, diskret voneinander abgeschirmt.

Eine Frau um die vierzig kommt auf mich zu und fragt, ob sie mir helfen könne. Ihr Blick ist freundlich. Trotzdem bringe ich einen Moment lang keinen Ton heraus.

»Setzen Sie sich doch«, sagt sie und zeigt auf den Stuhl vor ihrem Schreibtisch.

»Mein Name ist Paula Brandt … Ich suche das Grab meiner Tante, Luise Brandt. Sie starb 1957, im Alter von drei Jahren …«

»Wissen Sie, ob das Nutzungsrecht jemals verlängert wurde?«

»Nein, leider nicht.«

»Bei Kindern unter fünf Jahren betrug es damals fünfzehn Jahre, in einer der speziellen Kindergrabstätten.«

»Was versteht man darunter?«

»Das sind Bereiche, in denen ausschließlich Kinder bestattet wurden. Die Gräber sind kleiner, liegen näher zusammen und …« Sie senkt die Stimme. »… waren von daher kostengünstiger.«

»Es kann gut sein, dass das Grab nicht mehr existiert. Aber ich würde gerne wissen, wo es war. Sie haben doch bestimmt schriftliche Unterlagen zu allen Gräbern?«

»Ja, natürlich. Wissen Sie, in welchem Monat Ihre Tante starb?«

»Nein.«

»Die Einträge aus dieser Zeit haben wir noch nicht im Computer.«

Sie steht auf und zieht einen der großen, alphabetisch geordneten Bände mit der Aufschrift 1957 aus dem Regal.

Plötzlich erinnere ich mich an Lilis Satz in Dublin. *Als ich elf Monate später geboren wurde, wohnten sie schon in der Heilwigstraße.* Lili hat im April Geburtstag. Also ist Luise im Mai gestorben.

»Mir ist gerade etwas eingefallen … Es muss im Mai gewesen sein.«

»Danke. Das hilft mir sehr.« Sie schlägt den Band auf, blättert einige Seiten um. »April … Mai …«

Mein Herz klopft.

»Luise Brandt, sagten Sie?«

»Ja …«

Mit dem Zeigefinger geht sie Seite für Seite die Mai-Einträge durch. Vielleicht ist Luise gar nicht hier begraben, fährt es mir durch den Sinn. Es gibt noch andere Friedhöfe in Hamburg.

»Da ist es.«

Ich schlucke.

»Alfred Brandt erwarb die Grabstätte für die dreijährige Luise Brandt. Sie wurde am 20. Mai 1957 beigesetzt.«

Es hat sie wirklich gegeben.

»Das genaue Geburts- und Sterbedatum ist in diesen Einträgen nicht verzeichnet.«

»Und … wurde das Nutzungsrecht verlängert?«

»Nein.«

An meiner Enttäuschung merke ich, dass ich immer noch gehofft hatte, es möge anders sein.

»Wo ... in etwa ... war das Grab?«, frage ich mit gepresster Stimme.

»Es befand sich im Lagebereich Bn 64.«

Die Frau greift nach einem Friedhofsplan mit einem detaillierten Koordinatensystem und markiert die Stelle mit einem Kreuz. Dann hält sie auf einmal inne. »Warten Sie ... Ich bin gleich wieder da.«

Sie steht auf und geht mit dem Plan ans andere Ende des Raums. Dort bespricht sie sich mit einem älteren Kollegen. Der nickt. Was hat das zu bedeuten?

Sie kommt zurück. »Bei diesem Gebiet handelt es sich um eines der alten Kindergrabfelder«, erklärt sie mir. »Manchmal blieben dort auch Steine stehen, nachdem das Nutzungsrecht abgelaufen war.«

»Aha ...«

»Vor allem, wenn die Stelle nicht neu belegt werden sollte oder wenn es ein besonders schöner Stein war.«

»Dann gibt es doch noch eine Chance, dass ich das Grab meiner Tante finde?«

»Ja. Ich will Ihnen nicht zu viel versprechen. Sehen Sie sich dort in Ruhe um. Es ist keine besonders große Fläche. Vielleicht haben Sie Glück.«

»Ich danke Ihnen.«

»Möchten Sie eine Fotokopie des Eintrags?«

Ich zögere. »Nur wenn ich das Grab nicht finden kann. Dann würde ich mich noch einmal an Sie wenden.«

»Jederzeit.« Sie lächelt.

Ich habe ihr nichts von dem erzählt, was ich mir vorher überlegt hatte, denke ich auf dem Weg zum Wagen. Es war nicht nötig.

Bis zu der markierten Zone fast am anderen Ende des Friedhofs sind es mehrere Kilometer. Langsam fahre ich die Straße entlang, ein Bus und ein Gärtnerei-Transporter kommen mir entgegen, sonst ist hier kaum jemand unterwegs. Ich halte an, um wieder auf den Plan zu schauen. Noch einmal links abbiegen, dann bin ich da.

Ich steige aus und versuche, mich zu orientieren. Ein Schild weist den Weg zu den Gräbern der Sturmflutopfer von 1962. Schilder zu einem Kindergrabfeld gibt es nicht.

Ich betrete eine Wiese, sehe kleine, dicht beieinanderstehende Steine, manche sind verwittert, manche zerbrochen, auf den wenigsten sind die Inschriften klar zu erkennen. Ich entziffere Vornamen und Daten. *Unsere kleine Gabriele, 1952–1954. Unser Engel. Unser Spatz. Unser geliebter Sohn. Günther. Wolfgang. Anja. Barbara.* Sie wurden ein, zwei, drei oder vier Jahre alt. Alle stammen aus den fünfziger Jahren.

Ich laufe weiter, bis ans Ende der ersten Reihe. Am Anfang der zweiten bleibe ich vor einem bemoosten Stein stehen. Er ist halb in der Erde versunken. Ich hocke mich hin, sehe ein eingraviertes *U* und ein *S*. Darunter die Zahlen *1* und *54*. Ich kratze das Moos ab und lese die Inschrift.

LUISE

* 1954   † 1957

36.

Jakob und ich sitzen auf dem Balkon. Ich habe ihm von meiner Suche nach Luises Grab erzählt. Er sieht mich so traurig an, dass ich plötzlich anfange zu weinen.
»Keine Fotos, keine Erinnerung, nichts. Nur ein halb versunkener Grabstein ... Wie kann es sein, dass von einem dreijährigen Menschen nichts bleibt?«
»Immerhin hast du dich aufgemacht und Luises Grab gefunden. Das haben dein Vater und Lili in all den Jahren nicht geschafft.«
»Lili hielt es für ziemlich sinnlos.«
»Hast du sie schon angerufen?«
»Nein, ich sage es ihr, wenn sie kommt.«
»Nach Hamburg?«, fragt Jakob erstaunt.
»Ja ... Ach so, das weißt du noch gar nicht.« Ich wische mir die Tränen ab. »Sie wird ab Samstag für ein paar Wochen in der Wohnung eines Kollegen von Andrew wohnen.«
»Wieso?«
»Weil sie den Eindruck hat, dass mein Großvater wieder verwirrter ist, und sie ihn zu verschiedenen Untersuchungen überreden will.«
»Ich wusste nicht, dass er verwirrt ist.«

»Seit ein paar Wochen. Zwischendurch sah es so aus, als ob sich die Situation wieder stabilisiert hätte. Deshalb habe ich es gar nicht erwähnt. Wahrscheinlich wollte ich es auch verdrängen.«
»Warum?«
»Weil es an dem Tag angefangen hat, als ich ihn nach Luise gefragt habe. Er hat sich ziemlich aufgeregt … Es ist möglich, dass er danach mehrere kleine Schlaganfälle hatte. Dadurch kann eine Demenz ausgelöst werden.«
»Machst du dir Vorwürfe?«
»In manchen Momenten ja …«
»Dein Großvater war immer so hart im Nehmen. Woher sollst du wissen, dass er auf einmal solche Reaktionen zeigt?«
»Ich habe das Tabu gebrochen. Das hat ihn offenbar tief getroffen.«
»Gut, dass Lili kommt.«
»Ja, aber sie will über das Thema auch nicht mehr reden.«
»Das begreife ich nicht«, sagt Jakob fassungslos. »Wollte sie deinem Vater nicht einen Brief schreiben und ihm Fragen zu Luise stellen?«
»Davon ist sie wieder ab.«
»Du musst sie mit zum Friedhof nehmen und ihr das Grab zeigen.«
»Ich glaube kaum, dass das was bringen würde.«
Vielleicht ist das die Lösung: meine Familie nicht mehr mit diesem Thema zu belästigen.

Am nächsten Morgen fange ich wieder an zu zeichnen. Eine kleine Figur, die zum Leben erwacht. Ich zeichne ihr Gesicht, ihre Hände, ihre Füße. Ihr Lächeln, ihr Gähnen, ihr Weinen. Tagelang sitze ich im Atelier und zeichne. Die Figur wird

größer, sie streckt sich, bewegt sich, läuft. Ich denke an meinen Traum vom zerrissenen Foto, an das kleine Mädchen, das sich ins Bild schiebt. Ein Kind, das die Welt entdeckt.
Mein Stift gleitet über das Papier. Eine leblose Figur. Ich ringe mit mir. Wie kann ich ein totes Kind zeichnen?

37.

Am Samstag beschließe ich, Vater anzurufen. Er ist seit über einer Woche zu Hause, und ich habe ihn noch nicht gesehen.
»Hallo?«
»Hier ist Paula.«
»Ah …«
»Wie geht's dir?«
»Ganz gut …«
»Ich habe mich bisher nicht gemeldet, weil ich dachte, du rufst an, wenn dir danach ist.«
»… Es hat sich nicht ergeben …«
»Was hältst du davon, wenn ich kurz mal bei dir vorbeikomme?«
»… Können wir uns nicht in einem Café treffen?«
»Ja, wenn dir das lieber ist. Wo würdest du gern hingehen?«
»Nicht an die Außenalster.«
»Das wollte ich auch nicht vorschlagen. Wie wär's hier in Eppendorf?«
»… Nein …«
Ich hole tief Luft. Vater kommt mir noch unentschiedener vor als früher.

»Hast du vor, heute irgendwo hinzufahren?«, frage ich so ruhig wie möglich. »Vielleicht gibt es da ein Café in der Nähe.«
Vater räuspert sich. »Ich muss nachher ein paar Dinge in der Innenstadt besorgen …«
»Wie wär's mit dem Café in der Kunsthalle?«
»… Meinetwegen …«
»Um wie viel Uhr?«
»… Tja … Was meinst du?«
»Um zwölf?«
»Ist gut.«
»Bis dann.« Ich lege auf. War es falsch, auf einem Treffen zu bestehen? Ich weiß es nicht.
Um kurz vor zwölf betrete ich das Café. Vater sitzt hinten an der Wand und liest Zeitung. Er trägt seinen alten grünen Pullover und eine noch ältere Cordhose.
»Tag, Vater.«
Erschrocken streicht er über seine hohe Stirn. Er sieht müde aus. Ich lege ihm eine Hand auf die Schulter. Umarmungen in der Öffentlichkeit mag er nicht.
»Was soll ich dir holen?«
»… Einen Milchkaffee.«
»Und zu essen?«
»Nichts.«
Ich suche mir ein Stück Pflaumenkuchen aus und bestelle zwei Milchkaffee. Wenn das Gespräch nach ein paar Minuten versiegt, werde ich mich nicht bemühen, es in Gang zu halten.
»Wie geht es dir?«, fragt Vater, als ich an den Tisch zurückkomme.
»Gut. Ich arbeite viel.«
»… Woran?«

Ich erzähle ihm von meinen Zeichnungen und den wilden Bildern, nur meine neuesten Arbeiten erwähne ich nicht. Und ich verzichte auch darauf, ihm zu sagen, dass ich Luises Grab gefunden habe.

»Freut mich, dass ... deine Krise vorbei ist.«

»Und wie sieht's bei dir aus?«

»Ich will mir heute Sportzeug kaufen.«

»Das meinte ich eigentlich nicht.«

»Werner und ich wollen versuchen, regelmäßig zu joggen«, fährt er fort, als hätte er meinen Einwand nicht gehört. »Bewegung soll gesund sein ...«

»Hm.«

Schweigend esse ich meinen Kuchen. Vater schaut auf seine Hände.

»Hattest du schon einen Termin bei deinem neuen Therapeuten?«

Er zieht die Augenbrauen hoch. Ah, ja, darüber will er hier nicht reden. Jetzt verstehe ich, warum er sich mit mir in einem Café treffen wollte.

»Hast du in letzter Zeit mit Lili telefoniert?«

Er schüttelt den Kopf.

»Dann weißt du gar nicht, dass sie heute nach Hamburg kommt?«

»Nein. Wieso?«

»Sie macht sich Sorgen um euren Vater. Er ist seit ein paar Wochen verwirrt.«

»Ach ...«

»Es besteht die Gefahr, dass es sich um eine beginnende Demenz handelt. Aber eine klare Diagnose wird es erst geben, wenn er verschiedene Untersuchungen hat machen lassen. Dazu will Lili ihn jetzt überreden.«

»Fing das ganz plötzlich an?«
»Ja, vermutlich als Folge von mehreren kleinen Schlaganfällen.«
»Ich hätte nie gedacht, dass Alfred Brandt dement werden könnte.«
»Würdest du ihn gern sehen?«
»Nein«, antwortet Vater mit fester Stimme. »Weder du noch Lili noch sonst irgendjemand wird mich dazu überreden können.«
Kurz darauf sagt er, dass er jetzt losmüsse. Ich wünsche ihm viel Glück für seine Einkäufe. Er nickt und geht in Richtung Mönckebergstraße. Ich warte noch einen Moment, er dreht sich nicht um.

Spätabends schickt Lili mir eine SMS. *Die Fahrt war gut, die Wohnung ist akzeptabel. Morgen Vormittag will ich zu meinem Vater. Wollen wir uns anschließend treffen? Gruß, Lili.*
Gern, antworte ich ihr. *Komm vorbei, ich bin zu Hause. Deine P.*
Wie lange habe ich sie nicht gesehen? Mehr als zehn Wochen.

Am nächsten Tag klingelt es mittags um halb eins.
»Hier ist Lili.«
Ich höre die Erschöpfung in ihrer Stimme.
Ihre Schritte auf der Treppe sind langsamer als sonst. Als sie vor mir steht, erschrecke ich. Sie ist blass und hat dunkle Schatten unter den Augen.
Ich nehme sie in die Arme. »Schön, dass du da bist.«
Sie seufzt. »Ich habe die ganze Nacht nicht geschlafen.«
»Möchtest du etwas essen?«
»Nein.« Sie schaut sich um. »Ist Jakob nicht da? Heute ist doch Sonntag.«

»Er spielt Fußball mit seinen Brüdern.«
Wir setzen uns in die Küche, ich koche uns einen Tee.
»Ich habe die Situation total unterschätzt ... Am Telefon war mein Vater zwar auch verwirrt, aber es ist noch mal etwas ganz anderes, wenn er vor dir steht und dich nicht erkennt ...«
Sie fängt an zu weinen.
Ich greife nach ihrer Hand. »Was hat er denn gesagt?«
»Er hat mich wie eine Fremde behandelt. Was wünschen Sie? Ich erinnere mich nicht, dass wir für heute einen Termin vereinbart hätten. Bitte wenden Sie sich an meine Sekretärin ...«
»War Frau Bergstedt dabei?«
»Ja ... Sie hat versucht, ihn zu beruhigen ... hat immer wieder zu ihm gesagt: Aber Herr Brandt, das ist doch Ihre Tochter Lili ...«
»Und hat er sich dann erinnert?«
Lili schüttelt den Kopf und wischt sich die Tränen ab. »Er wurde richtig wütend. Das ist doch nicht Lili, das ist Rosemarie ... Und wer sind Sie überhaupt?«
»O nein.«
»Aber Frau Bergstedt blieb ganz gelassen. Das hat mich sehr beeindruckt.«
»Aha ...«
»Ich habe meine Meinung über sie geändert. Sie sagte mir, dass sie viel Erfahrung mit demenzkranken Patienten habe. Das ist ein Segen für mich.«
»Ja, das hätte ich auch nicht geahnt ... Und wie geht's jetzt weiter?«
»Ich habe bereits von Dublin aus vereinbart, dass der Hausarzt morgen früh kommt. Und am Dienstag hat mein Vater einen Termin beim Neurologen. Hoffentlich ist er bereit, mit mir dorthin zu fahren.«

»Ich drücke dir die Daumen. Ansonsten müssen wir nach einer anderen Lösung suchen.«

»Es gibt so viel zu tun. Mein Vater ist seit Wochen nicht mehr in der Lage, die Post durchzusehen. Wenn ich das gewusst hätte. Ich fahre heute Nachmittag noch einmal zu ihm, um mich darum zu kümmern. Frau Bergstedt hat alles sorgfältig gestapelt, aber nicht gewagt, die Briefe zu öffnen. Ich hoffe, dass ich ihn überreden kann, mir eine Bankvollmacht zu geben.« Lili lehnt sich zurück und fährt sich durch ihre Haare.

»Willst du nicht doch irgendwas essen?«

Ihr Blick wandert zur Obstschale. »Vielleicht ein paar Weintrauben …«

»Bedien dich.«

»Ich bin froh, dass ich mit dir über alles reden kann.« Sie schiebt sich eine Traube in den Mund. »Es war so seltsam … Vater kicherte auf einmal und fragte mich, ob ich schön gespielt hätte.«

»*Was?*«

»Einen solchen Satz habe ich als Kind von ihm nie gehört. Ich habe ihm erzählt, dass ich in Dublin lebe und Romane übersetze. Er nickte und lächelte. Es kam mir vor, als wäre das nicht mein Vater, der dort sitzt. Seine Persönlichkeit ist völlig verändert, nicht mehr herrisch und distanziert wie sonst, sondern freundlich und zugewandt.«

»Ich begreif das nicht … Wie ist so etwas möglich? In so kurzer Zeit?«

»Und weißt du, was verrückt ist? Als ich ihn so dasitzen sah, ihn betrachtete und mich fragte, ob dieser Mann wirklich mein herrschsüchtiger Vater sein kann, da fiel mir ein, dass ich ihm auch etwas verdanke. Er hat mich damals, mit sechzehn, gehen lassen. Das hat mich gerettet. Von daher will ich auch

Verantwortung für ihn übernehmen, nicht nur gezwungenermaßen wie bisher.«
»Das hört sich so an, als seist du ein Stück versöhnter mit ihm ...«
»Ja ...«, sagt Lili nachdenklich.
Wir schweigen eine Weile. Ich sehe, dass Lili beinahe die Augen zufallen.
»Wollen wir einen Spaziergang machen?«
Sie überlegt. »Wenn ich ehrlich bin, würde ich mich am liebsten eine Stunde bei euch aufs Sofa legen.«
»Ja, natürlich.«
Lili schwankt ein wenig auf dem Weg zum Wohnzimmer. Sie legt sich hin und schläft sofort ein.
Ich breite eine Decke über ihr aus und schließe leise die Tür hinter mir.

38.

Am nächsten Tag höre ich nur einmal kurz von Lili. Wir verabreden, am Mittwochabend essen zu gehen. Dann wird sie uns den neuesten Stand der Dinge berichten.
Ich versuche vergeblich, mich wieder auf meine Arbeit zu konzentrieren. Die Begegnung mit Vater und Lilis Beschreibung von Großvaters Veränderung gehen mir nicht aus dem Kopf.
Franziskas Mail kommt mir da gerade recht.

Liebe Paula,
habe vier Wochen lang nichts von Dir gehört. Steckst Du in einem Arbeitsrausch? Bin neugierig, wie es bei Dir im Atelier aussieht.
Liebe Grüße
Franziska

Hast Du Zeit, es Dir anzugucken?, antworte ich ihr. *Hier hat sich viel verändert.*
Zwei Stunden später ist Franziska da.
Sie betritt das Atelier und schaut sich staunend um. »Super. So wirken die Zeichnungen erst richtig.«
»Dein Tipp …«

»Und du hast auch schon mit Acryl gearbeitet.«
»Jakob nennt sie die wilden Bilder.«
Franziska nickt. »Ich erkenne dich darin genau wieder.«
»Wirklich?«
»Im Studium hast du mit ähnlichen Farbkombinationen experimentiert.«
»Kann ich mich nicht dran erinnern.«
»Aber ich.«
Franziska kommentiert die Acrylbilder, manche überzeugen sie mehr als andere, vor allem die collagenhaften Elemente solle ich sparsamer einsetzen. Ich stimme ihr zu.
»Hast du auch weiter gezeichnet?«, fragt sie nach einer Weile.
»Ja … Aber die neuen Zeichnungen konnte ich noch nicht aufhängen …« Ich öffne meine Mappe. »Du bist wieder die Erste, der ich sie zeige.«
Stumm betrachtet sie meine kleinen Figuren, die geborenen, lebenden, gestorbenen. Sind sie misslungen? Sagt sie deshalb nichts?
Plötzlich nimmt Franziska mich in die Arme. »Die sind gut, so gut …«
»Am liebsten würde ich das Thema in Farbe umsetzen, aber ich habe keine Ahnung, wie.«
»Versuch's. Ich bin sicher, es wird dir gelingen.«
Später beim Tee erzähle ich ihr von Luise, von den fehlenden Fotos und dem gefundenen Grab.
»Ich habe schon lange keine Zeichnungen mehr gesehen, die mich so berührt haben«, sagt Franziska zum Abschied. »Mach weiter.«

Ich betrete einen grauen, runden Raum. Er wird von Deckenstrahlern beleuchtet. Es gibt keine Fenster, nur unzählige

Türen. Ich öffne die erste und lande in einem grünen Raum. Auch hier sind Türen, die in gelbgrüne, smaragdgrüne, saftgrüne Räume führen. Ich kehre zurück in den grauen Raum. Als Nächstes gehe ich durch gelbe, dann durch eine Reihe von blauen Räumen. Die Tür zum roten Raum ist nur angelehnt, das habe ich vorher nicht bemerkt. Ich entdecke zinnoberrote, karmesinrote, orangerote Räume. Räume in Kadmiumrot, Krapprot und Violett. Im purpurfarbenen Raum steht ein Rohr, ich blicke hindurch und sehe am Ende, in einem runden Fenster, ein symmetrisches rotes Muster. Ein Kaleidoskop. Ich drehe am Rohr, ein Muster in Rubinrot, Rosa und Siena erscheint im Fenster. Ich drehe schneller, die Rottöne mischen sich. Es werden mehr und mehr, so viele Schattierungen, mir wird schwindelig. Ich lege mich auf den Boden, die Wände kommen näher, der Purpur hüllt mich ein. Ich versuche, ihn zu vertreiben, es gelingt mir nicht. Er dringt in alle Poren. Ist es nur Farbe oder eine Purpurschnecke, die auf mir sitzt? Ich spüre etwas an meinem Kopf. Warum werde ich es nicht los?
Ich schrecke hoch. Jakob sieht mich an, seine Hand liegt auf meiner Stirn.
»Fieber hast du nicht.«
»Habe ich geschrien?«
»Nein, aber du hast wild um dich geschlagen, als ob du mit irgendwas kämpfst.«
»Wieder einer dieser Träume ...«, murmele ich und stehe auf. Zehn nach vier. Ich bin hellwach.
Oben im Atelier knipse ich das Licht an und breite die neuen Zeichnungen auf dem Boden aus. In meinen Gedanken färben sie sich rot. Und plötzlich weiß ich, was ich daraus entwickeln werde: einen dreiteiligen Zyklus. Geburt, Leben, Tod.

Jakob und ich sitzen beim Italiener und warten auf Lili.
Ich schaue auf die Uhr. »Gleich zwanzig nach acht.«
»Sie wird schon kommen.«
»Pünktlichkeit war noch nie Lilis Stärke. Warum ruft sie nicht wenigstens an oder schickt mir eine SMS?«
»Wenn etwas passiert wäre, hättest du längst von ihr gehört.«
»Es sei denn, sie hat unsere Verabredung vergessen.«
»Das glaube ich nicht«, sagt Jakob und schlägt die Speisekarte auf. »Ich wette, sie freut sich seit Tagen darauf.«
Warum bin ich so unruhig? Habe ich ein schlechtes Gewissen, dass ich Lili nicht angeboten habe, ihr zu helfen? Ich hätte Großvater und sie wenigstens zu den Ärzten fahren können. Stattdessen habe ich gearbeitet.
»Da ist sie.«
Lili kommt auf uns zugelaufen. Sie sieht noch erschöpfter aus als am Sonntag.
»Tut mir leid ... Mein Vater wollte mich nicht gehen lassen ... Ich konnte nicht mal telefonieren.«
»Alles okay«, sagt Jakob.
Lili sinkt auf den Stuhl.
Wir bestellen Rotwein, Antipasto misto für uns drei und Spaghetti alla carbonara.
»Ich habe ein paar harte Tage hinter mir«, seufzt sie. »Es war eine große Aktion, meinen Vater zum Neurologen zu bringen. Ohne Frau Bergstedt hätte ich das nicht geschafft. Sie hat ihm erzählt, ein freundlicher Herr würde seinen Besuch erwarten. Zum Glück war der Neurologe tatsächlich sehr freundlich.«
»Und wie lautet die Diagnose?«, frage ich.
»Nach der Untersuchung sagte er mir, dass alles auf eine

Multi-Infarkt-Demenz als Folge mehrerer leichter Schlaganfälle hindeute. Er hat eine Computertomographie vorgeschlagen, dort waren wir heute. Und die hat die Diagnose bestätigt. Das plötzliche Auftreten der Symptome ist ganz typisch für diese Art von Demenz. Jetzt bekommt mein Vater Medikamente. Wir müssen abwarten, wie er darauf reagiert.«
»Hätte ich ihn bloß nicht auf Luise angesprochen ...«
»Ich glaube nicht, dass das der Auslöser war«, meint Lili. »Auch wenn er sich sehr aufgeregt hat. Er leidet an Bluthochdruck, darin liegt die Ursache für die Schlaganfälle. Frau Bergstedt sagte mir, dass sie seine Betablocker schon oft im Papierkorb gefunden habe.«
Wir beginnen zu essen. Lili will hören, wie es mir ergangen ist. Ich erzähle etwas von meiner Arbeit, aber nichts von den neuen Zeichnungen.
»Paula hat letzte Woche Luises Grab gefunden«, sagt Jakob unvermittelt.
Lili verschluckt sich beinahe. »Da steht wirklich noch ein Stein?«
»Ja, halb in der Erde versunken«, antworte ich.
»Das hätte ich nicht für möglich gehalten.«
Sie isst weiter.
Will sie nicht wissen, was auf dem Stein steht? Nein. Und sie bittet mich auch nicht, mit ihr zusammen zum Friedhof zu fahren. Stattdessen fragt sie mich, ob ich am Wochenende mit zu Großvater kommen wolle.
Ich zögere.
»Du brauchst keine Angst zu haben, dass er sich aufregt. Er wird dich nicht wiedererkennen.«
»Gut, dann versuchen wir's.«
Jakob schenkt uns Wein nach. Seine Miene ist ernst. Wird er

Lili gleich fragen, warum sie sich nicht für das Grab ihrer Schwester interessiert?
»Wie geht es Georg?«, fragt Lili.
»Ich habe ihn am Samstag in einem Café getroffen. Er wollte es so, ich hätte ihn lieber zu Hause besucht oder zu uns eingeladen. Aber an so einem öffentlichen Ort kann er natürlich bestimmten Fragen ausweichen …«
»Wie wirkte er auf dich?«
»Genauso wie früher. Unsicher, bedrückt, zurückgezogen.«
»Ach … Ich hatte so gehofft, dass der Aufenthalt in der Klinik etwas verändert hätte.«
»Nur als es um euren Vater ging, war er sehr entschieden und meinte, niemand könne ihn überreden, ihn zu sehen. Ich nicht und du auch nicht.«
Lili rollt die Augen. »Das kenne ich leider zur Genüge. Ich werde ihn in den nächsten Tagen mal anrufen.«
Sie wechselt das Thema, spricht über Flynn, der nach Aussagen ihrer Nachbarin zwei Tage lang verschwunden war, und über Andrew, der sie vielleicht in Hamburg besuchen wird.
Dann erklärt sie, dass sie müde sei.
»Ich auch«, murmelt Jakob.
Dabei ist es erst kurz vor zehn.
Wir begleiten Lili zu ihrem Wagen, sie nimmt uns zum Abschied in die Arme.
»Ich mag deine Tante«, sagt Jakob auf dem Weg nach Hause.
»Aber sie hat auch einen Knacks … nicht nur dein Vater.«
Ich nicke. »Wahrscheinlich bereut sie es, dass sie mir das Fotoalbum gezeigt hat.«
»Ja, du wühlst zu viel auf, was sie nicht anrühren will.«
Werde ich Lili meine Zeichnungen zeigen können? Ich weiß es nicht.

39.

Seit Tagen benutze ich die Farbe Rot in all ihren Mischungen und Schattierungen. Ich denke an die roten Räume in meinem Traum, die gemusterten Rottöne im Kaleidoskop und finde immer neue Varianten.

Am Sonntagnachmittag holt Lili mich ab. Wir gehen zu Fuß zu Großvater, wie an jenem Tag im Juni, kurz nachdem Vater ins Krankenhaus gekommen war. *Dein Bruder ist ein Verlorener,* sagte er damals zu Lili, ohne innerlich beteiligt zu sein. Wenn es Schwierigkeiten gibt, werde ich aufstehen und das Haus verlassen, beschließe ich.
»Ich war vorhin bei Georg«, unterbricht Lili meine Gedanken. »Er war alles andere als entspannt …«
»Das wundert mich nicht.«
»Hoffentlich fängt er sich bald.«
»Hast du dich vorher angemeldet?«
»Nein.«
»Ich hätte nicht den Mut, unangekündigt bei ihm aufzutauchen.«
»Einen Moment lang war ich mir auch nicht sicher, ob er mich hereinlassen würde.«

»Wie sah es in seiner Wohnung aus?«
»Nicht anders als sonst, kahl und ungemütlich.«
»Hat er dir gesagt, was für eine Art von Therapie er jetzt macht?«
»Ich habe ihn gefragt, aber er wollte nicht darüber reden. Und von Vaters Untersuchungen und der Diagnose wollte er auch nichts hören.«
Gleich haben wir Großvaters Villa erreicht. Ich kann kaum schlucken, so trocken ist meine Kehle. Soll ich Lili sagen, tut mir leid, ich schaffe das nicht, du musst allein hineingehen?
»Lass dich von Frau Bergstedt nicht beirren. Sie ist kaum freundlicher als vorher, aber trotzdem eine gute Seele.«
Lili öffnet das Gartentor. Ich wünschte, ich müsste dieses Haus nie mehr betreten.
Wir klingeln und warten. Ich höre Schritte, Frau Bergstedt reißt die Tür auf.
»Guten Tag«, sagt Lili und lächelt. »Ich hatte Ihnen ja gesagt, dass ich heute meine Nichte mitbringen würde.«
Frau Bergstedt nickt, ohne mich zu begrüßen.
»Tag«, murmele ich.
Wir treten ein. Nicht auf den Wildschweinkopf schauen, sage ich mir, aber es gelingt mir nicht.
»Wie geht es meinem Vater?«
»Er ist heute sehr fröhlich«, antwortet Frau Bergstedt mit einem Seitenblick auf mich.
Wenn sich seine Laune verschlechtert, bin ich schuld.
»Der Tee ist fertig.«
»Danke.«
Lili geht vor.
»Hallo, hallo«, ruft eine Stimme vom Fenster her.
Großvater sitzt im Sessel und winkt uns zu. Er ist gekleidet

wie immer, trotzdem sieht er völlig anders aus. Seine Augen leuchten, und er lacht.

»Tag, Vater«, sagt Lili und gibt ihm einen Kuss auf die Wange.

»Wer ist das?«, fragt er und zeigt auf mich.

»Paula, deine Enkelin.«

»Aha … Ich wusste nicht, dass ich eine Enkelin habe.«

»Du hast es vergessen. Paula ist die Tochter von deinem Sohn Georg.«

»Georg? Kenne ich nicht.«

Er gibt mir die Hand. »Freut mich, Ihre Bekanntschaft zu machen.«

»Du kannst Paula duzen, das ist unter Verwandten so üblich«, sagt Lili und greift zur Teekanne.

Großvater macht eine wegwerfende Handbewegung. »Vom Duzen habe ich noch nie viel gehalten und von der Verwandtschaft auch nicht.«

Er verfolgt gebannt, wie sie Tee in drei Tassen gießt und die Kanne zurück auf das Stövchen stellt.

»Sei so lieb, Rosemarie, und biete unserem Gast eins von den Heidesandplätzchen an.«

»Vater«, sagt sie und reicht das Schälchen herum, »ich heiße Lili, nicht Rosemarie.«

»Lili?«

»Ja, ich bin deine Tochter Lili.«

Er fängt an zu kichern. »Ich kannte mal eine Lili, aber das ist lange her.«

Lili zieht die Augenbrauen hoch. Wahrscheinlich hatte sie keine Ahnung, dass ihr Name auf eine von Großvaters Verflossenen zurückgeht.

»Erzählen Sie mir von sich«, sagt er zu mir.

»Ich bin Malerin …«

»Wie schön. Meine Frau und ich interessieren uns sehr für bildende Kunst. Wir haben über die Jahre so einiges gesammelt.« Er deutet auf die Wand neben sich. »Dies sind meine Lieblingsbilder.«

Zwei Ölgemälde von Emil Nolde. Ich kenne sie seit meiner Kindheit, und doch kommt es mir so vor, als sähe ich sie zum ersten Mal. Der Schlepper auf der Elbe in der Abendsonne. Und der große Klatschmohn. Landschaften und Blumen. Habe ich all die Jahre versucht, Nolde nachzueifern, ohne es zu merken? Wie konnte ich so blind sein.

»Hat Mutter die Bilder auf Auktionen ersteigert?«, fragt Lili.

»Mutter? Wieso?«

»Rosemarie war meine Mutter und deine Frau.«

»Und meine Großmutter«, füge ich hinzu.

»Ach«, ruft er. »Nun macht die Dinge nicht so kompliziert.«

Er schaut mich an und runzelt plötzlich die Stirn. Erinnert er sich, wer ich bin? Weiß er wieder, dass er mich im August aus dem Haus geworfen hat?

»Sie sind nicht meine Enkelin. Da muss ein Irrtum vorliegen.«

»Da liegt kein Irrtum vor«, protestiert Lili. »Paula ist dein einziges Enkelkind.«

»Aber wieso bin ich ihr nie begegnet? Lebt sie im Ausland?«

»Nein, ich wohne in Hamburg«, sage ich, »in der Geschwister-Scholl-Straße.«

»Sagt mir nichts ... Wie wär's mit einem Sherry?«

Lili schüttelt den Kopf. »Alkohol verträgt sich nicht mit deinen Medikamenten.«

»Ich mag das Zeug nicht.«

»Es ist aber gut für dich.«

»Woher weißt du das?«

»Das hat der Arzt gesagt.«

»Welcher Arzt?«

»Der nette Herr, den wir neulich besucht haben.«

Er zuckt mit den Achseln und beginnt zu summen. *Der Mond ist aufgegangen.*

»Vielleicht ein Zeichen, dass wir jetzt gehen sollten«, murmelt Lili.

Wir stehen auf und verabschieden uns. Großvater nimmt es kaum wahr.

Auf dem Nachhauseweg hängen wir beide unseren Gedanken nach.

»Ich kann mich noch nicht an seine Fröhlichkeit gewöhnen«, sagt Lili nach einer Weile.

»Nein … Ich habe auch die ganze Zeit damit gerechnet, dass er plötzlich wieder irgendein hartes Urteil von sich geben könnte.«

»Die Demenz hat ihn von etwas befreit. Es kommt mir vor, als sei es ein Glück für ihn.«

Vielleicht auch für uns.

40.

Alles fügt sich zusammen: die Zeichnungen, die Rotstudien, die Idee eines dreiteiligen Zyklus.
Leichte Pinselstriche in Orange deuten eine kleine Silhouette an, die zum Leben erwacht. Sie ist umgeben von hellen, beinahe transparenten Siena-, Rosa- und Rubintönen. Dazwischen winzige Federn.
Ich wähle Zinnoberrot und einen kräftigen Pinsel für das laufende Kind. Eine schemenhaft konturierte Gestalt. Auf die Bewegung, die Energie kommt es mir an. Das Kind entdeckt eine Welt aus leuchtenden Rotschattierungen. Karmesinrote Sandzonen, schraffiertes Orangerot, dazwischen gemusterte Flächen in Kadmiumrot, Krapprot und Magenta.
Die leblose, blassviolette Gestalt liegt auf dem Rücken, in einem Feld aus abgestuften Purpurtönen, dumpf und dunkel. Darunter verbergen sich Stoffreste und zerschnittene Fotos.

Zwei Wochen arbeite ich ununterbrochen. In der Nacht zum 1. Oktober werde ich fertig.
Ich stelle die drei Bilder nebeneinander.
Was für einen Titel soll ich ihnen geben? *Geburt – Leben – Tod?*

Das ist zu offensichtlich. *Phantasmen I, II, III?*
Nein, Luise hat gelebt.
Ich blicke nach draußen in die Dunkelheit, und plötzlich weiß ich, wie ich den Zyklus nennen werde: *LUISE*.

41.

Abends gehe ich mit Jakob nach oben ins Atelier. Er hat bisher keins von den neuen Bildern gesehen, auch nicht die Zeichnungen. Ich habe sie nicht vor ihm versteckt, er hat gespürt, dass ich erst einmal mit dem Thema allein sein wollte.
Ich stehe am Fenster und sehe hinaus in den wolkigen Himmel. Jakob hat noch nichts gesagt.
Plötzlich legt er mir die Arme um die Schultern. »Toll.«
Ich drehe mich um.
Er küsst mich. »Ich habe nicht geahnt, dass man so etwas malen kann.«
»Es hat lange gedauert, bis ich es selbst geahnt habe.«
»Du musst Lili die Bilder zeigen.«
»Seitdem sie in Hamburg ist, hat sie mich kein einziges Mal gefragt, ob sie meine neuen Arbeiten sehen könne. Sonst war sie immer so neugierig.«
»Vielleicht ahnt sie, woran du gerade arbeitest, und will sich unbewusst vor etwas schützen.«
»Kann sein … Dann hat es keinen Zweck, sie mit diesem Thema zu konfrontieren. Von Luises Grab wollte sie auch nichts hören.«

»Ich finde, sie muss die Bilder sehen. Verabrede dich mit ihr. Mach es dringend. Sie fährt doch bald nach Dublin zurück, oder?«

»Am Samstag.«

»Siehst du. Ruf sie an.«

Ich wähle ihre Nummer. Sie nimmt nicht ab. Wenn sie arbeitet, stellt sie ihr Handy oft aus. Ich spreche auf ihre Mailbox und bitte um Rückruf.

In den letzten Wochen haben wir uns nur zweimal getroffen, für eine Stunde abends in der Kneipe. Sie hatte, wie ich, viel zu tun. Dazu kamen die täglichen Besuche bei Großvater. Meistens haben wir über ihn gesprochen oder über Andrew, der nicht nach Hamburg gekommen ist, weil Lili ihn nicht hierhaben wollte. Sie könne sich nicht um noch einen Mann kümmern.

Um halb elf klingelt es. Lili.

»Ist etwas passiert?«

»Nein. Ich ... wollte dich fragen, ob du dir meine neuen Bilder angucken willst, bevor du fährst.«

»... Ja, natürlich. Morgen kann ich nicht. Da erwarten wir Vaters Steuerberater. Wie wär's am Mittwoch, gleich um neun?«

»Gern.«

»Wusstest du, dass Georg heute wieder angefangen hat zu arbeiten?«

»Nein.«

»Ich habe vorhin mit ihm telefoniert. Er hat es beiläufig erwähnt ... typisch Georg.«

»Dann geht es ihm besser, oder?«

»Hoffentlich.«

Ich laufe eine fremde Einkaufsstraße entlang. Mir kommen Jugendliche und junge Paare entgegen, Eltern mit ihren Kindern, Frauen mit Hunden und ein Greis am Stock. In dem Gedränge sehe ich vor mir einen Mann in einem grünen Pullover und einer alten Cordhose. Ist das nicht Vater? He, warte mal, rufe ich. Er scheint mich nicht zu hören. Ich laufe schneller, hole ihn ein. Ja, er ist es. Vater, sage ich, warum bleibst du nicht stehen? Er sieht mich nicht an, er kennt mich nicht.

Ich werde wach. Tränen laufen mir über die Wangen.

Ich habe noch nie im Traum geweint.

42.

Ich stehe im Atelier und betrachte den Zyklus. Wie wird Lili morgen reagieren? Werden die Bilder sie beunruhigen oder verstören? Ich weiß es nicht. Geht es mir um Lili oder um mich? Will ich sie provozieren? Ihr zeigen, was die Auslöschung der Erinnerung an die tote Luise in mir ausgelöst hat? Will ich ihr sagen, du lebst weiter, als sei nichts passiert, aber ich kann das nicht, und Vater kann es auch nicht? Vielleicht hätte ich sie nicht bitten sollen zu kommen.
Plötzlich habe ich Angst, sie könnte mich verunsichern, mir den Mut nehmen, den Zyklus jemals öffentlich zu zeigen. Ich muss mich innerlich wappnen, darf nicht zu viel auf ihren Kommentar geben. Er wird sehr subjektiv sein. Was für bedrückende Bilder, der reinste Alptraum. Glaubst du im Ernst, jemand hängt sich ein totes Kind ins Wohnzimmer?
Lili ist nicht vom Fach, und sie hat nicht genug Distanz, um meine Umsetzung des Themas, die neuen Techniken und die Auseinandersetzung mit der Farbe zu beurteilen.
Ich wähle Franziskas Nummer. Sie ist nicht zu Hause, oder nimmt nicht ab. Ich hinterlasse eine Nachricht, dass ich ihren professionellen Rat brauche.
Ein paar Stunden später probiere ich es noch einmal.

»Riess.«
»Hier ist Paula. Tut mir leid, dass ich dich störe.«
»Macht nichts. Ich habe deine Nachricht eben erst abgehört. Bei mir ist gerade alles total chaotisch.«
»Wie kommt's?«
»Ich will mich um die Teilnahme an einer Kunstpreis-Ausstellung bewerben. Einsendeschluss ist der 10. Oktober. Wahrscheinlich schaffe ich es eh nicht.«
»Dann telefonieren wir ein andermal.«
»Nein, sag mir, worum's geht.«
Ich erzähle ihr von dem Zyklus und Lilis bevorstehendem Besuch.
»Wann kommt sie?«
»Morgen früh um neun.«
»Ich schaue heute Abend kurz bei dir vorbei, aber nicht vor zehn.«
»Danke.«
»Dabei fällt mir ein ... Du könntest dich auch bewerben. Die Hamburger Privatbank Tiefenbacher hat den Kunstpreis ausgeschrieben, schon zum zehnten Mal, er ist sehr renommiert und wird alle zwei Jahre verliehen. Dotiert ist er mit sechstausend Euro, drei Preisträger teilen sich die Summe. Ihre Werke werden im Kunstfoyer der Bank ausgestellt, zusammen mit zwanzig weiteren Einreichungen. Eine vierköpfige Jury entscheidet, alles hochkarätige Leute.«
»Aha ... Gibt's ein Thema?«
»Ja ... *close-up*.«
»Das würde passen.«
»Eigenbewerbungen sind möglich, Voraussetzung ist ein Wohnsitz in Hamburg, die Altersbegrenzung liegt bei fünfunddreißig. Und du musst in den letzten zwölf Monaten eine

Ausstellung in einem öffentlichen Ausstellungsort in Hamburg gehabt haben.«

»Hatte ich im April … bei Max Fischer …«

»Das zählt. Außer all dem Üblichen, wie Lebenslauf, Ausstellungsverzeichnis und Kataloge, brauchst du natürlich Abbildungen von aktuellen Arbeiten in aussagefähiger Qualität. Hast du einen guten Fotografen?«

»Nein …«

»Ich kann dir meinen sehr empfehlen. Er hat ein tolles Gespür. Die Kontaktdaten maile ich dir. Alle Angaben zu der Ausschreibung findest du auf der Liste, die ich dir im August geschickt habe.«

»Okay …«

»Bis heute Abend.«

Ich kann mich nicht bewerben. Ich habe nur drei Bilder.

»Du hast viel mehr«, sagt Franziska, als wir abends ins Atelier hochgehen. »All deine Skizzen und Zeichnungen. Die sind hochinteressant. Davon würde ich auf jeden Fall auch Fotos einreichen.«

Ich knipse das Licht an.

»Wow!« Franziska lässt ihre Blicke zwischen den Bildern des Zyklus hin und her wandern, sie betrachtet sie von Nahem, geht ein paar Schritte zurück und wieder dicht heran. »Die sind großartig. Das ist keine gegenständliche und auch keine ungegenständliche Malerei … Ich habe so etwas noch nie gesehen … Dein roter Farbkosmos aus Schichten, Formen, Rhythmen und Struktur ist so komplex und gleichzeitig so offen … Die schemenhaften Konturen lassen Wesen aus einer Zwischenwelt erahnen, die der Betrachter mit eigener Bedeutung füllen kann.«

»Ohne deine Zuversicht hätte ich vermutlich gar nicht angefangen.«
»Versprich mir, dass du dich bewirbst.«
Ich nicke.

43.

Ich gehe barfuß am Meer entlang, es herrscht Ebbe. Im kühlen, festen Sand liegen Schwertmuscheln, Krebspanzer, Strandschnecken. In der Ferne sehe ich den schaumigen Rand der Wellen und darüber einen orangeroten Streifen. Bald bricht die Dämmerung an, und dann steigt die Flut. Viel Zeit bleibt mir nicht. Ich laufe schneller. Vor mir taucht ein dunkler Gegenstand auf. Angeschwemmtes Holz oder ein Sack voller Müll? Bewegt sich da etwas? Ein großer Hund oder ein kauernder Mensch? Mein Herz klopft. Soll ich umkehren? Aber wohin? Die Felsen am Ende der Bucht sind zu steil, ich schaffe es nicht, dort hinaufzuklettern. In ein, zwei Stunden wird mir das Wasser den Weg abschneiden. Möwen landen auf dem dunklen Körper. Ein toter Seehund. Ich fange an zu rennen. Die Sonne ist untergegangen, das Licht wird fahl. Ich blicke an mir herunter und erschrecke. Ich bin nackt.
»Paula?«
Ich öffne die Augen. Jakob beugt sich über mich.
»Du hast im Traum geredet.«
»... Worüber?«
»Das habe ich nicht genau verstanden. Es ging um einen

Hund und irgendetwas, was dir den Weg abschneidet. Du warst ganz panisch.«
»Ich wünschte, ich würde nicht immer so viel träumen.«
»Es hat bestimmt mit deinen Bildern zu tun.«
»Nein, diesmal nicht.«
Kurz darauf höre ich, dass Jakob wieder eingeschlafen ist.
Ich denke über den Traum nach. Natürlich hat er mit meinen Bildern zu tun. Ich habe Angst, zu viel von mir preiszugeben, wenn ich sie zeige.

Lili kommt um Punkt neun. Ich sehe ihr an, dass sie wenig geschlafen hat.
»Gab es Probleme mit dem Steuerberater?«
»Ja, das war kompliziert und insgesamt unerfreulich, weil mein Vater sich furchtbar aufgeregt hat. Ich hätte mit den Unterlagen direkt in die Kanzlei fahren sollen.« Sie seufzt. »Dazu kommt, dass ich mit meiner Übersetzung total im Verzug war und in den letzten zwei Wochen jede Nacht bis drei Uhr gearbeitet habe. Aber heute Morgen bin ich fertig geworden, und jetzt habe ich Zeit.«
»Ich habe uns einen Tee gekocht.«
»Wunderbar.«
Wir setzen uns an den Küchentisch. Ich bin erleichtert, dass Lili nicht gehetzt ist. Sonst würde es mir noch schwerer fallen, ihr meine Bilder zu zeigen.
»Gestern Abend wollte mein Vater mich gar nicht gehen lassen«, sagt Lili traurig. »Wahrscheinlich spürt er, dass ich bald abreisen werde.«
»Wann wirst du es ihm sagen?«
»Einen Tag vorher ... Alles andere hat keinen Zweck, er vergisst es sofort wieder.«

»Meinst du, sein Zustand hat sich einigermaßen stabilisiert?«
»Ja, er ist gut auf die Medikamente eingestellt. Und die Betreuung durch Frau Bergstedt ist hervorragend. Ihr steht bald Urlaub zu, aber sie will damit warten, bis ich das nächste Mal komme und wir ihre Vertretung gemeinsam einarbeiten können.«
»Wann wird das sein?«
»In sechs Wochen. Ich stelle mir vor, dass ich dann nur ein paar Tage bleiben werde, vorausgesetzt, es geht meinem Vater nicht auf einmal schlechter. Zum Glück ist die Wohnung von Andrews Kollegen Mitte November gerade wieder frei.«
»Ich freue mich, wenn ich dich häufiger sehen kann.«
»Ich mich auch … Künftig vermutlich alle fünf bis sechs Wochen.«
»Wenn es mit der Wohnung mal nicht klappen sollte, bist du hier herzlich willkommen.«
»Aber du brauchst doch dein Atelier.«
»Wir könnten das Schlafsofa ins Wohnzimmer stellen.«
»Okay … danke. Es tut mir leid, dass wir beide diesmal etwas zu kurz gekommen sind. Als du vor zwei Tagen anriefst, wurde mir plötzlich klar, dass ich kein einziges Mal in deinem Atelier war.«
»Das holst du jetzt nach.«
»Genau.«
Wir stehen auf. Ich lasse Lili vorgehen.
»Hast du viel gearbeitet?«, fragt sie auf dem Weg nach oben.
»Ja.«
»Wieder für deinen Galeristen?«
»Nein.«
An der Tür hält Lili inne. »Hey, du hast ja auch gezeichnet.« Sie dreht sich zu mir um. »Toll, die Blätter so aufzuhängen.«
»Das war die Idee meiner Kollegin Franziska.«

Lili beginnt, sich in die Zeichnungen zu vertiefen. Den Zyklus werde ich erst hervorholen, wenn sie damit fertig ist. Er lehnt an der Wand, hinter den wilden Bildern. Die dazugehörigen Zeichnungen habe ich vorher in eine Mappe gelegt. Nichts soll Lili auf das Thema vorbereiten.

»Die sind unglaublich gut. Was für starke Motive. Sie haben etwas Surreales, Alptraumhaftes ... Ich wusste gar nicht, dass du auch so ein ausgeprägtes Zeichentalent hast.«

»Danke ...«

»Sind das die Finger meines Vaters?«

»Ja ...«

»Hattest du ein Foto als Vorlage?«

»Nein.«

»Diese schreckliche Handglocke ...« Lilis Lippen zittern. »Es macht mich so traurig zu sehen, wie sich sein Verstand immer mehr auflöst ...« Sie beginnt zu weinen. »Auch wenn er jetzt viel zugänglicher ist ... viel herzlicher, als ich ihn je erlebt habe ...«

»Du hättest dir die Nähe gewünscht, als er noch klar im Kopf war.«

»Ja ... All die versäumten Jahre ... Hoffentlich bleibt uns noch etwas Zeit ...«

»Möchtest du die Zeichnung haben?«

Sie nickt und wischt sich die Tränen ab. »Tut mir leid ... Ich bin im Augenblick sehr dünnhäutig.«

»Das verstehe ich gut.«

»Aber egal, zeig her, was du noch alles produziert hast.« Sie deutet auf meine wilden Bilder. »Das sind deine neuen Acrylarbeiten.«

»Ich habe dir Anfang September beim Skypen schon mal etwas gezeigt.«

»Stimmt, die Studie in Gelb und Violett.« Lili betrachtet die Bilder eins nach dem anderen. »Das sind tolle Farbexperimente. So etwas habe ich noch nicht gesehen. Hast du mit einem Spachtel gearbeitet?«
»Ja, auch.«
»Ich mag dieses Collagenhafte … Die könnte ich alle bei mir aufhängen.«
»Ich habe durchaus Kritik an manchem …«
»Aber das Malen hat dich befreit.«
»Ja …« Ich hole tief Luft. »So, und jetzt zeige ich dir meine neuesten Arbeiten. Setz dich mal hin.«
Ich drücke ihr die Zeichnung von Großvaters Fingern in die Hand, um sie einen Moment abzulenken. Mein Herz klopft. Ich räume die wilden Bilder beiseite, gebe den Blick auf den Zyklus frei.
Ich höre keinen Schrei, nichts. Lili steht auf und geht wie in Trance auf die Bilder zu. Sie bleibt lange davor stehen. Dann nimmt sie mich in die Arme.

44.

Lilis Abreise macht mir zu schaffen. Vier Wochen lang hat es mich beruhigt zu wissen, dass sie für alles zuständig ist und immer eine Lösung findet. Wie soll ich reagieren, wenn Großvater plötzlich orientierungslos durch die Straßen irrt oder Vater in eine neue Krise gerät?
»Ich werde jeden Tag mit Frau Bergstedt telefonieren«, sagt Lili, als sie an ihrem letzten Abend mit uns zusammen isst. »Sie hat mir versprochen, dass sie mir nichts vormacht. Sobald es Probleme gibt, die sie überfordern, komme ich.«
»Gut«, murmele ich. »Hast du ... Georg noch mal gesehen?«
»Nein. Ich habe ihn gestern angerufen und wollte ihn besuchen oder irgendwo treffen, aber es passte ihm alles nicht.«
»Das kenne ich ...«
»Schließlich habe ich es aufgegeben. Ich hatte so viel zu erledigen.« Lili seufzt. »Ehrlich gesagt, bin ich ziemlich sauer auf ihn. Ich rackere mich ab und versuche, Vaters veränderte Situation zu regeln, was wirklich nicht leicht ist, und Georg hält sich aus allem raus. Es ist immerhin auch sein Vater.«
»Hat er dir gesagt, wie er mit seiner Arbeit zurechtkommt?«, fragt Jakob.
»Nicht schlecht, meinte er. Manchmal denke ich, wir sind

ihm alle nur lästig mit unseren Fragen und unseren Sorgen um ihn. Er will seine Ruhe haben, im Baumarkt Holzbretter zurechtsägen und einmal in der Woche mit Werner Schumann Schach spielen. Vielleicht müssen wir das einfach hinnehmen.«

»Ich kann das mühelos hinnehmen, wenn er damit glücklich wäre, aber das ist er ja nicht«, sage ich und erschrecke über die Schärfe in meiner Stimme.

Lili schaut mich nachdenklich an, dann legt sie mir die Hand auf den Arm. »Das wird schon.«

Am Samstagnachmittag kommt Sven, der von Franziska empfohlene Fotograf, zu mir ins Atelier. Wir vereinbaren, dass er den Zyklus und eine Auswahl der Zeichnungen fotografiert, aber nicht die wilden Bilder.

Sven ist sehr still. Erst beim Abschied sagt er mir, wie sehr ihn meine Arbeiten beeindruckt hätten.

Ich habe begonnen, die Bewerbung zu schreiben. Im ersten Entwurf handele ich die Ausstellungen in der Galerie Fischer mit einem Halbsatz ab, aber ich merke, dass es nicht stimmig ist, die Phase meiner gegenständlichen Malerei kleinzureden – zumal die Zeichnungen auch gegenständlich sind, nur von den Motiven her völlig anders als alles, was ich für Max produziert habe. Ich beschreibe meine jetzige Arbeit als Aufbruch in eine neue Phase, in der ich anstrebe, mich von der Gegenständlichkeit zu entfernen, ohne abstrakt zu werden. *Mir geht es darum, Farbkosmen für innere Bilder zu entwickeln.*

Die Fotos sind hervorragend. Ich danke Franziska für ihren Tipp.

»Wie sieht es mit deiner Bewerbung aus?«, frage ich.

»Ich habe beschlossen, nicht mitzumachen. Mein Projekt steckt noch zu sehr in den Anfängen. Ich brauche viel mehr Zeit, um herauszufinden, worum es mir eigentlich geht. Die bisherigen Ansätze sind alle zu beliebig.«
»Das tut mir leid. Wenn du mir neulich nicht von der Kunstpreis-Ausstellung erzählt hättest, wäre ich nicht auf die Idee gekommen, noch mal in deine Liste mit den Ausschreibungen zu gucken ...«
»Ist doch nicht schlimm. Es werden immer wieder Ausstellungen ausgeschrieben. Hauptsache, eine von uns ist dabei. Dein Zyklus ist ein ausgereiftes Projekt. Wenn überhaupt, hat nur so etwas eine Chance.«

Am 10. Oktober reiche ich meine Bewerbung bei der Tiefenbacher Bank ein.
Abends öffnet Jakob eine Flasche Prosecco.
»Ich habe mich beworben, weiter nichts«, sage ich.
Er schenkt uns ein. »Auf deine hart erkämpften Bilder.«

45.

In den folgenden Monaten arbeite ich daran, die Themen meiner Zeichnungen in Farbe umzusetzen.
Ich treffe mich regelmäßig mit Franziska, ihre Kritik ist präzise und fair.
»Genau wie deine Kommentare zu meinen Arbeiten«, behauptet sie.
Ich habe nach wie vor das Gefühl, in diesen Dingen nicht so geübt zu sein wie sie. Doch ich lerne dazu.
Immer wieder quält mich die Frage, womit ich ab Sommer Geld verdienen soll. Ich habe mich an der Volkshochschule darum beworben, zwei Malkurse zu übernehmen. Insgeheim hoffe ich, dass sie mich ablehnen. Ich kann noch nicht zur Blumen- und Landschaftsmalerei zurückkehren. Vielleicht werde ich es nie können.
»Ich weiß, dass du unabhängig sein willst«, sagt Jakob, »aber denk mal darüber nach, ob du es akzeptieren kannst, wenn ich dich eine Weile finanziell unterstütze.«
Es würde mir schwerfallen.
Lili kommt Mitte November für ein paar Tage nach Hamburg. Großvater wird immer kindlicher.
Weihnachten überraschen wir ihn damit, dass wir bei ihm in

der Heilwigstraße feiern. Auch Andrew ist dabei. Nur Vater sagt im letzten Moment ab.
»Was zu erwarten war«, murmelt Lili.
Er meldet sich nie bei mir. Alle zwei Wochen rufe ich ihn an, und wir treffen uns in einem Café. Ich habe ihn mehrmals zu uns nach Hause eingeladen, doch er geht nicht darauf ein. Fühlt er sich Jakob gegenüber immer noch unsicher? Ich würde ihm gern meine neuen Bilder zeigen, aber vermutlich will er genau das vermeiden. Wenn ich ihn frage, was er erlebt hat, erzählt er mir von seiner Arbeit und von Werner Schumann. Mittwochs und freitags joggen sie, und montags abends spielen sie Schach.
»Gehst du noch zu deinem Therapeuten?«
Er nickt und verfällt in Schweigen.

Am 14. Januar erhalte ich einen Brief, in dem mir mitgeteilt wird, dass die Jury für den Kunstpreis der Tiefenbacher Bank ihre Entscheidung gefällt habe. *Sie sind zwar nicht unter den Preisträgern, aber wir freuen uns, Ihnen mitteilen zu können, dass Ihr Zyklus »LUISE« in die Reihe der Werke aufgenommen wurde, die im Rahmen der Kunstpreis-Ausstellung im Kunstfoyer der Tiefenbacher Bank zu sehen sein werden. Die Eröffnung ist am 4. April 2013.*

46.

Vier Wochen später, an einem eisigen Montagabend um halb elf, ruft Werner Schumann mich an.
»Entschuldigen Sie die späte Störung ... Ich ...« Er räuspert sich.
Panik steigt in mir hoch. »Ist etwas mit meinem Vater?«
»Ich ... mache mir Sorgen um ihn.«
»Geht es ihm wieder schlechter?«
»Er wirkt so bedrückt ...«
»Wann haben Sie ihn zuletzt gesehen?«
»Vorhin. Wir haben Schach gespielt ... Er war sehr unkonzentriert, hat drei Partien hintereinander verloren ... Als ich ihn gefragt habe, ob alles in Ordnung sei, hat er nur mit den Achseln gezuckt ... Wir reden ja auch sonst kaum, trotzdem war heute irgendetwas anders ...«
Ich schlucke.
»Es kann sein, dass ich mich täusche und er einfach einen schlechten Tag hatte ... Ich will Sie auf keinen Fall unnötig beunruhigen ...«
»Nein, es ist gut, dass Sie mir Bescheid gesagt haben.«
»... Im Sommer, als er die Tabletten genommen hat, habe ich mir solche Vorwürfe gemacht ...«

»Ich fahre sofort zu ihm.«

»Wenn es etwas gibt, was ich tun kann …«

»Danke.«

Ich wünschte, Jakob könnte mich begleiten, aber er ist seit heute Morgen in Köln, um über einen Kardiologen-Kongress zu berichten.

Auf dem Weg nach unten überlege ich, wo ich geparkt habe. Ich erinnere mich nicht einmal, wann ich zuletzt Auto gefahren bin.

Draußen entdecke ich den Wagen beinahe direkt vor dem Haus. Die Scheiben sind zugefroren. Es gelingt mir nicht, die Tür zu öffnen. Ich laufe zurück ins Haus und suche im Keller nach einem Enteisungsspray. Wenn das nicht hilft, muss ich mir ein Taxi bestellen.

Zehn Minuten später lasse ich den Motor an. In den Verkehrsnachrichten wird vor Blitzeis auf Hamburger Straßen gewarnt.

Ich denke an mein letztes Treffen mit Vater, vor zehn Tagen, in einem kleinen Café im Stadtpark. Seine Antworten auf meine Fragen, wie es ihm gehe und ob er mit seiner Arbeit zurechtkäme, waren sehr knapp. Unverändert. Hab ja Routine. Anders als in den letzten Monaten erkundigte er sich nicht, wie es mir geht und wie es mit dem Malen läuft. Dabei wollte ich ihm an dem Tag von der Ausstellung erzählen.

Der Verkehr stockt. An einer Kreuzung hat es einen Unfall gegeben. Gleich halb zwölf. Soll ich ihn anrufen? Nein. Er wird sagen, fahr wieder nach Hause.

Ich höre ein Martinshorn, sehe im Rückspiegel den Notarztwagen näher kommen. Tu es nicht, Vater. Ich bin auf dem Weg zu dir.

Um kurz nach Mitternacht halte ich vor dem Hochhaus, in

dem seine kleine Erdgeschosswohnung liegt. Die Schmiereien an den Wänden wirken gespenstisch im milchigen Licht der Straßenbeleuchtung.
Im Eingang des Nachbarhauses stehen drei Männer und blicken zu mir herüber. Eine Gegend für Asoziale, pflegte Großmutter zu sagen und mit der Zunge zu schnalzen. Vater widersprach ihr nie. Vielleicht empfindet er sich selbst als asozial.
Ich steige aus und schließe ab. Die Männer beobachten mich. Wenn sie meinen alten Polo aufbrechen, werden sie nichts finden. Ich gehe auf die Haustür zu, Vaters Klingel ist unten rechts. Fehlt sein Namensschild schon länger? Wann war ich zuletzt hier? Vor über einem Jahr. Ich klingele und warte. Er wird mir nicht öffnen. Entweder schläft er oder er sieht mich vor der Tür stehen oder …
Ein Geräusch hinter mir lässt mich zusammenzucken. Ich drehe mich um. Einer der Männer kickt eine Bierdose über die Straße. Die beiden anderen gehen rauchend auf meinen Wagen zu. Wollen sie mir den Weg abschneiden? Was habe ich in meiner Handtasche? Etwa hundertzwanzig Euro, die EC-Karte, mein Handy, meine Schlüssel. Ich greife nach Jakobs Kette.
»Hallo?«, ertönt eine heisere Stimme aus der Sprechanlage.
»Ich bin's, Paula.«
»Was? Mitten in der Nacht?«
»Mach bitte auf.«
»Ja, aber …«
»Glaubst du, ich stehe um diese Zeit gern bei dir vor der Tür?«, unterbreche ich ihn.
Da endlich lässt er mich herein.
Im Treppenhaus riecht es nach Kohl und angebrannten Zwiebeln.

Seine Wohnungstür ist angelehnt. Ich schiebe sie auf. Eine flackernde Glühbirne beleuchtet den kahlen Flur.
»Wo bist du?«
Vater kommt aus der Küche, er hat tiefe Schatten unter den Augen. In seinem löchrigen T-Shirt und den fleckigen Jeans sieht er aus wie ein Penner. Seine Haut strömt einen säuerlichen Geruch aus.
»Werner Schumann hat mich angerufen.«
Er zieht die Augenbrauen hoch.
»Können wir uns irgendwo hinsetzen?«
Nach kurzem Zögern deutet er mit dem Kopf in Richtung Wohnzimmer.
Ich spüre seinen Widerwillen, und plötzlich verliere ich die Kontrolle über mich. Ich packe ihn an den Schultern und schüttele ihn. »Wir haben Angst um dich, verstehst du? Angst, dass du wieder versuchst, dich umzubringen. Du ziehst dich immer mehr in dich zurück, redest kaum noch, lässt dich gehen. Meinst du, das ist uns egal?«
Vater tritt einen Schritt zurück, meine Hände fallen ins Leere.
»Ich wäre dir dankbar, wenn du jetzt gehen würdest«, sagt er leise.
»Nein!«, schreie ich. »Ich will nicht gehen. Ich will etwas tun, damit es dir bessergeht.«
Er öffnet die Wohnungstür. Ich rühre mich nicht.
Einen Moment lang blickt er durch mich hindurch, dann verschwindet er im Badezimmer, schließt hinter sich ab, schaltet das Radio ein. Jazzmusik.
Ich trommele mit den Fäusten gegen die Tür, die Musik wird lauter. So lasse ich mich nicht von ihm abspeisen.
Ich schlage die Wohnungstür zu, setze mich auf den rissigen Linoleumfußboden und warte. Irgendwann wird er wieder

herauskommen. Und wenn nicht, werde ich ihm sagen, dass ich den Notarzt rufe.
Fünf Minuten später höre ich, wie aufgeschlossen wird. Vater scheint nicht erstaunt, dass ich noch da bin.
»Kochst du uns einen Tee?«, frage ich.
Er nickt.
Ich stehe auf, folge ihm in die Küche, es ist kalt hier. Ich schaue ihm zu, wie er Wasser aufsetzt und in seinem fast leeren Schrank nach Tee sucht.
»Soll ich morgen für dich einkaufen?«
»Nein ... Werner will mittags mit mir zum Supermarkt fahren.«
Er hat einen Teebeutel gefunden. Jetzt spült er sorgfältig die Kanne aus und stellt zwei Becher auf den Tisch. Seine Hände zittern.
»Warum geht es dir wieder schlechter?«
Er gießt Wasser auf und setzt sich mir gegenüber. »Ich weiß es nicht ...«
»Nimmst du noch deine Medikamente?«
»Schon lange nicht mehr.«
»Wieso nicht?«
»Sie waren mir unheimlich.«
»Aber sie haben dich stabilisiert.«
»Das war alles künstlich.«
»Und selbst wenn ... Hauptsache, du fällst nicht immer wieder in dieses Loch.«
Er schenkt uns ein. »Ich habe keine Milch.«
»Das macht nichts.«
»Hast du die Therapie abgebrochen?«
»Nein ... Ich schwanke noch ... In manchen Sitzungen sage ich kein Wort.«

»Vertraust du dem Therapeuten nicht?«
»Doch ...« Er holt tief Luft. »Die ... Bürde ist zu groß.«
»Welche Bürde?«
»... zu leben ...«
»Sag nicht so etwas.«
»Es ist aber so.«
Wir verfallen in Schweigen. Mein Blick gleitet über die feuchte, verschimmelte Außenwand, den Heizkörper mit der abgeplatzten Farbe, das alte Fenster, das sich nicht mehr richtig schließen lässt. Vater sollte umziehen, hätte längst umziehen müssen.
»Die Umgebung tut dir nicht gut. Ich werde dir helfen, eine andere Wohnung zu finden.«
Vater schüttelt den Kopf. »Das hier ist alles, was ich mir leisten kann.«
»Brauchst du unbedingt zwei Zimmer?«
»... Nein.«
»Dann werde ich versuchen, ein helles, trockenes Einzimmerapartment in einer besseren Gegend für dich zu finden.«
»Ich würde es nicht schaffen umzuziehen ...«
»Jakob und ich helfen dir.«
»Ach, Kind ...«
Er legt kurz seine Hand auf meine. Sie ist rauh.
»Wie geht es dir?«
»Ich ... habe vor vier Wochen eine gute Nachricht bekommen.«
»Aha ...«
Ich erzähle ihm von der Ausstellung im April.
»Schön«, murmelt er.
Er ist mit seinen Gedanken woanders, will nicht wissen, um was für Bilder es geht.

»Bitte versprich mir, dass du mich anrufst, wenn es irgendwann ... noch schlimmer wird und du keinen Ausweg mehr weißt.«
»Das kann ich dir nicht versprechen.«
»Warum nicht?«
»Weil ... sich das Gefühl der völligen Sinnlosigkeit ... von einem Moment zum anderen über mich stülpt ... Ich konnte nicht mehr klar denken, als ich im Juni die Tabletten genommen habe ...«
»Aber du hast einen Montag gewählt. Da gab es immerhin die Chance, dass Werner Schumann dich lebend finden würde.«
»Das stimmt ... trotzdem war es keine bewusste Entscheidung.«
»Am liebsten würde ich dich bei uns in der Wohnung unterbringen.«
»Nein, ich ... komme schon zurecht.« Er trinkt seinen Tee aus. »Ich glaube, du solltest jetzt nach Hause fahren. Es ist spät.«
»Ich schaue mich nach einer Wohnung für dich um.«
Er lächelt. »Danke, dass du gekommen bist.«
Draußen ist es spiegelglatt. Die drei Männer sind verschwunden. Sie haben meinen Wagen nicht beschädigt.
Beim Einsteigen sehe ich Vater am Fenster stehen. Ich winke ihm zu. Er winkt zurück.
Ich drehe und fahre los. Vater steht noch immer am Fenster.

47.

In den nächsten Wochen erkundige ich mich, was an Einzimmerwohnungen angeboten wird. Die Mieten in anderen Stadtteilen liegen weit über dem, was Vater zahlt. Für zweihundertsiebzig Euro bekommt er höchstens ein Zimmer in einer WG.
»Nein danke«, sagt Vater.
»Könntest du dreihundertfünfzig Euro aufbringen?«
»Verschwende nicht deine Energie. Ich bin hier ganz zufrieden.«

Mitte März klingelt bei mir das Telefon. Die Nummer auf dem Display kommt mir bekannt vor, trotzdem brauche ich einen Moment, bis ich mich erinnere, dass es Max ist, der mich anruft.
»Hallo?«
»Ich habe gehört, dass ein Zyklus von dir im Kunstfoyer der Tiefenbacher Bank ausgestellt wird.«
»So ist es.«
»Glückwunsch.«
»Danke.«
»Als dein langjähriger Galerist hätte ich es gern von dir erfahren und nicht aus der Presse.«

»Du bist nicht mehr mein Galerist.«

»Ich weiß, Paula. Aber ich habe dich acht Jahre gefördert, deinen Werdegang begleitet. Insofern schreibe ich auch mir ein Stück deines Erfolgs zu.«

»*Was?*« Ich bin mir nicht sicher, ob ich richtig gehört habe.

»Dieser Zyklus wird ja in irgendeiner Weise an das anknüpfen, was du vorher gemacht hast.«

»Ich habe etwas völlig Neues entwickelt. Damit hast du nichts zu tun, und du könntest auch nichts damit anfangen.«

»Wieso bist du dir da so sicher?«

»Weil ich dich kenne.«

»Du meinst, mich zu kennen?« Er lacht spöttisch. »Zeig mir die Bilder doch mal. Vielleicht können wir beide ganz neu in den Markt einsteigen.«

»Daran habe ich kein Interesse.«

»Glaubst du im Ernst, dass du ohne Galerie von deiner neuen Kunst leben kannst?«

»Mach dir über mich keine Gedanken«, sage ich und lege auf.

Ich laufe auf einem zwischen zwei Hochhäusern gespannten Seil. In den Händen halte ich eine Balancierstange. Unter mir höre ich das Rauschen des Verkehrs. Über mir singen die Vögel. Angst habe ich nicht. Falls ich abstürze, wird mich ein Sicherheitsnetz auffangen. Schritt für Schritt gehe ich auf dem Seil voran, mein Ziel ist ein geöffnetes Fenster. Noch vier, fünf Meter. Irgendwo schreit ein Kind. Nicht ablenken lassen. Eine Windböe lässt mich schwanken. Ich fange mich wieder. Verkrampft sich mein Fuß? Ich bleibe stehen, bewege vorsichtig meine Zehen. Es wird besser. Die letzten Schritte. Am Fenster taucht eine Gestalt auf. Mutter. Wie kommt sie hierher? Sie ist doch tot. Du hast es geschafft, sagt sie und

reicht mir die Hand. Ich blicke nach unten und erstarre. Es gibt kein Sicherheitsnetz.
Ich wache auf, spüre den Krampf in meinem Fuß.
»Hast du wieder mit jemandem gekämpft?«, fragt Jakob schlaftrunken.
»Nein ... Ich bin auf einem Hochseil gelaufen.«
»Und?«
»Alles gutgegangen ... aber es war knapp.«
Ich stehe auf und gehe nach oben ins Atelier. Draußen wird es gerade hell.
Gestern hat die Kuratorin der Kunstpreis-Ausstellung den Zyklus abholen lassen.
Ich habe monatelang gearbeitet. Zwanzig neue Acrylbilder sind entstanden, darunter auch das Nasengewächs, eine Studie in Gelb- und Ockertönen. Ich habe sie *Vorahnung* genannt.
»Deine Bilder lassen mich nicht los«, sagte Franziska mir neulich am Telefon. »Heute Nacht habe ich von *Vorahnung* geträumt.«
Seltsam, dass sich meine Bilder wieder in Träume verwandeln.

48.

Ich habe ein Päckchen mit Einladungskarten für die Ausstellungseröffnung bekommen.
Lili hat ihren Flug nach Hamburg längst gebucht, auch Andrew hat zugesagt. Franziska verzichtet mir zuliebe auf eine Reise mit ihrer Mutter, Jakobs gesamte Familie wird dabei sein, dazu Freunde, Kollegen und die Professorin der Hochschule, bei der ich vor neun Jahren meinen Abschluss gemacht habe.
»Willst du deinen Vater nicht einladen?«, fragt Jakob, nachdem er sich meine Liste angesehen hat.
»Der hasst solche Veranstaltungen. Außerdem hat er sich bisher nicht für die Ausstellung interessiert.«
»Trotzdem musst du ihm wenigstens eine Einladung schicken, damit er sich nicht ausgeschlossen fühlt.«
»Das führt nur dazu, dass ich enttäuscht bin, wenn er nicht kommt.«
Jakob nimmt mich in die Arme. »Soll ich ihn anrufen und ihm sagen, wie sehr du dich freuen würdest, wenn er zu der Eröffnung käme?«
»Nein …«
Mir wird plötzlich schwindelig bei der Vorstellung, Vater vor

dem Zyklus stehen zu sehen. Im Atelier wären wir unter uns, aber das Kunstfoyer ist ein öffentlicher Ort. Ich kann ihm den Anblick der Bilder dort nicht zumuten.
»Hast du Angst vor seiner Reaktion?«
»Ja ...«
»Er wird stolz auf dich sein.«
Ich schüttele den Kopf. »Du kennst ihn zu wenig. Er wird sich bloßgestellt fühlen.«
»Und was ist mit deinem Großvater?«
»Er weiß nicht mehr, wer ich bin.«
»Macht doch nichts. Warum sollen ihm deine Bilder nicht trotzdem gefallen?«
»Er verlässt kaum noch das Haus.«
»Etwas Ablenkung würde ihm guttun. Lili und Andrew könnten ihn abholen.«
»Lilli würde sich bedanken.«
Ich überlege. Vielleicht hat Jakob recht.
Abends werfe ich eine Einladung an Großvater in den Briefkasten.

In einer Woche ist es so weit. Ich kann vor Aufregung nicht schlafen.
Lili ruft mich an, um mir zu sagen, dass Andrew und sie in der Schedestraße wohnen werden.
»Wann kommt ihr in Hamburg an?«
»Andrew erst Donnerstagmittag, ich schon am Mittwoch. Und wir bleiben bis Sonntag.«
»Ich hole dich vom Flughafen ab.«
»Danke. Die Maschine landet um 9.50 Uhr. Ach, übrigens ...«
Sie zögert.
»Ja?«

»Georg weiß nichts von unserem Besuch. Und er braucht auch nichts davon zu erfahren.«
»Wieso nicht? Du triffst dich doch sonst immer mit ihm.«
»Beim letzten Mal haben wir uns wieder nur angeschwiegen.«
Lili wechselt abrupt das Thema, erzählt mir von den Forsythien in ihrem Garten, von Flynn, dem ein anderer Kater das halbe Ohr abgebissen hat, und von der Sturmflut an der irischen Ostküste.
Sie geht wie selbstverständlich davon aus, dass Vater bei der Eröffnung nicht dabei sein wird, denke ich beim Auflegen.
Ich entwerfe einen Brief an ihn, frage, ob er sich an unser Gespräch in der Klinik, letztes Jahr im August, erinnert. *Ich hatte eine schlimme Arbeitskrise hinter mir und gerade begonnen zu zeichnen – ein erster Schritt in eine neue Richtung. Nachdem ich einmal Mut gefasst hatte, mich meinen inneren Bildern auszusetzen, gab es kein Zurück mehr. Es war ein schmerzlicher Prozess, aber er hat mich ein Stück weit befreit. Drei dieser neuen Bilder werden ab nächsten Donnerstag öffentlich zu sehen sein. Bei dem Gedanken bekomme ich Herzklopfen, aber ich versuche, mich damit zu beruhigen, dass ich nichts zu verlieren habe.*
Ich lege eine Einladungskarte bei und schicke den Brief ab.
Vater meldet sich nicht. Es hätte mich gewundert, wenn es anders gewesen wäre.

Wie kannst du so gleichgültig reagieren?, schreit Mama ins Telefon. Unsere Tochter hat ein schönes Zeugnis bekommen, das erste in ihrem Leben. Da muss es doch möglich sein, dass du dir mal einen Ruck gibst und ihr etwas schenkst oder sie wenigstens anrufst und ihr gratulierst. Nein, ich habe kein Verständnis dafür, dass es immer nur darum geht, wie du dich gerade fühlst. Mama knallt den Hörer auf die Gabel, ihr Kopf ist rot. Ist Papa krank?, frage ich. Ach, der vergräbt sich mal wieder in seinem Mauseloch. In was für einem Mauseloch? Mama legt mir den Arm um die Schultern. Das verstehst du noch nicht. Ein Mauseloch ist doch viel zu klein für Papa, wende ich ein. Mama lächelt. Das sagt man so. Es bedeutet, dass jemand sich von den Menschen zurückzieht. Und warum? Weil ihm alles zu viel wird. Vielleicht braucht Papa mal Urlaub. Mama seufzt. Mach dir keine Sorgen. Wir gehen jetzt Eis essen und freuen uns über dein Zeugnis. Müssen wir Papa nicht helfen, aus dem Mauseloch wieder herauszukommen? Nein, das habe ich längst aufgegeben, antwortet Mama. Und du fängst am besten gar nicht erst damit an. Deinem Vater ist nicht zu helfen.

Am Mittwochmorgen fahre ich zum Flughafen. Die Maschine ist schon gelandet.
Nach zehn Minuten kommt Lili mir strahlend entgegen.
»Gut siehst du aus. Ich freue mich so für dich.«
»Hoffentlich klappt alles.«
»Was soll nun noch schiefgehen?«
»Ich weiß nicht …«
Sie drückt mich an sich. »Das ist die Aufregung. Aber warte ab, morgen Abend feiern wir dich und deine Bilder, und dann ist alle Anspannung wie weggeblasen.«
Im Parkhaus beschließen wir, als Erstes zu Großvater zu fahren.
»Was hast du von ihm gehört? Wie ist es ihm in letzter Zeit ergangen?«, frage ich.
»Nicht schlecht. Es ist verrückt, aber je dementer er wird, desto zufriedener ist er.«

»Ich traue mich nicht, ihn allein zu besuchen.«

»Das kannst du ruhig. Du musst ihm nur jedes Mal von neuem erklären, wer du bist.«

Wir klingeln. Frau Bergstedt öffnet uns sofort die Tür. Heute lächelt sie.

Lili begrüßt sie und erkundigt sich, wie es Großvater geht.

»Er ist voller Vorfreude«, antwortet Frau Bergstedt mit einem Seitenblick auf mich.

»Hat er sich erinnert, dass ich heute komme?«, fragt Lili ungläubig.

»Nein, das musste ich ihm eben noch einmal ins Gedächtnis rufen.«

»Dann verstehe ich nicht, was Sie meinen.«

»Gehen Sie hinein zu ihm, und sehen Sie selbst.«

»Hallo, hallo«, hören wir ihn da rufen.

Ich folge Lili.

Großvater sitzt in seinem Sessel und schwenkt meine Einladungskarte. »Guckt mal, was ich bekommen habe.«

Lili stutzt und dreht sich zu mir um. Ich sehe ihre hochgezogenen Augenbrauen und nicke.

»Eine Ausstellungseröffnung!«, ruft er. »So etwas habe ich seit Jahren nicht mehr erlebt.«

»Die Malerin der Bilder steht neben mir. Es ist Paula, deine Enkelin.«

Er streckt mir die Hand entgegen. »Sind wir uns nicht schon mal irgendwo begegnet?«

»Ja, zuletzt hier im Wohnzimmer.«

»So ein Zufall.«

»Kommst du morgen Abend?«

»Seit wann duzen wir uns?«

»Du bist mein Großvater.«

»Ach so … na, ja … Ich werde meine Frau bitten, mich zu begleiten.«
»Mutter ist nicht abkömmlich«, sagt Lili. »Wenn du willst, hole ich dich ab.«
»Kann ich mich darauf verlassen?«
»Natürlich.«
»Bist du überhaupt eingeladen?«
»Ja.«
Großvater reibt sich vor Freude die Hände. »Endlich passiert mal wieder etwas.«

Auf dem Weg zur Schedestraße merke ich, wie gereizt Lili ist.
»Das war keine gute Idee«, sagt sie schließlich.
»Wieso nicht?«
»Wir können nicht einschätzen, wie er in der Öffentlichkeit reagieren wird. Er war seit Monaten nicht mehr unter Menschen. Vielleicht rastet er plötzlich aus und fängt an zu schreien.«
»Das glaube ich nicht.«
»Hast du Georg etwa auch eingeladen?«
»Ja, aber er hat nicht reagiert. Er wird sicherlich nicht kommen.«
»Oh, Paula«, seufzt Lili. »Ich dachte, dass dies dein großer Abend werden sollte.«
»Kann es doch auch.«
»Ein dementer Großvater ist da wirklich fehl am Platz.«
»Das finde ich nicht. Ich bin gespannt zu sehen, ob er mit meinen Bildern etwas anfangen kann.«
Lili holt tief Luft. Ich schaue kurz zu ihr hinüber. Sie hat die Lippen zusammengepresst und starrt auf die Straße.
»Es gefällt dir nicht, dass ich dich vorher nicht gefragt habe.«

»Ich hätte dir auf jeden Fall abgeraten.«
»Das habe ich mir gedacht, und deshalb habe ich dich nicht gefragt.«
Ich biege in die Schedestraße ein. Wir schweigen. Lili steigt aus, holt ihr Gepäck aus dem Kofferraum und verschwindet im Haus, ohne sich von mir zu verabschieden.

49.

Nachmittags schickt Lili mir eine SMS. *Bitte verzeih mir mein unmögliches Verhalten von vorhin. Ich habe so reagiert, weil ich befürchte, dass mein Vater den Anblick Deiner Bilder nicht erträgt. Wenn es so kommen sollte, werde ich ihn nach Hause bringen. Alles Liebe, Deine Lili*
Ist schon in Ordnung, schreibe ich zurück. *Ich habe mir gedacht, dass Du deshalb Bedenken hast. Aber vielleicht geht ja alles gut ... Liebe Grüße, Deine Paula*
PS Hast Du Lust, heute Abend mit Jakob und mir essen zu gehen?
Gern, antwortet sie umgehend. *Wenn Dir Deine schwierige Tante nicht zu sehr auf die Nerven geht ...*
Nein. Ich bin ja auch nicht gerade einfach. Vor allem neige ich zur Dickköpfigkeit.
Was nicht das Schlechteste ist, weil Du den Dingen auf den Grund gehst. Das bewundere ich und wünschte, ich wäre dazu in der Lage ...

Später beim Italiener sind wir alle drei in bester Stimmung. Zum Glück erwähnt Lili unsere SMS-Korrespondenz nicht. Ein Gespräch darüber, wie es ist, in unserer Familie den Dingen auf den Grund zu gehen, würde auch Vater einschließen, und über ihn möchte ich heute nicht sprechen.

In dieser Nacht wache ich kein einziges Mal auf. Und ich träume auch nicht oder erinnere mich an keinen Traum.
Jakob hat frische Mohnbrötchen besorgt. Neben dem Brotkorb liegt ein Zettel. *Guten Morgen! Hoffentlich hast Du besser geschlafen. Ich freue mich so auf heute Abend. Kuss, Dein Jakob*
Nach dem Frühstück würde ich am liebsten zur Tiefenbacher Bank fahren und mir im Kunstfoyer noch einmal die Hängung der Bilder ansehen.
»Lass es«, sagt Franziska am Telefon. »Entspann dich. Du weißt doch, dass sie gut hängen.«
Ich gehe spazieren und lese Zeitung in einem Café. Auf dem Nachhauseweg wird mir bewusst, dass ich von dem Gelesenen nichts behalten habe.

Sie sind alle gekommen: Jakob und seine Eltern, seine Brüder, Birte und ihr Mann, Franziska mit einer ganzen Gruppe von Kolleginnen, meine alte Professorin und viele Freunde.
Um kurz nach halb acht öffnet sich die Tür, und Lili und Großvater betreten das Foyer, gefolgt von Andrew. Lili winkt mir zu, und ich winke zurück.
Ohne nach rechts oder links zu blicken, steuert Großvater auf einen Stuhl zu. Lili setzt sich neben ihn und streicht ihm über die Hand. Er hält den Kopf gesenkt. Ist das alles zu viel für ihn? Die Bilder hat er bisher nicht wahrgenommen. Weiß er überhaupt, dass er sich in einer Ausstellung befindet?
Der Vorsitzende der Jury erhebt sich und geht zum Rednerpult.
In dem Augenblick entdecke ich Vater, in der letzten Reihe,

halb verborgen hinter einer Säule. Ist er gerade erst angekommen, oder steht er dort schon länger, unbeobachtet von seiner Verwandtschaft und bereit, jeden Moment wieder aufzubrechen?
Jetzt wendet er den Kopf. Den Zyklus wird er von da hinten nicht erkennen können.
Die Worte des Redners rauschen an mir vorbei. Die drei Preisträger werden nach vorne gebeten, das Publikum klatscht, die Pressefotografen machen ihre Aufnahmen von den dreien, zusammen mit den Jurymitgliedern und der Kuratorin. Vater ist verschwunden.
Es gibt Wein und Fingerfood. Freunde und Kollegen umarmen und beglückwünschen mich. Jakobs Familie hält alles in Bildern fest; spätestens in ein paar Wochen wird mir seine Mutter ein Fotoalbum mit dem Titel *Dein großer Tag* überreichen.
Großvater sitzt noch immer auf seinem Stuhl. Lili redet ruhig auf ihn ein. Nach einer Weile erhebt er sich und lässt sich von Lili unterhaken. Langsam gehen sie an den Bildern entlang.
»Guck mal, da vorn«, flüstert Jakob mir zu und deutet mit dem Kopf auf meinen Zyklus.
Ich sehe einen Pulk von Ausstellungsbesuchern und mittendrin Vater, leicht vornübergebeugt. Studiert er die Details der Bilder?
Der Pulk setzt sich in Bewegung. Erst jetzt bemerke ich, dass Vaters Schultern beben. Er weint. Mir bricht der Schweiß aus. Ich will zu ihm laufen, ihn trösten. Da sehe ich Großvater. Er starrt auf *LUISE* und auf seinen Sohn.
Lili versucht, ihn weiterzuziehen, doch Großvater reißt sich los. Er geht langsam auf Vater zu und legt ihm einen Arm um die Schultern. Vater erschrickt. Ich sehe seinen fassungslosen Blick. Er schüttelt Großvaters Arm nicht ab.

50.

Später liege ich noch lange wach.
Haben Vater und Großvater miteinander gesprochen? Ich glaube nicht. Großvater ging es auf einmal nicht gut, er musste sich hinsetzen. Vater blieb hilflos neben ihm stehen, bis Lili ihn im Taxi nach Hause brachte. Als ich Vater sagen wollte, wie viel es mir bedeute, dass er gekommen sei, war er nicht mehr da.

Am nächsten Morgen ruft Frau Bergstedt an und bittet mich, so schnell wie möglich zu meinem Großvater zu kommen.
»Hat sich sein Zustand verschlechtert?«, frage ich erschrocken.
»Das kann ich nicht beurteilen. In manchen Moment ist er völlig verwirrt und in anderen ganz klar. Auf jeden Fall will er unbedingt seine Familie sehen. Er hat die halbe Nacht in irgendwelchen Unterlagen gewühlt.«
»Aha ...«
»Ihrer Tante habe ich eben Bescheid gesagt. Sie wird versuchen, Ihren Vater mitzubringen, auf ausdrücklichen Wunsch von Herrn Brandt.«

»Wissen Sie, worum es geht?«
»Ihr Großvater will Ihnen allen etwas mitteilen.«
Als Nächstes meldet sich Lili bei mir. »Ich kann Georg nicht erreichen. Er besitzt ja dummerweise weder ein Handy noch einen Anrufbeantworter.«
»Ich probier's auch noch mal. Und sonst rufe ich Werner Schumann an und frage ihn, ob er eine Ahnung hat, wo Vater sein könnte.«
»Wenn er es nicht weiß, müssen wir nach Steilshoop fahren.« Lilis Stimme klingt alarmiert.
»Bis gleich«, sage ich und wähle Vaters Nummer.
Er nimmt nicht ab. Und bei Werner Schumann meldet sich auch niemand. Einmal versuche ich es noch bei Vater. Meine Hände zittern.
Ich lasse es zehnmal, elfmal klingeln. Es hat keinen Zweck.
In dem Moment wird der Hörer abgenommen. »… Brandt«, sagt Vater atemlos.
»Hier ist Paula. Wo warst du?«
»Ich bin gerade zur Tür hereingekommen. Werner und ich waren joggen …«
»Lili und ich sind schon ganz verzweifelt, weil wir dich nicht erreichen konnten.«
»Wieso? Was ist passiert?«
Vater hört mir zu, dann murmelt er, dass er sich ein Taxi bestellen werde.
»Lili und ich können dich abholen.«
»Nein. Wir treffen uns … in der Heilwigstraße.«

In Großvaters Wohnzimmer sieht es chaotisch aus. Die Türen des alten Eichenschranks stehen offen, auf dem Fußboden liegen Berge von Akten, Briefen und Zeitungsartikeln.

Großvater sitzt reglos in seinem Sessel am Fenster; er hält eine dünne blaue Mappe in den Händen.
Lili gibt ihm einen Kuss auf die Stirn. »Tag, Vater.«
Er nickt abwesend.
»Hallo, Großvater.« Ich umarme ihn, zum ersten Mal in meinem Leben.
»Wo ist mein Sohn?«
»Der kommt gleich«, antworte ich.
Frau Bergstedt schenkt uns Tee ein und reicht eine Schale mit Heidesandplätzchen herum.
Endlich klingelt es.
Großvater blickt unruhig hin und her und scharrt mit den Füßen.
»Sie brauchen nicht aufzustehen, Herr Brandt«, sagt Frau Bergstedt entschieden. »Ich mache auf.«
Kurz darauf betritt Vater den Raum. Er ist bleich und unrasiert.
»Georg, da bist du ja«, ruft Großvater.
»Morgen …«
Lili zeigt auf den Platz neben sich. »Setz dich zu mir.«
Vater schüttelt kaum merklich den Kopf. Er steigt über die Papierberge hinweg und bleibt am Kamin stehen.
»Tee?«, fragt Frau Bergstedt.
»Nein, danke«, antwortet er leise.
Sie geht hinaus und schließt die Tür hinter sich.
Großvater sitzt wieder reglos da. Er scheint vergessen zu haben, warum er uns zu sich gebeten hat.
Wir warten.
»Vater?«, sagt Lili nach einer Weile.
Er schaut sie irritiert an.
»Du wolltest uns etwas erzählen.«

Er drückt die blaue Mappe an sich.
»Willst du uns zeigen, was in der Mappe ist?«
»Es war ein Unfall! Ein Unfall! Ein Unfall!«, stößt er hervor.
»Wann? Wo?«, fragt Lili. »Wir wissen nicht, was du meinst.«
Vater rührt sich nicht.
»Gib mir mal die Mappe«, sagt Lili und streckt die Hand aus.
Zögernd reicht er sie ihr.
Lili öffnet sie und zieht ein paar Zeitungsausschnitte heraus.
Ich sehe, wie ihre Augen sich weiten.
»Das kann nicht wahr sein ...«, flüstert sie.
»Was?«, frage ich.
Mit stockender Stimme liest sie vor: »*PKW ÜBERFÄHRT KIND – Tragischer Tod einer Dreijährigen in Othmarschen – Gestern Nachmittag ereignete sich in Hamburgs Westen ein schrecklicher Unfall. Ein kleines Mädchen lief unvermittelt aus einer Einfahrt auf die Straße. Der Fahrer des herannahenden Wagens bremste, aber es war zu spät. Als der Notarzt an der Unfallstelle eintraf, konnte er nur noch den Tod des Kindes feststellen. Die Mutter erlitt einen Schock und musste ins Krankenhaus eingeliefert werden.*«
»Wir haben im Garten gespielt ...« Vaters Stimme bebt. »Ich sollte auf Luise aufpassen ... Aber ich habe getrommelt ... und dann war sie plötzlich weg ...«
»Georg, du warst erst fünf!«, ruft Lili. »Wie konnte jemand von dir erwarten ...«
»Ich hatte Schuld ...« Er beginnt zu weinen.
Ich gehe auf ihn zu, er weicht zurück.
»Mutter ... hat mich seit jenem Tag ... gehasst ...«
»Sie wollte schnell ein neues Kind«, murmelt Großvater.
Und nichts sollte mehr an Luise erinnern.
»Wir haben Luise verloren, haben alle Kinder verloren ...« Er schließt die Augen.

Vater zittert. Noch nie habe ich ihn so bleich gesehen.

Wenn Großvater ihm nur beigestanden hätte. Aber das konnte er nicht. Großmutters Zusammenbruch, ihr Hass auf Vater und Luises Auslöschung aus ihrem Leben hat alle in den Abgrund gezogen. Lili hat er versucht zu retten, und dafür musste er sie wegschicken.

In unser Schweigen dringt ein leises Schnarchen. Großvater ist eingeschlafen.

»Ich hole Frau Bergstedt«, sagt Lili und steht auf.

Es dauert ein paar Minuten, bis sie mit ihr zurückkommt. Sie hat offenbar nicht vor der Tür gestanden und unser Gespräch belauscht.

Wir sehen zu, wie sie Großvater sanft weckt und ihm aus dem Sessel hilft. Er nimmt uns nicht mehr wahr.

Als sie das Zimmer verlassen haben, fängt Lili an aufzuräumen.

»Los, bewegt euch«, fordert sie Vater und mich auf.

Fast zwei Stunden lang knien wir im Wohnzimmer und ordnen Großvaters verstreute Akten und Korrespondenz.

»Die blaue Mappe nehme ich mit«, verkündet Vater.

Niemand widerspricht ihm.

»Herr Brandt schläft immer noch tief und fest«, sagt Frau Bergstedt beim Abschied. »Ich schlage vor, dass Sie morgen wiederkommen. Dann hat er sich etwas erholt.«

Auch wir brauchen Erholung.

Schweigend gehen wir durch das Gartentor. Über uns ballen sich dunkle Wolken zusammen. Bald wird es anfangen zu regnen.

Vater holt tief Luft. »Ich habe Hunger.«

»Wollen wir an die Elbe fahren und in einem der Fischrestaurants etwas essen?«, frage ich.

Die beiden nicken.

»Wieso musst du eigentlich heute nicht arbeiten?«

»Ich ... bin seit zwei Wochen wieder krankgeschrieben.«

»Das hast du uns gar nicht erzählt.«

»Ich wollte euch nicht beunruhigen.«

»Beunruhigt sind wir sowieso«, sagt Lili. »Seit Jahren, Jahrzehnten ...«

Wir steigen in meinen Wagen. Auf der Fahrt zum Restaurant redet Lili ununterbochen. Über die Tragik des Unfalls, die Verzweiflung der Eltern und ihre absurde Entscheidung, die Wahrheit in sich zu vergraben.

»Immerhin hat Großvater die Zeitungsartikel aufgehoben«, werfe ich ein. »Er muss sie vor Großmutter gut versteckt haben.«

»Ja. Ein Wunder, dass er die Mappe in seinem dementen Zustand überhaupt gefunden hat.«

»Wer weiß, wie es ist, wenn man den Verstand verliert«, murmele ich. »Bei manchen Menschen können vielleicht erst dann unterdrückte Gefühle und verschüttete Erinnerungen wieder auftauchen ...«

Vater schweigt.

51.

Beim Essen blicke ich immer wieder zu Vater hinüber. Seine Augen sind ruhig, seine Gesichtszüge entspannt. So habe ich ihn nie zuvor gesehen.
»Wisst ihr, dass ich mir vor über fünfzig Jahren abgewöhnt habe, das Wort ›Vater‹ zu benutzen?«
»*Was?*«, ruft Lili entgeistert. »Wie hast du ihn denn angesprochen?«
»Gar nicht. Ich habe Übung darin entwickelt, jede direkte Anrede zu vermeiden. Und in Gedanken habe ich ihn nur Alfred Brandt genannt.«
»Das ist mir nie aufgefallen.«
»Mir auch nicht«, sage ich. »Und wie war das, als du klein warst? Hat er jemals von dir verlangt, dass du ihn ›Vater‹ nennst?«
»Ja, unzählige Male, aber an dem Punkt habe ich mich erfolgreich verweigert. Wenn ich ihm aus dem Ferienlager eine Postkarte schicken musste, habe ich *Lieber Alfred* geschrieben. Das führte jedes Mal dazu, dass ich nach den Ferien eine Standpauke zu hören bekam. Aber irgendwann hat er das Thema nicht mehr erwähnt.«
Ich schaue nach draußen, auf die Elbe. Ein starker Wind fegt

über das graue, aufgewühlte Wasser. Und plötzlich bricht der Regen los. Die Tropfen prasseln gegen die großen Scheiben und verwischen die Sicht.

»Als er mir gestern Abend den Arm um die Schultern legte, bin ich zusammengezuckt, so sehr habe ich mich erschrocken ... Und dann habe ich gemerkt, dass da eine Nähe war, zum ersten Mal in meinem Leben ...«

»Warst du ihm nicht einmal nahe, bevor Luise gestorben ist?«, frage ich.

»Ich weiß es nicht ... An die Zeit habe ich keine Erinnerung mehr.«

Wir stehen vor dem Restaurant. Es hat aufgehört zu regnen.
»Was machen wir jetzt?«, fragt Lili.
»Ich habe einen Vorschlag«, antworte ich. »Wenn ihr wollt ... zeige ich euch Luises Grab.«
Vater starrt mich an. »Es gibt noch ein Grab?«
»Ja, ich habe es im September gefunden.«
»Ohne deine Hartnäckigkeit wäre unsere Familie verloren«, sagt Lili.
Auf dem Weg zum Ohlsdorfer Friedhof werden die beiden immer stiller. Hoffentlich finde ich das Kindergrabfeld ohne Plan wieder.
Ich fahre durch das große Tor auf das Friedhofsgelände und halte an einer Tafel, um mich zu orientieren. Die Stelle ist nicht weit vom Mahnmal für die Sturmflutopfer von 1962 entfernt. Ich muss nicht lange suchen.
Am anderen Ende des Friedhofs parke ich und nicke den beiden zu, mir zu folgen.
Auf der Wiese mit den kleinen Grabsteinen blühen die Krokusse. Wie beim letzten Mal laufe ich bis ans Ende der ersten

Reihe und bleibe am Anfang der zweiten vor dem halb in der Erde versunkenen Stein stehen.

Seit September ist neues Moos über die Inschrift gewachsen. Ich kratze es ab.

»Luise ...«, flüstert Vater.

Lili greift nach unseren Händen.

Ich sehe zwei kleine Kinder vor mir, einen Jungen und ein Mädchen. Er ist etwas größer als sie. Das Mädchen rennt durch den Garten, der Junge sitzt versunken im Gras und trommelt. Rollt ein Ball aus der Einfahrt? Sucht das Mädchen nach verlorenen Murmeln? Oder hat es drüben, auf der anderen Straßenseite, eine Freundin entdeckt?

Ich höre das Quietschen der Bremsen, den dumpfen Schlag. Das Mädchen liegt am Boden.

Was sind das für Stimmen?, denkt der Junge. Wo ist meine Schwester? Er läuft aus dem Garten, sieht den Wagen und den Mann, der auf der Straße kniet, vor einem kleinen Mädchen mit roten Sandalen. In seinen Ohren rauscht es.

Seine Mutter schreit und schlägt ihn, schreit und schlägt ihn. Sein Vater kommt nach Hause, will ihn nicht sehen, will ihn nie mehr sehen.

Eine schlanke Frau in einem Kostüm, mit dunkel geschminkten Lippen und Perlen in den Ohrläppchen bricht vor mir auf der Straße zusammen. Sie weint und windet sich vor Schmerzen. Ich will Hilfe holen, aber ich kann mich nicht rühren. Warum hilft ihr kein anderer? Warum laufen alle an der weinenden Frau vorbei?

Ich schrecke hoch.

»Du hast furchtbar gestöhnt«, murmelt Jakob und nimmt mich in die Arme.

»Ich habe von meiner Großmutter geträumt …«
»Hat sie dich gequält?«
»Nein … Sie ist vor mir zusammengebrochen, und ich konnte ihr nicht helfen … niemand hat ihr geholfen.«
»Wahrscheinlich war es so, dass ihr niemand geholfen hat … Sonst hätte sie nicht ihrem kleinen Sohn die Schuld am Tod seiner Schwester gegeben.«
Und sie hätten über den Verlust ihres Kindes getrauert, anstatt ihn totzuschweigen.

52.

Die Besprechungen der Ausstellung sind sehr positiv, in einem Artikel wird mein Zyklus lobend erwähnt. Eine Galeristin meldet sich bei mir, um zu fragen, ob sie sich weitere Arbeiten von mir anschauen könne. Im ersten Moment denke ich, es müsse eine Verwechslung vorliegen.

Großvaters geistiger Verfall schreitet immer schneller voran.
»Er redet jetzt ständig von einer Luise«, sagt Frau Bergstedt.
»Das war seine Tochter«, erkläre ich ihr. »Sie starb bei einem Unfall im Alter von drei Jahren.«

Vater geht es von Woche zu Woche besser. Mitte Mai schlägt er mir vor, nach Othmarschen zu fahren, um zu sehen, ob das Haus noch steht, in dem er seine ersten fünf Lebensjahre verbracht hat.
Ja, es steht noch, im Vorgarten blüht Weißdorn. Plötzlich erinnere ich mich, dass er irgendwann, als ich noch ein Kind war, auf einen Busch zeigte und sagte: »Nichts duftet so gut wie Weißdorn.«
Die Sonne scheint, und es ist warm wie im Sommer. Wir setzen uns auf eine Bank mit Blick auf die Elbe.

Vater räuspert sich. »Vielleicht hast du dich manchmal gefragt, warum ich ausgerechnet letztes Jahr versucht habe, mir das Leben zu nehmen … Jahrzehntelang hat mich der Gedanke beschäftigt, dass ich mich eines Tages umbringen würde, aber es war nie konkret … bis zu dem Tag im Juni …«
»Was war denn passiert?«
»Als Mutter im April starb, hatte ich die Hoffnung, dass ihr Tod mich von meinen Schuldgefühlen befreien würde, doch es wurde immer schlimmer … Ich begriff, dass ich nie davon loskommen würde … Es war, als ob meine Mutter mir ihren Hass auf mich vermacht hätte … Ich habe es nicht mehr ausgehalten …«
»Keiner von uns hat geahnt, wie es in dir aussah.«
»Nein … und ich konnte nicht darüber reden … Es ist schwer zu beschreiben …« Er streicht sich über die Stirn. »Als du mir im Sommer von dem Fotoalbum erzählt hast und der Name Luise fiel, hat mich die Angst gepackt. Niemand durfte das Thema berühren … Ich habe erst jetzt in der Therapie angefangen, über Luise zu sprechen.«
»Erinnerst du inzwischen wieder irgendetwas aus der Zeit, als sie noch lebte?«
»Ich habe neulich geträumt, dass wir in unserem Sandkasten gespielt hätten … Als ich aufwachte, fiel mir plötzlich ein, dass Luise das gelbe Mond-Förmchen am liebsten mochte.«
Ein Containerschiff fährt elbabwärts an uns vorbei. Vater richtet sich auf und folgt ihm mit den Augen. »Das kommt aus Japan … Wollen wir weitergehen?«
Ich nicke.
Er läuft schneller und leichter als früher.
»Weißt du, dass ich seit meinem letzten Ferienlager an der Ostsee Hamburg nicht mehr verlassen habe?«

»Wann war das?«
»1963.«
Fünfzig Jahre lang. *Dein Vater reist ja leider nicht.*
»Als ich mit sechzehn in der Schule gescheitert war, hätte ich am liebsten auf einem Frachtschiff angeheuert.«
»Wirklich?«
»Ja, aber meine Eltern haben mir das natürlich verboten.«
»Hast du überlegt, es trotzdem zu tun?«
»Dazu fehlte mir der Mut.«
Wir laufen schweigend weiter. Ich stelle mir vor, Vater wäre zur See gefahren und hätte Mutter nie kennengelernt. Für ihn wäre es besser gewesen, auch wenn es mich nie gegeben hätte.
»Würdest du jetzt gern verreisen?«, frage ich nach einer Weile.
»Ja. Ich will Lili in den nächsten Tagen anrufen und sie fragen, ob ich sie im Sommer in Dublin besuchen kann.«
Später, in *Witthüs Teestuben,* erfahre ich eine weitere Neuigkeit in Vaters Leben. Er wird zu Werner Schumann ziehen.
»Seit Jahren bietet er mir an, dass wir uns seine große Altbauwohnung teilen können. Es klang für mich immer völlig absurd, aber neulich dachte ich auf einmal, dass es mir guttäte, nicht mehr so viel allein zu sein.«
»Auf jeden Fall.«
Er schenkt uns Tee nach und lehnt sich zurück. »Ich wollte dich etwas fragen ...«
»Ja?«
»Kann ich mir irgendwann mal deine anderen Bilder ansehen?«
»Ja, natürlich ... jederzeit. Wenn du willst, gleich heute.«
Er nickt.
Wie oft habe ich mir vorgestellt, ich würde Vater mein Atelier

zeigen. Es war immer ein beunruhigender Gedanke, weil ich Angst hatte, ihn zu enttäuschen oder selbst enttäuscht zu werden.
Heute ist es anders. Ich zeige ihm meine Bilder, meine Zeichnungen. Er betrachtet sie still, stundenlang.
»Die Welt deiner inneren Bilder ist mir sehr vertraut.«
»Ich weiß …«
»Findest du es seltsam, dass ich dich auf diese Weise kennenlerne?«
»Nein.«
Vater lächelt.
Mutter hätte sich gefreut. Für mich. Weil Vater doch Träume hat.

53.

Ich stehe vor der Leinwand. Seit Wochen experimentiere ich, mit Farben und Themen. Habe gezeichnet und wilde Bilder gemalt. Nichts hat mich überzeugt. Ich darf mich nicht wiederholen, will etwas Neues, Anderes entwickeln. Aber es soll anknüpfen an das, was im letzten Jahr entstanden ist.
Ich sehe vor mir einen Kopf. Die hohe Stirn, ruhige Augen, das spitze Kinn. Schwarz-weiß, mit etwas Rot und einem Nachtblau.
Ich fange an zu arbeiten.
Ein abstraktes Porträt.
Mein Vater.

Leseprobe

Renate Ahrens

FREMDE SCHWESTERN

Ich höre die Schritte winziger Wesen, Hunderte, Tausende. Sie kommen näher, immer näher. Mein Atem stockt, ich richte mich auf. Es ist dunkel, Jan rührt sich nicht.

Plötzlich spüre ich einen kühlen Luftzug im Rücken, und da weiß ich, es ist Regen, der erste Regen seit fast zwei Monaten. Langsam gleite ich wieder unter meine Decke, lasse mich von dem Geräusch in den Schlaf zurücktragen.

Später habe ich oft an diesen Moment gedacht, wie der Regen gleichförmig gegen die Fensterscheiben schlug und ich noch nichts ahnte von dem, was sich an diesem Tag ereignen würde.

Das Klingeln an meiner Wohnungstür lässt mich hochschrecken. Zwanzig nach sechs. Wer das denn sei, um diese Zeit, murmelt Jan.

Ich fröstele, als ich aufstehe und mir den Bademantel überziehe. Es klingelt wieder, ein penetrantes, ununterbrochenes Klingeln.

Ich reiße die Tür auf. Vor mir steht ein kleines Mädchen, durchnässt, in abgerissener Kleidung, ohne Schuhe.

»Das hat aber lange gedauert«, sagt es und will an mir vorbei in die Wohnung schlüpfen.

»Halt!« Ich schiebe die Tür ein Stück zu. »Wer bist du? Was willst du hier?«

»Erkennst du Merle nicht wieder?«, fragt da eine singende Stimme von unten.

Lydia. Ich schließe die Augen. Ein paar Sekunden lang fühle ich nichts als das schnelle Pochen in meinem Hals.

»Freust du dich gar nicht?«

Ich öffne die Augen und blicke in Lydias schmales Gesicht.

Abgezehrt und blass sieht sie aus, fast so wie damals, als sie zum ersten Mal in die Klinik eingeliefert werden musste. Ihre nassen Haare hängen in langen Strähnen auf ihren Schultern. Sie trägt eine fleckige, hellrote Hose und ein verblichenes T-Shirt. Um den Mund hat sie den bekannten spöttischen Zug.
»Es ist zwanzig nach sechs.«
»Ich dachte, eine fleißige Drehbuchautorin wie du steht früh auf.«
»Du weißt, dass ich nie früh aufstehe.«
»Wer ist da?«, höre ich Jan fragen.
Ich drehe mich um und sehe sein Gesicht in der halb geöffneten Schlafzimmertür.
»Meine Schwester und ihre Tochter.«
Er zögert. Dann schließt er die Tür wieder.
Ich überlege noch, ob ich ihm dafür dankbar bin oder nicht, als Merle verkündet, dass sie mal müsse. Tante Franka werde ihr bestimmt gerne zeigen, wo das Klo sei, antwortet Lydia. Ich will etwas entgegnen, doch da sind sie schon in meiner Wohnung, und ich laufe mit der nach Schweiß und saurer Milch riechenden Merle ins Badezimmer. Es kommt mir plötzlich sehr sauber vor, mit seinen weißen Kacheln, dem Glasregal und den großen Spiegeln.
Bevor ich den Raum wieder verlassen kann, zieht Merle ihre Unterhose herunter. Ich starre auf dieses dreckige Stück Stoff.
»Was ist?«, fragt Merle.
Es könnte Lydias Kindergesicht sein, das mir da entgegenblickt, trotzig und traurig zugleich. Ich schlucke und gehe in den Flur zurück.

Dort steht Lydia, auf ihren Rucksack gestützt. Hinter ihr an der Wand die Radierung einer Flusslandschaft. Lydia hat sie als spießig bezeichnet, als ich sie damals, nach Mutters Tod, gekauft habe. Um ihre nackten Füße herum hat sich eine Pfütze gebildet.
»Weißt du, was ich nicht verstehe?« Ich möchte sie an den Schultern packen und schütteln.
Ein gedehntes Nein ist die Antwort. Ich kenne es, dieses Nein. Es interessiert sie nicht, was ich sage.
»Wenn du dich so vernachlässigst, ist das deine Angelegenheit. Aber dass du deine Tochter verkommen lässt …«
»Nur kein Neid«, unterbricht sie mich.
»Das hat mit Neid nichts zu tun.«
»Willst du mir nicht wenigstens einen Tee anbieten und Merle ein Glas Milch?«
Nein, das will ich nicht, hätte ich am liebsten geschrien. Doch anstatt zu schreien, balle ich nur die Hände zu Fäusten.
»Und gegen ein Handtuch hätten wir auch nichts einzuwenden. Du siehst ja, wie nass wir sind. Ich denke, dass ich das von meiner Schwester verlangen kann, oder? Meiner einzigen Schwester.«
Wortlos hole ich eines meiner alten Handtücher aus dem Wäscheschrank, reiche es Lydia, ohne sie anzusehen, und gehe in die Küche, um Wasser in den Kessel laufen zu lassen. Ich gieße Milch in ein Glas und stelle einen Becher auf den Tisch.
»Ich nehme gern Kandiszucker.« Lydia lehnt in der Tür und lächelt mich an.
»Habe ich nicht.«
»Schade, dein Haushalt war immer so perfekt.«

»Was hat Kandiszucker mit einem perfekten Haushalt zu tun?«
»Zu ungesund?«
»Du hast es erfasst.«
In diesem Augenblick kommt Merle in die Küche gerannt und verlangt nach einem Wurstbrot. Ich deute auf die Spüle. Sie behauptet, ihre Hände bereits gewaschen zu haben. Als ich sie sehen will, höre ich Lydias scharfes Wieso. Ob ich ihrer Tochter etwa nicht glauben würde.
»Was Sauberkeit angeht, glaube ich keinem von euch.«
Sie rümpft die Nase und beginnt, Merles Haare trockenzureiben. »Du hast dich auch kein bisschen verändert.«
»Ihr könnt gerne gleich wieder gehen.«
»Nein!«, ruft Merle, »ich hab Hunger!«
»Tante Franka hat sicher was Leckeres zu essen für dich«, sagt Lydia und schaut mich aus ihren halb geöffneten Augen an. »Und wie du dir vielleicht denken kannst, esse ich auch gern eine Scheibe Brot, vielleicht mit Camembert oder gekochtem Schinken.«
Ihre Stimme hallt in meinen Ohren nach, als wolle sich dieser volle Klang in die Ohrwindungen einschmeicheln und dort festsetzen. Was hat sie bloß für eine schöne Stimme, deine Schwester, sagten die Lehrer immer voller Bewunderung. Daraus sollte sie später mal etwas machen. Natürlich hat sie nichts daraus gemacht.
An die Spüle gelehnt, beobachte ich, wie Merle sich auf das Brot stürzt, es nicht mal mit Butter bestreicht, sondern nur etwas Salami auf die Scheibe legt und sie hinunterschlingt. Und auch Lydia kann ihr Camembertbrot gar nicht schnell genug

essen. In wenigen Minuten haben sie sechs Scheiben verschlungen.
»Wenn es dir nichts ausmacht, hätten wir gern noch mehr«, sagt Lydia und lächelt.
Ich schneide vier weitere Scheiben ab. Gleichzeitig ertappe ich mich bei dem Gedanken, dass ich lieber einem Penner ein Frühstück in meiner Küche servieren würde als Lydia und ihrer Tochter.
Wann sie zuletzt etwas gegessen hätten, frage ich schließlich. Das sei schon eine Ewigkeit her, stöhnt Merle. Zuletzt sei es etwas knapp gewesen, erklärt Lydia.
»Wo kommt ihr überhaupt her?«
»Aus Nepal!«, ruft Merle stolz. »Da gibt es riesige Berge.«
Lydia lächelt. Es sei eine wunderbare, ganz und gar einzigartige Landschaft. Und dieses Licht. Ein Traum für eine Malerin. Ob sie von sich spreche?, frage ich. Ja, allerdings, entgegnet Lydia, auch wenn ich ihre Kunst nie verstanden hätte. Welche Kunst, frage ich.
»Meine Mama malt tolle Bilder!«, ruft Merle.
Ich hole tief Luft und beschließe, das Thema zu wechseln. Nepal sei eines der ärmsten Länder der Welt. Ich könne mir nicht vorstellen, wie sie dort gelebt hätten. Nein, das könne ich sicher nicht, sagt Lydia und lässt ihre Blicke über die Einbauküche aus Stahl, Glas und Marmor wandern, die ich mir ebenfalls nach Mutters Tod zugelegt habe und die noch immer wie neu aussieht. Sie habe im Laufe der Jahre gelernt, sich auf innere Werte zu besinnen, erklärt sie. Das sei gut für die Seele. Aber so eine wie ich, die fürs Fernsehen schreibe, habe vielleicht gar keine Seele mehr. Ich denke an Merle und

frage mich, inwieweit es gut für die Seele ist, einen Schmutzlappen als Unterhose zu tragen.
»Scheint dir nichts auszumachen«, sagt Lydia.
»Auf deine Art von Seele kann ich verzichten.«
»Bist du eine Hexe?«, fragt Merle misstrauisch.
Lydia nimmt sie auf den Schoß und flüstert ihr etwas ins Ohr. Merle blickt erschrocken zu mir herüber.
»Was ist?«, frage ich.
Keine Antwort, nur dieses Starren, in dem jetzt auch etwas Feindseliges liegt.
»Vor ein paar Jahren hast du mir mal eine Postkarte aus Südafrika geschrieben«, sage ich nach einer Weile.
»Ich dachte, du freust dich über ein kleines Lebenszeichen.«
»Du wolltest Oliven anbauen und hattest schon eine Farm in Aussicht.«
»Wann waren wir in Südafrika?«, fragt Merle.
»Das ist lange her. Du warst noch ganz klein.«
»Und warum sind wir nicht geblieben?«
»Weil wir mit Jeff zusammen sein wollten, und Jeff wollte nach Indien.«
»In Indien wart ihr auch?«
Lydia nickt. »Drei Jahre lang.«
»Da haben wir in einer kleinen Hütte gewohnt, und ich hatte ein Äffchen«, ruft Merle. »Indien ist schön.«
»Hast du eine Zigarette für mich?«, fragt Lydia.
»Nein, ich rauche schon lange nicht mehr.«
Wieder schweigen wir alle drei. Lydia schenkt sich Tee nach, Merle malt mit dem Zeigefinger Kreise auf den Tisch, und ich blicke hinaus in den Regen.

Es herbstet, hätte Mutter an einem solchen Morgen verkündet und dann entschlossen die Lippen zusammengepresst. Lydia und ich haben als Kinder immer gegen diese Bemerkung protestiert, weil Herbst das Ende der Kniestrümpfe bedeutete und uns beiden nichts verhasster war, als nach einem langen Sommer in die dunklen, kratzenden Strumpfhosen gesteckt zu werden. Mutter beendete jede Diskussion mit den Worten: Wenn ihr erwachsen seid, werdet ihr mir noch dankbar sein. Welche junge Frau plagt sich schon gern mit Blasenentzündungen?
Ich merke, dass ich auch hungrig bin. Gleichzeitig ekelt mich die Vorstellung, mit Lydia und Merle an einem Tisch zu sitzen. Ich werde später, wenn die beiden weg sind, in Ruhe mit Jan frühstücken.
Soweit ich mich erinnern kann, habe ich niemals an einer Blasenentzündung gelitten, obwohl ich unzählige Male auf der Schultoilette die Strumpfhosen gegen Kniestrümpfe eingetauscht habe. Lydia jedoch ließ, mit oder ohne Strumpfhosen, keine Krankheit aus, weshalb Mutters Vorsicht eigentlich ihr und nicht mir galt. Ich nahm es Mutter übel, dass sie für Lydia und mich dieselben Verbote verhängte, aber noch mehr nahm ich es Lydia übel, dass sie so kränklich war und sich deshalb immer alles um sie drehte.
»Wohnt der Typ hier, mit dem du vorhin gesprochen hast?«, fragt Lydia plötzlich in die Stille hinein.
»Wieso?«
»Ist dir die Frage zu indiskret?«
»Es geht dich nichts an, wie ich lebe.«
»Vielleicht doch. Merle und ich stellen uns vor, ein paar Wochen bei dir zu wohnen.«

Wie bitte? Mir bricht der Schweiß aus.

»Merle ist gerade sieben geworden. Es wird Zeit, dass sie in die Schule kommt.«

»Da hast du allerdings recht. Miete dir eine Wohnung und melde Merle in einer Grundschule an.«

»Wir haben kein Geld, um eine Wohnung zu mieten«, sagt Merle und zieht weiter ihre Fingerkreise.

»Wenn deine Mutter ihr Erbe nicht in Südafrika, Indien und sonst wo auf den Kopf gehauen hätte, wäre sie jetzt in der Lage, für euch eine Wohnung zu mieten.«

»Auf deine Moralpredigt kann ich verzichten«, sagt Lydia und steht auf.

»Wie wär's, wenn du dir zur Abwechslung mal einen Job suchen würdest?«

»Mama kann nicht arbeiten!«, ruft Merle. »Mama ist krank!«

»Krank? Wie praktisch. Vor allem, wenn man eine Schwester hat, die Geld verdient und bei der man einfach so auftauchen kann und hoffen, dass sie einen durchfüttern wird.«

»Komm, wir gehen«, sagt Lydia und greift nach Merles Hand.

»Wohin?«

»Das werden wir schon sehen. Hier sind wir nicht willkommen.«

Merle wirft mir einen wütenden Blick zu. »Wenn Mama stirbt, bist du schuld.«

Ich schlage vor, zum Sozialamt zu fahren, um herauszufinden, was es für Unterkünfte gibt. Irgendwo würden sie sicher was finden.

Lydia schweigt und öffnet die Tür. Dann dreht sie sich noch einmal zu mir um. »Ich würde an deiner Stelle mal darüber nachdenken, warum du so zynisch, so verbittert geworden bist. Ein Mensch wie du kann nicht glücklich sein. Auch wenn du dich hier mit noch so viel Komfort umgeben hast.«

Ich will die Tür hinter ihnen schließen, als Lydias Beine plötzlich nachgeben und sie in sich zusammensackt.

»Mama!« Merle wirft sich über ihre Mutter und rüttelt an ihrer Schulter. »Mama, steh auf!«

Im ersten Moment denke ich, dass Lydia nur simuliert, so wie früher, wenn sie eine Ohnmacht vortäuschte, um nicht in die Schule zu müssen. Dann sehe ich Blut zwischen ihren Lippen. Und Merle sieht es auch.

Leseprobe

Renate Ahrens

FERNE TOCHTER

Es klingelt. Ich schrecke hoch. Das Telefon. Kurz vor acht. Francesco meldet sich immer übers telefonino.
Ich schaue auf das Display. Eine Hamburger Nummer. Meine Kehle schnürt sich zu. Niemand in Hamburg weiß, dass ich hier lebe. Ich werde nicht abnehmen. Der Anrufbeantworter ist eingeschaltet.
Kurz bevor er anspringt, greift meine Hand zum Hörer. »Pronto?«
»Judith, bist du's?«
»Wer ist da?«
»Claudia Dressler.«
»Ach ...«
»Bitte leg nicht auf.«
Ich sehe meine pausbackige Jugendfreundin vor mir. Zehn Jahre lang haben wir nebeneinandergesessen, alle Geheimnisse miteinander geteilt. Aber als es darauf ankam, hat sie mich im Stich gelassen.
»Bist du noch da?«
»Wie hast du meine Nummer rausgefunden?«
»Ich arbeite in einer Galerie und habe neulich in einem Magazin einen Artikel über restaurierte Fresken der italienischen Renaissance gelesen.«
Das Interview. Ich habe von Anfang an gewusst, dass es ein Fehler war.
»Darin wurde erwähnt, dass man dir einen Preis für deine Arbeit verliehen hat.«
»Du kennst nicht mal meinen Nachnamen.«
»Ich habe dich auf dem Foto sofort erkannt. Deine blonden Locken, der helle Teint, die grünen Augen. Und dein verhaltenes Lächeln.«

Ich muss mir nicht anhören, was sie mir sagen will.

»Seltsam, dass du dich Judith Velotti nennst. Ich dachte, in Italien behalten die Frauen ihren Geburtsnamen, wenn sie heiraten.«

»Das geht dich nichts an.«

»Ist er dir so verhasst, der Name ›Wolf‹?«

Ich schließe die Augen und hole tief Luft.

»Übers Internet habe ich die Mail-Adresse des Verbands der italienischen Restauratoren herausbekommen«, fährt Claudia fort.

»Der ist nicht befugt, meine Privatnummer weiterzugeben.«

»Es war auch nicht so einfach. Ich habe schließlich geschrieben, dass es sich um eine dringende Familienangelegenheit handele. Da hatte die Frau ein Einsehen. Den Italienern geht ja bekanntlich die Familie über alles.«

»Was willst du?«

»Judith, wir waren mal sehr gut befreundet …«

»In einer anderen Welt. Die existiert für mich nicht mehr.«

»Dein Elternhaus in Winterhude macht einen vernachlässigten Eindruck.«

»Das hat nichts mit mir zu tun.«

»Ich dachte nur … vielleicht willst du wissen, wie es um deine Eltern …«

»Nein«, unterbreche ich sie.

»Es ist zwanzig Jahre her.«

»Eben.«

»Warum bist du immer noch so verbittert?«

»Du hast kein Recht, dich in mein Leben zu mischen.«

»Ich habe es nur gut gemeint.«

»Ruf mich nie wieder an.«
»Aber ...«
Ich lege auf. Meine Hand zittert.

Seit einer Stunde sitze ich auf der Terrasse und warte. Es weht ein leichter Wind. Ich habe die Pflanzen gegossen und den Tisch gedeckt. Der Jasmin steht in voller Blüte. Sein Geruch hat etwas Betäubendes.
An der Hauswand lauert ein gelb-brauner Gecko auf eine Mücke, eine Motte. Jetzt läuft er weiter, kopfüber, entlang des Dachvorsprungs. Ich erinnere mich an den Abend, als ich zum ersten Mal auf dieser Terrasse saß. Wie sehr es mich überraschte, dass Francesco mir nicht von seiner Kanzlei oder seiner Familie erzählte, sondern von den Lebensgewohnheiten der Geckos. Ich wusste nicht, dass sie Haftlamellen unter ihren Füßen haben. Ich wusste sehr vieles nicht.
Es macht mir nichts aus, dass Francesco sich verspätet. Wäre er pünktlich gewesen, hätte ich womöglich das Telefonat erwähnt.
Warum habe ich den Hörer abgenommen? Es war ein innerer Zwang, ich konnte mich nicht wehren, auch wenn mein Kopf mir sagte, tu es nicht. Die Ansage auf dem AB gibt unseren Namen nicht preis, Claudia hätte eine Nachricht hinterlassen, ich hätte sie gelöscht, wenn nötig ein zweites Mal. Danach hätte Claudia es vermutlich aufgegeben, mich erreichen zu wollen.
Der Gecko schnappt sich einen großen Falter und versucht, ihn zu verschlingen. Er bleibt in seinem Maul stecken, die Flügel flattern. Ich greife nach meinem Wasserglas. Der Ge-

cko lässt sich nicht stören. Erst als ich aufstehe, verschwindet er samt Beute in einer Mauerritze.
Ich trete ans Geländer. Der Petersdom ist hell erleuchtet. Mein Blick wandert über die Stadt bis zu den Albaner Bergen im Süden. Dort funkeln die Lichter der kleinen Dörfer, in denen wir im Herbst den neuen Wein probieren.
Seit zwanzig Jahren vergeht kein Tag, an dem ich nicht an Hamburg denke. Was ist anders als sonst? War es Claudias Stimme? Die Erwähnung meines Elternhauses, meines geliebten Stadtteils Winterhude?
Nein, es war das Wort »vernachlässigt«.
»Judith, tut mir leid!«
Ich drehe mich um.
Francesco nimmt mich in die Arme und gibt mir einen Kuss.
»Du hättest schon essen sollen.«
»Ich esse lieber mit dir zusammen.«
Er fährt sich mit den Fingern durch seine dichten grauen Haare, wie immer, wenn er erschöpft ist.
»In der Kanzlei ist die Hölle los. Es gibt einen großen Konflikt zwischen zwei Partnern …«
»Setz dich erst mal. Ich hole die pasta fresca und einen kühlen Vermentino.«
»Wunderbar.«
Als ich auf die Terrasse zurückkomme, hat Francesco bereits die Windlichter und die Räucherspiralen gegen Mücken angezündet.
Ich schenke uns Wein ein und reiche ihm ein Glas.
»Auf dein Wohl«, sagt er leise.
Ich sehe seinen ernsten Blick.

Wir beginnen zu essen. Nach wenigen Bissen habe ich keinen Hunger mehr. Es ist, als ob sich eine Sperre vor meinen Mageneingang schiebt.
»Du siehst traurig aus.«
Mir steigen Tränen in die Augen. Dabei war ich sicher, dass ich mich unter Kontrolle hätte.
Er spricht die Frage nicht aus und ich nicht die Antwort. Unendlich oft haben wir uns so gegenübergesessen.
»Quäl dich nicht mehr.«
»Wir wünschen uns so sehr ein Kind.«
»Du zermürbst dich. Monat für Monat frisst die Enttäuschung an dir.«
»Ich hatte so viel Hoffnung in diese neue Behandlung gesetzt.«
»Du bist noch dünner geworden. Ich mache mir Sorgen um dich.«
Ich schlucke.
»Es würde dir guttun zu verreisen. Du hast den ganzen Sommer geschuftet.«
»Ich will unbedingt die Arbeit am Engel beenden, bevor ich eine Pause mache.«
»Wir könnten nach Sardinien fahren. Mein Vater kommt in ein paar Tagen zurück. Dann ist das Haus frei.«
»Wenn der Engel fertig ist.«
»Dort schwimmst du so gern und hast immer Appetit.«
Der Gecko ist wieder aufgetaucht und lauert auf neue Beute.
Francesco legt seine Hand auf meinen Arm. »Judith …«
Ich bekomme trotz der Wärme eine Gänsehaut.

Efeu überwuchert das Haus, die Fensterscheiben sind zerbrochen, das Schieferdach ist eingestürzt. Neben dem Schornstein ragt Gestrüpp hervor, an den Wänden des Elternschlafzimmers hängen Reste der bunten Blümchentapete. Die Tür ist nur angelehnt, ich schiebe sie auf, ein Rascheln von Mäusen oder Ratten. Die Holzdielen sind vermodert, überall wächst Unkraut, in einer Pfütze schwimmen Zigarettenkippen. Plötzlich höre ich von hinten, aus der Küche, ein leises Wimmern, mein Herz klopft, ich stolpere, fange mich wieder, laufe, so schnell ich kann, sehe die blaue Plastikschüssel mit dem kleinen Kopf ... Ich schreie.

»Judith ...« Francesco nimmt mich in den Arm, streicht mir über die nasse Stirn. »Ganz ruhig.«

»Ich ...«

»Hast du wieder von deinen Eltern geträumt?«

»Nein ... von unserem Haus.«

»So hast du noch nie geschrien ... als ginge es um Leben und Tod.«

Ich schließe die Augen.

»Soll ich dir etwas zu trinken holen?«

»Ja ... danke.«

Der Anruf. Ich muss ihm davon erzählen. Nicht jetzt.

Er kommt zurück, reicht mir ein Glas Wasser, ich trinke hastig.

»Wir sollten wirklich verreisen«, sagt er und legt sich wieder hin. »Du brauchst Entspannung, dein Engel kann warten.«

Ich wache um kurz nach sieben auf. Das Bett neben mir ist leer. Auf meinem Nachttisch liegt ein Zettel. *Guten Morgen! Hoffentlich hast Du noch ein paar Stunden geschlafen. Ich bin ganz früh ins Büro gefahren. Melde mich mittags. Kuss, Dein F.*

Nicht nachdenken. Aufstehen, duschen, anziehen, einen Cappuccino trinken, ein paar biscotti essen, meinen Rucksack packen.
Um acht verlasse ich das Haus. Es ist genauso heiß wie gestern. Kein Turmfalke in Sicht.
Ich bekomme einen Platz in einem klimatisierten Bus. Dicht gedrängt stehen die Menschen im Gang. Ich schaue aus dem Fenster. Der Tiber fließt träge, er hat von Tag zu Tag weniger Wasser.
Ich werde Francesco nichts erzählen, werde mich zusammenreißen, werde weiterleben wie bisher.
Am Largo Argentina steige ich aus. In ein paar Minuten fange ich an zu arbeiten, dabei kann ich fast alles vergessen.

Ich stehe auf meinem Gerüst in der Cappella Carafa und reinige die bläulich schimmernden Flügel des Engels.
Ich bin nicht religiös, und dennoch liebe ich diese Szene, in der der Erzengel Gabriel Maria verkündet, dass sie bald den Sohn Gottes gebären werde. Voller Erwartung und mit fast kindlicher Vorfreude schaut der Engel zu der in sich versunkenen, leicht abgewandten Maria, die sich nicht sicher zu sein scheint, ob dies eine so beglückende Nachricht ist.
Ich habe das Fresko in meinem ersten Jahr in Rom entdeckt und schon damals den Mut des Malers bewundert, Maria als eine Frau mit ambivalenten Gefühlen darzustellen. Die meisten Kunsthistoriker interpretieren Marias Haltung als Furcht vor dem Engel. Aber diese Sichtweise hat mich nie überzeugt. Der Engel hat nichts Furchteinflößendes.
Zehn nach eins. Auch wenn die Kirche durchgehend geöffnet

bleibt, ebbt das Stimmengewirr allmählich ab. Den ganzen Vormittag sind Besucherströme an der Kapelle vorbeigezogen, haben Touristenführer in den verschiedensten Sprachen Santa Maria sopra Minerva als einzige gotische Kirche Roms beschrieben, die unschätzbare Kunstwerke enthalte. Leider dürfe die Cappella Carafa zurzeit nicht betreten werden, weil das Fresko *Mariä Verkündigung* von Filippino Lippi restauriert werde. Und trotzdem gibt es immer wieder Leute, die versuchen, unter den Plastikplanen durchzukriechen, um einen Blick darauf zu werfen. Neulich hat eine deutsche Gruppe das Gerüst fast zum Einstürzen gebracht.

Mein telefonino klingelt. Ich greife in die Tasche meines Overalls. Es ist Francesco.

»Wie geht es dir?« Seine Stimme klingt besorgt.

»Die Arbeit lenkt mich ab.«

»Gut. Hier in der Kanzlei gibt's nach wie vor viel Ärger.«

»Wird es wieder spät?«

»Nein, ganz sicher nicht. Wir haben um fünf eine Krisensitzung, danach komme ich nach Hause.«

»Hoffentlich findet ihr eine Lösung.«

»Ich bin skeptisch. Übrigens … wir sind am Samstagabend bei meiner Schwester eingeladen. Ein Willkommensessen für meinen Vater.«

Ich habe plötzlich einen Kloß im Hals.

»Bist du noch da?«

»Ja …«

»Wir haben doch nichts anderes vor, oder?«

»Nein …«

»Du klingst auf einmal so fern. Ist dein Akku gleich leer?«

»Kann sein …«

»Ich muss jetzt aufhören. Bis nachher. Pass auf dich auf.«

Du auch auf dich, denke ich.

Mir ist schwindelig. Schwankt das Gerüst? Ich kauere mich hin, kralle mich an den Holzplanken fest. Das habe ich noch nie erlebt. Was ist los mit mir? Warum bekomme ich bei der Vorstellung eines Abendessens auf einmal Höhenangst? Ich mag Francescos Familie, habe mich bei ihr immer gut aufgehoben gefühlt. Sein schrulliger Vater ist manchmal etwas anstrengend, aber auch sehr geistreich und humorvoll.

Ich robbe mich vorwärts, bis zu der Leiter, die nach unten führt. Ich sehe die Sprossen und weiß, ich werde es nicht schaffen, hinunterzusteigen. Ich hole tief Luft. Es sind höchstens drei Meter bis zum Boden. Ich habe schon auf Gerüsten gearbeitet, die zwanzig Meter und höher waren. Man wird mich für hysterisch halten, wenn ich um Hilfe rufe.

Der Schwindel nimmt zu. Gleich Viertel vor zwei. Es ist lächerlich, hier zu sitzen und sich nicht rühren zu können.

Ich höre vereinzelte Stimmen von Kirchenbesuchern, ein Spanier, eine Italienerin, ein Franzose. Heute versucht niemand, in die Cappella Carafa zu gelangen. Zwei junge Frauen unterhalten sich auf Deutsch über ihre Au-pair-Jobs. Ich spüre einen Stich. Die Sprache ist mir so vertraut und gleichzeitig so fern. Gestern, als Claudia angerufen hat, habe ich zum ersten Mal seit Jahren wieder deutsch gesprochen.

Jetzt nähern sich schlurfende Schritte. Der Küster. Vor ihm brauche ich mich nicht zu schämen.

»Hallo?«

Die Plastikplane wird beiseitegeschoben.

»Signora Velotti!« Der alte Mann schaut erschrocken zu mir nach oben. »Was ist passiert?«
»Ich weiß nicht …«
»Warten Sie, ich helfe Ihnen.«
Er schlurft auf die Leiter zu und hält sie mit beiden Händen fest.
»Kommen Sie herunter. Ganz langsam.«
Es dauert eine Weile, bis ich mich aufrichten kann. Der Küster hat Geduld.
Ich konzentriere mich auf meine Atmung. Der Schwindel lässt ein wenig nach.
»Soll ich einen Arzt rufen?«
»Nein …«
Es hat etwas Beruhigendes, den alten Mann dort unten an der Leiter stehen zu sehen. Sein faltiges Gesicht blickt immer noch zu mir empor. Vorsichtig setze ich einen Fuß auf die erste Sprosse.
»Meine Frau hatte neulich einen Hexenschuss. Kam wie ein Blitz aus heiterem Himmel.«
Einatmen, ausatmen.
»Da ging gar nichts mehr.«
Dritte Sprosse, vierte Sprosse.
»Erst als sie eine Spritze bekommen hat, konnte sie sich wieder bewegen.«
Sechste Sprosse, siebte Sprosse.
»Sie haben nichts mit dem Rücken. Das sieht anders aus.«
Wieder packt mich der Schwindel. Ich bleibe mit einem Fuß hängen, drehe mich um.
»Nicht nach unten gucken.«

Ich schließe die Augen, meine Füße tasten nach den Sprossen.

»Gleich haben Sie's geschafft.«

Ich höre die Stimme des Küsters wie durch eine Nebelwand. Mein rechter Fuß berührt den Boden.

»Danke ...«

»Soll ich Ihnen einen Kaffee holen?«

»Nein, ich ... fahre am besten sofort nach Hause.«

»Sind Sie sicher?«

»Ja. Wie ist Ihr Name?«

»Meloni.« Er lächelt und entblößt seinen beinahe zahnlosen Mund. »Michele Meloni.«

»Grazie, Signor Meloni. Ich weiß nicht, was ich ohne Sie gemacht hätte.«

»Vergessen Sie nicht Ihren Rucksack.«

Ich will ihm zehn Euro geben, aber er winkt ab.

»Bitte! Wenn Sie das Geld nicht wollen, geben Sie es Ihrer Frau.«

Er lächelt wieder und nimmt nach kurzem Zögern den Schein entgegen.

»Auf Wiedersehen.«

»Alles Gute, Signora. Hoffentlich bis morgen.«

Draußen schlägt mir die Hitze entgegen. An der Bushaltestelle merke ich, dass ich noch meinen fleckigen Overall anhabe. Nie zuvor bin ich in meiner Arbeitskleidung auf die Straße gegangen.